TREZE BONECAS

BETTINA STINGELIN

TREZE BONECAS

EDITORA
Labrador

Copyright © 2020 de Bettina Stingelin
Todos os direitos desta edição reservados à Editora Labrador.

Coordenação editorial
Pamela Oliveira

Preparação de texto
Isabel Silva

Projeto gráfico, diagramação e capa
Felipe Rosa

Revisão
Laila Guilherme

Assistência editorial
Gabriela Castro

Imagem de capa
Umanoide (unsplash.com)

Dados Internacionais de Catalogação na Publicação (CIP)
Angélica Ilacqua – CRB-8/7057

Stingelin, Bettina
  Treze bonecas / Bettina Stingelin. – São Paulo : Labrador, 2020.
  240 p.

ISBN 978-65-5625-074-8

1. Ficção brasileira 2. Terror I. Título

20-2678   CDD B869.3

Índice para catálogo sistemático:
1. Ficção brasileira

Editora Labrador
Diretor editorial: Daniel Pinsky
Rua Dr. José Elias, 520 – Alto da Lapa
05083-030 – São Paulo – SP
+55 (11) 3641-7446
contato@editoralabrador.com.br
www.editoralabrador.com.br
facebook.com/editoralabrador
instagram.com/editoralabrador

A reprodução de qualquer parte desta obra é ilegal e configura uma apropriação indevida dos direitos intelectuais e patrimoniais da autora.

A editora não é responsável pelo conteúdo deste livro. Esta é uma obra de ficção. Qualquer semelhança com nomes, pessoas, fatos ou situações da vida real será mera coincidência.

"Ontem à noite sonhei que voltava a Manderley. Eu parecia estar em frente ao portão de ferro da entrada, e por um momento não consegui passar, pois o caminho estava bloqueado. Havia no portão um cadeado e uma corrente. Em sonho, chamei o zelador, mas não houve resposta e, espiando mais de perto através das grades enferrujadas do portão, vi que a casa dele estava deserta.

Não havia fumaça na chaminé, e as pequenas janelas de treliça estavam abertas e desoladas. Então, como acontece nos sonhos, me vi de súbito com poderes sobrenaturais e, como um espírito, atravessei a barreira."

Rebecca, Daphne du Maurier

— 1 —

A morte está logo ali. É ela que eu vejo através da janela do quarto, pairando sobre o borrão colorido da paisagem: uma mistura triste de ocre, amarelo queimado e verde *vessie* — cores que aprendi a identificar corretamente nas aulas de pintura. Apesar do dia frio e chuvoso, ela não estremece, nem parece sentir os grossos pingos de chuva que agora tamborilam na vidraça. À luz do opaco e cinzento amanhecer, aquele vulto me lembra uma velha senhora enlutada, um fantasma que da rua me observa e sorri. Engana-se quem pensa que a morte não sorri, ela é via de regra a mais irônica das realidades da vida. Ela também não carrega consigo uma foice, como muitos pensam. Não. A minha morte parece gostar muito de física, pois em uma das mãos segura o pêndulo de Newton, um lembrete da inflexível lei da ação e reação. E como é justa! Na verdade, a morte é como deveríamos ser se não fôssemos humanos: imparcial e receptiva. No entanto, essa visão insistente não me deprime, afinal minha amiga me acompanha há muito tempo. Nos dias de festa, dançamos juntas; nos dias de solidão, nos fazemos companhia. Às vezes convido-a para um café, um *tête-à-tête* despretensioso entre irmãs.

É preciso tomar certa distância para enxergar os acontecimentos de maneira apropriada. De outro modo, a vida nos pareceria uma série de pinceladas confusas, um emaranhado de cores desferidas por algum pintor imaturo e desprovido de talento. Assim, escolho dar alguns passos para trás para contemplar a tela da minha vida. Agarro-me à pele lisa, ao corpo esbelto, aos longos cabelos brilhosos que meus 26 anos me proporcionam. A essa distância fica mais difícil pensar na doença que carrego desde a infância. Ainda que não se saiba se essa condição um dia chegará a me matar, é certo que ela me impossibilita de fazer muitas coisas. Na era do pensamento positivo, faço tudo para acreditar que o amanhã será melhor.

Limpo o vidro com uma das mãos, ajeito o sobretudo marrom e parto para mais um dia igual a todos os outros. Há um sorriso em meus lábios e uma postura vivaz que faz com que as pessoas acreditem que estou sempre bem.

Chego ao ponto de ônibus. A chuva aumenta. Ainda bem que estou protegida, odiaria molhar os meus cabelos. Há apenas uma pessoa aqui, uma adolescente de cabelos azuis com os olhos fixos no celular. *Tic tic tic*. Ela tecla sem parar usando os dois polegares ao mesmo tempo. Analiso as minhas mãos, e me pergunto por que não consigo fazer o mesmo. Ela levanta os olhos e me encara, eu desvio o olhar e procuro o meu celular na bolsa. No meio de recibos, batom, carteira, chaves, o encontro perdido, enrolado nos fones de ouvido. Puxo-o para fora, decido escutar uma música. O dia será longo e entediante. E quando a chuva aumenta, soltando impropérios em forma de raios e trovões, eu decido por uma música de Ozzy Osbourne. *Diary of a Madman* me parece uma boa escolha. O ônibus chega no minuto em que Randy Rhodes toca os primeiros acordes no violão. Assim que a guitarra rasga a melodia, sento-me na última poltrona, na janela. Observo os pingos da chuva lavarem o vidro enquanto Ozzy me diz com a voz chorosa que não há escolha. E então penso que o velho Ozzy deve ter razão. Afinal, eu nunca tive muita escolha. Sempre fui levada pelo vento, pelas ondas do mar, pelos acontecimentos, tal como se apresentavam. Fecho os olhos e revivo tudo de novo. Os gritos, os lamentos, o estampido, o silêncio. Meu pai, um louco. Não um louco inofensivo, a exemplo de um cantor de *rock* decadente, mas um louco de verdade. Um louco dissimulado. Um louco doente. Talvez essa seja a razão de eu gostar tanto dessa música.

De alguma maneira ela me faz lembrar dele. "Liberte-me", Ozzy diz por fim. O ônibus para, abro os olhos. Chego ao meu destino.

Empurro a porta de vidro, a agência ainda está vazia. Ou quase. Maria, a faxineira, me cumprimenta com um sorriso reto de *emoji* e volta a tirar o pó das mesas. Ela parece carregar uma tonelada invisível em suas costas. Contaram-me que tem um filho na cadeia, acusado de traficar heroína, um marido morto pela polícia e uma filha pequena que deixa com a vizinha para poder trabalhar. Pensando assim, me contento com o sorriso reto e sigo para a minha mesa, escondida por detrás de balcão bege encardido. Presa a uma cadeira desconfortável de rodinhas enferrujadas, mantenho o sorriso de contentamento e satisfação até o maxilar doer. Sou a recepcionista, preciso dar o exemplo. Na verdade, não posso me dar ao luxo de perder este emprego.

Faz quatro anos que encaro esta porta; é por ela que entram clientes, fornecedores e funcionários. O lugar não é grande, mas as paredes alaranjadas dão um ar de jovialidade ao local, embora eu me considere uma pessoa mais amante das cores sóbrias. O trabalho não é difícil, basta ser mestre na arte de sorrir: atender ao telefone sorrindo, sorrir para quem chega, perguntar se desejam água ou café — sorrindo, claro. Não sei como sobrevivi esses quatro anos aqui, já que antes mal passava do período de experiência. Não que eu seja preguiçosa ou não queira trabalhar, sou comprometida e dedicada, apenas não fui criada para gerir a própria vida.

Eu tinha uma vida muito boa até meus pais morrerem, cursava Letras na universidade, fazia aulas de pintura e praticava ioga nas horas livres; fazia as coisas simplesmente por gostar delas, não porque era obrigada a fazer. O tipo de patricinha mimada que tem tudo, a princesa subordinada a um rei. Esse era o modo como meu pai exercia o controle sobre mim, uma maneira menos direta e mais efetiva do controle que ele exercia sobre a minha mãe. A ela eram reservadas as censuras, a perda do direito de ir e vir; a mim, os mimos e as facilidades eram os algozes que me tornavam sua refém. Amor para ele tinha a ver primeiro com controle, como alguém que diz amar os pássaros mas tranca-os em gaiolas. Hoje acredito que todos nós temos um monstro dormindo nas profundezas de nosso ser. Muitos conseguem deixá-lo dormir, tendo um rápido vislumbre dele aqui e ali; mas há aqueles que não conseguem, são fracos e, por fim, sucumbem ao monstro. Todos nós temos o potencial para trazer à vida o nosso Frankenstein; basta uma dor extrema, uma perda, uma carência, uma rejeição. São o fluxo de energia que o monstro precisa para ganhar vida e sair andando por aí.

É cedo quando Ricardo, meu chefe, chega. Ele está particularmente ridículo hoje, vestido numa camisa listrada, suspensórios vermelhos, jeans e um All Star surrado que possivelmente foi branco em um passado distante. Ricardo é um publicitário cinquentão e mulherengo que tem suas próprias ideias de como um criativo deve agir. Gosta de ser o centro das atenções. Todos os dias entra no escritório como se tivesse acabado de ganhar o Oscar, cumprimenta com entusiasmo as mulheres e dá uma fungada de desprezo para os homens.

O telefone toca, estremeço.

— Hugs Agência de Publicidade e Propaganda — anuncio com entusiasmo. Do outro lado, um sotaque confuso e estranho pergunta sobre a srta. Caroline Gruner. Tive a nítida impressão de que Sherlock Holmes fez uma ligação do passado num daqueles telefones cor de bronze e deseja falar comigo. Contenho o riso e respiro fundo. Antes mesmo de eu exalar o ar dos pulmões, ele se apresenta como advogado da sra. Helen Seymour e repete que gostaria de falar com a srta. Caroline Gruner.

— É ela — respondo de maneira contida, ainda com a imagem de um lorde vestido num terno de *tweed* gritando com um cone no ouvido. Não me ocorre que essa ligação tenha qualquer importância; talvez se trate de um trote, uma tentativa de venda ou até uma cobrança, nada mais que isso. Conforme ele se explica, compreendo que se trata da minha tia-avó.

— Ela faleceu — ele revela. Um rosto de bruxa borrado pelo tempo me vem à mente. Não consigo sequer lembrar da última vez que ouvi falar em seu nome. Fico intrigada. Como esse homem me achou? O chiado repetitivo de uma impressora matricial abafa a voz do advogado, e por alguns instantes não consigo ouvir o que ele diz. Confusa e irritada, demoro a perceber que sou a única herdeira da velha tia Helen.

— E lhe deixou uma casa e uma quantia em dinheiro — ele diz finalmente.

Fico em silêncio. Tudo o que consigo perceber é o olhar de medusa de Ricardo a me encarar como se quisesse me transformar em pedra. Pergunto com a voz baixa:

— Onde fica mesmo a casa da tia Helen?

— Em Lago Negro — ele responde com certa solenidade. Finjo que conheço o lugar, mas o advogado adianta-se e explica qual direção tomar e completa depois de pigarrear: — É necessário que a senhorita me encontre na segunda-feira de manhã, na casa da falecida Helen, para que possamos acertar tudo.

Mas não respondo. Em vez disso, fito os meus pés como se procurasse a resposta mais adequada na minha pesada bota de camurça. Não sei se o advogado percebe a minha dúvida, então ele se apressa:

— Se a senhorita tiver qualquer dúvida quanto à nossa conversa, sugiro que passe o seu e-mail para que eu possa lhe enviar uma cópia do testamento.

Balbucio ao perceber que o nervosismo me fez esquecer o próprio e-mail.

— Hum... é... é... carolinegruner@hotmail.com — digo, tentando soar firme e decidida.

— Ok, enviarei a cópia do testamento imediatamente. — E despede-se com a mesma solenidade com que se apresentou. "*Puff*. E assim desaparece como um fantasma", penso de maneira dramática.

Perturbada com o telefonema, encaro o chão de linóleo por instantes, quase em transe meditativo.

— Nada de telefonemas particulares no horário de trabalho, mocinha — Ricardo adverte, embora pisque de modo paternal.

— Claro, me desculpe. — Esboço um sorriso amarelo. "Seu merda insensível", é o que fica preso entre os dentes. O que diabos acabara de acontecer? O que fazer em seguida? Teria sido mesmo um trote? Devo confessar que não me precipitei, afinal há muitas pessoas neste mundo que sentem prazer em enganar os outros. Algo me diz para ter cautela. Por que alguém que nunca sequer me viu teria algum interesse em me deixar qualquer coisa, ainda mais uma herança? Decido esperar o tal advogado me mandar o testamento, se é que mandaria. Mantendo os pés no chão e isso em mente, continuo o meu trabalho como se nada tivesse acontecido, lembrando entre um chamado e outro a imagem do Sherlock Holmes.

Quando o expediente termina, sigo calmamente para o apartamento do meu namorado. Resolvo lhe fazer uma surpresa e contar o que acabara de acontecer. É como se precisasse convencer alguém de que aquele telefonema realmente acontecera. Ou será que estou louca? A melodia de *Diary of a Madman* não me sai da cabeça.

– 2 –

1975

Não ocorria à sra. Gruner que a filha caçula teria dificuldades em encontrar um bom partido para se casar. Afinal, das suas três meninas, Helen era a mais bela, vivaz e inteligente. Sempre perdida em meio a pilhas de livros, parecia não ter interesse em nada além de verso e prosa. De espírito irrequieto e indomável, dispensava sela para cavalgar e dizia, bem alto para quem quisesse ouvir, que detestava ser tratada como uma menina boba e mimada.

Embora as fofoqueiras da pequena cidade de Serra Dourada profetizassem que ela terminaria seus dias como enfermeira dos velhos pais, Helen não se abatia, afinal seu coração estava onde as palavras repousavam. Eram os livros que ela amava, o mundo imaginário e fictício, a dimensão paralela que sempre a seduzia a deixar de lado a vida real. É verdade que os garotos pareciam temer aquela presença lânguida e sedutora, os cabelos longos e negros como uma noite fria sem luar. Os olhos vivos e pulsantes à semelhança de um felino davam a impressão de despir qualquer um de suas máscaras e disfarces.

Helen adorava a vida na fazenda, a casa colonial, as janelas azuis, o telhado encardido. Os milhares de hectares esverdeados a perder de vista, as plantações, o cheiro do café misturado ao estrume dos cavalos. Quando criança tinha o hábito de pisotear as folhas apenas para escutar o estalar seco sob os pés. Quando o pai chegava bêbado e delirante, a pequena Helen, mais ágil que os irmãos, fugia para a velha senzala e se empoleirava naquele buraco escuro e fedorento, uma lembrança constante de que a fortuna de sua família fora cimentada sobre a carne mole e surrada dos escravos. E, embora fosse uma solteirona de quase 30 anos, não almejava ser como suas irmãs Margareth e Cristine: respeitadas donas de casa, esposas de respeitados cidadãos, mães de respeitados filhos, mulheres criadas para casar, procriar e, acima de tudo, anular todo e qualquer ímpeto criativo e impulso sincero.

Para ela, não havia sentido em ser mulher quando não lhe era permitido ter as mesmas prerrogativas masculinas. No jogo sujo da vida, as cartas nunca eram colocadas na mesa de modo similar, eram até embaralhadas de maneira igual, mas alguns ases sempre podiam ser escondidos da mulher por algum oponente astuto e cruel, e não raro ele estava encarnado em outra figura feminina. Não havia nada mais cruel do que ser trapaceada por alguém do mesmo sexo.

Eram as diferenças que a afastavam das irmãs, diferenças tão grandes que nem o gênero feminino poderia juntar. Então, a pequena e solitária criança que um dia fora procurava refúgio no impetuoso e briguento irmão Carl, que havia quinze anos dera um soco no pai e fugira para nunca mais voltar. Talvez esse fato tivesse selado o seu amor por Carl. Quisera ela ter dado um soco no pai. Certamente as irmãs, "aquelas bailarinas estúpidas", pensava, jamais o teriam feito.

Por mais que detestasse o pai, Helen não se imaginava em outro lugar. Talvez o sentimento fosse de apego, talvez pertencimento, não importava. Às vezes achava que sofria de síndrome de Estocolmo, aquele estado psicológico peculiar em que o agredido passa a amar o agressor. Também pesava o fato de não querer deixar a mãe sozinha com o velho canalha. Agora que os agiotas batiam à porta como urubus ávidos pela carniça, o pai, mais bêbado e delirante do que nunca, berrava pela casa que todos acabariam embaixo da ponte.

— O que você ainda faz aqui, sua inútil? — gritava, cuspindo pinga para todos os lados. — Nem capaz de casar você foi! — dizia numa fala mole de gelatina de cachaça. Apesar de não retrucar as ofensas, no íntimo, Helen ria da desgraça do pai. "O porco chauvinista vai chafurdar na lama", cantarolava pelos cantos.

O mundo do sr. Frederico Gruner ruía, um mundo torpe, é verdade, erguido sobre as costas da desgraça alheia, uma vida de exploração e vantagens indevidas que agora cobrava o seu preço. Uma espiral descendente ao fundo do poço. Ainda assim, Helen ficaria ao lado da mãe, a figura pálida e desanimada como um fantasma que se cansa de assombrar, os olhos vítreos, quase mortos. Pensando bem, a mãe estava mesmo morta. Refém das grossas paredes do medo, tentava sem sucesso afugentar a liberdade e a ousadia, uma versão feminina do *Fantasma de Canterville*, de Oscar Wilde. *Meu pobre fantasma. Não tens lugar para dormir?*

No outono de 1975, enquanto as árvores despiam-se de suas folhas e o frio esgueirava-se pelas paredes da casa, furtivo e lodoso com as mãos pegajosas a sufocar tudo por onde passava, o pai de Helen, sorrateiro como a brisa gelada, achou que sabia como evitar a falência. Era notícia há algum tempo que um rico empresário da capital decidira abrir uma fábrica em Serra Dourada, ninguém sabia por que razão. Não havia nada naquelas paragens, nada a não ser terras verdejantes que se rastejavam até o perder do horizonte. Tal imensidão verde podia se provar tão maçante que tornava difícil até para o mais ferrenho dos naturólogos suportá-la depois de alguns dias. Apesar da natureza quase intocada da região, não havia variedade de cores, não havia graça, só uma sensação de tristeza e náusea constantes. Era como se um pintor com medo das cores tivesse pintado aquele quadro. Ali, diziam, a mão de obra era barata, quase escrava, e a prefeitura, ávida por dinheiro, permitia tudo e qualquer coisa em nome do "progresso"; era a prostituta, e o dinheiro, o seu cafetão.

Frederico Gruner sabia do potencial de suas terras; podia estar face a face com a desgraça, mas sabia que sua bunda gorda repousava em uma mina de ouro. Aquelas terras valiam muito dinheiro, um dinheiro que poucos poderiam pagar. Então lhe ocorreu fazer uma oferta ao tal empresário. Por que não? Não eram somente suas terras que possuíam um valor incomensurável. Sua linda e imprestável filha Helen também podia valer uma fortuna.

›
— 3 —

Não estamos juntos há muito tempo, Daniel e eu. Há quatro meses ele apareceu na agência querendo encomendar uma propaganda para uma de suas peças. Disse-me que era estudante de teatro e um dia ganharia a vida como ator, embora, no momento, trabalhasse servindo bebidas num *pub* de esquina. No início, achei que era apenas mais um sujeitinho arrogante, daqueles que se dão mais importância do que na verdade têm, pois vivia se gabando das peças teatrais que participava, e de uma novela em que conseguira uma ponta havia alguns anos. "Ok", pensei na ocasião, "ele está tentando me impressionar". E foi aí que me apaixonei, afinal nunca ninguém havia tentado me impressionar. Além disso, nunca conheci uma pessoa tão esforçada e com tanta tenacidade, embora a essa altura já duvide de sua capacidade interpretativa.

Ele também é um homem muito atraente e parece exercer um fascínio sobre as mulheres, ainda que possua uma beleza batida e surrada, tão comum que se pode encontrar em qualquer esquina. Mas não é o rostinho bonito que me atrai, é a aura de mistério que o cerca. Talvez tenha sido isso que me motivou a sair com ele na primeira vez. Ele começou a aparecer com frequência no meu trabalho até que me convidou para ir ao cinema. No final, saiu da agência sem a propaganda, mas com uma namorada.

O prédio onde Daniel mora fica afastado do lugar onde trabalho, por isso tenho que pegar dois ônibus e caminhar um bom pedaço. Ando devagar, parando para descansar quando sinto a minha pulsação subir. Devo evitar me esforçar ao máximo, mas já estou acostumada, sei até onde posso ir e o que posso exigir do meu corpo.

O pequeno edifício fica em uma área de construções antigas, escondido atrás de uma cortina de concreto encardida e amarrotada. Não sei se morar ali é proposital ou apenas falta de dinheiro, mas ele sempre diz que acha intrigante viver naquela região. Talvez ache a excentricidade uma qualidade dos bons atores.

O elevador é um problema à parte; antigo e decadente, é preciso fechar a grade com as mãos e rezar para conseguir sair em algum momento. Então aperto o botão e fecho os olhos, o medo primitivo de ser esmagada pelas paredes se apodera de mim. Como é mesmo aquele poema? *Na mais medonha das trevas acabei de acordar, soterrado sob um túmulo, de nada chego a lembrar.*

Um solavanco brusco me desperta. Abro os olhos. Tudo certo, chego sã e salva. Empurro a grade novamente. O barulho do metal rasga o silêncio, fazendo as veias e artérias do prédio estremecerem. E então me dou conta de que Daniel não me espera; talvez nem esteja em casa, havíamos combinado de nos encontrar no sábado.

Eu sou uma garota metódica, faço tudo sempre da mesma maneira. Odeio surpresas e tampouco gosto de ser espontânea. Mas a verdade é que não consigo esperar, preciso conversar com alguém, contar o que aconteceu, afinal a minha situação é equivalente à de alguém que ganha na loteria sem ao menos ter jogado. O problema é que eu ainda não sei se caí no conto do bilhete premiado.

O corredor é uma tripa comprida, ladeada por sujeira e portas de madeira escura, de onde vozes parecem escapar, subindo ao teto feito balões de gás. Toco a campainha. Minha respiração é curta e descompassada. Há algo estranho aqui, embora eu não saiba o que está fora do lugar. Minha mente não sabe, mas meu corpo antecipa. Um arrepio sobe em zigue-zague pela nuca.

Daniel demora a abrir a porta. Alguns minutos se passam, tamborilo os dedos na porta. Sei que ele está em casa, as vozes o denunciam.

Quando pego o celular da bolsa para ligar, vejo a porta se abrir. O tempo desacelera. Ele espia pela fresta.

— Caroline?! — pergunta com espanto. — O que você está fazendo aqui?

Seus cabelos loiros melados não escondem a testa suada. Por um momento penso que ele acabou de voltar da academia.

— Isso é jeito de me receber?

— Desculpe, é que eu não estava te esperando — gagueja, parecendo um menino que acabou de comer um pedaço de bolo escondido da mãe.

— Sei que não combinamos nada, mas precisava falar com você. É urgente.

Ele não me deixa entrar, apenas permanece ali com cara de idiota.

Meu corpo se enrijece, os lábios formigam, e então empurro a porta com força. Ela bate em seu rosto, fazendo-o cair para trás. E ali está. Uma mulher com pernas tão longas quanto o Empire State Building me encara com ar de vitória. Seus seios pequenos e delicados estão à mostra, um lençol fino cobre a sua virilha. As pernas morenas e perfeitas são tudo que eu consigo encarar, enquanto Daniel continua a se explicar, gaguejando cada vez que começa uma frase. Ensaiavam uma peça. É apenas uma amiga. Isso não é o que parece. Rio da sua falta de imaginação, sentindo no íntimo pena da sua crença em ser um bom ator.

Saio em disparada. Vomito no corredor. O piso parece um poleiro, repleto de milho espalhado. Vomito novamente. Sou uma idiota. Uma porca idiota, mas não uma galinha. Galinha é aquela fulana da perna comprida. Daniel não tenta me deter, nem ao menos vem atrás de mim. Desço o elevador de forma automática, a claustrofobia não me incomoda. O que é o medo de lugares fechados comparado a uma traição? Qualquer coisa me parece melhor que a solidão. Paro por alguns instantes na entrada do prédio para respirar. Meu coração bate em descompasso. O que dirão se eu morrer aqui na calçada? "Coitada, tão jovem! Morreu de quê?".

— De ódio — digo em voz alta.

Pego o celular, limpo a boca. Ir para casa de Uber me parece uma boa ideia, que se dane o dinheiro — ou a falta dele. As mãos tremem, não consigo digitar a senha. Espero na calçada, tremendo de frio e tristeza. A chuva volta a cair, então abro o guarda-chuva e espero.

O carro avança de repente, molhando algumas pessoas que passam. Levanto a mão num tímido aceno. O carro para. Entro em silêncio e me encolho no banco. O motorista, um sujeito grisalho com nariz de Pinóquio, resmunga um boa-tarde, faz uma careta de nojo e segue em direção ao endereço que solicitei pelo aplicativo. Nos dias atuais, quase não há necessidade de diálogo. Está tudo ali, armazenado num pequeno retângulo metálico, uma inteligência artificial que carregamos na bolsa. Perder o celular é pior do que perder o cérebro. Além do mais, sai mais caro.

Chego em casa, molhada e fedida. Uma ventania gelada varre meus órgãos, sangue, veias e artérias, deixando apenas um vazio. *Agora eu sei que tenho um coração, pois ele está partido*, diria o Homem de Lata para Dorothy em *O Mágico de Oz*. Jogo a bolsa no sofá, tiro o casaco. Olho ao redor. Minha pequena casa poderia ser chamada de *loft* pelos mais frescos ou quitinete pelos mais antiquados. Não é um lugar chique, mas nunca olhara para aquelas paredes com tanto asco. Sento no chão, o peso do corpo contra o piso de madeira produz um som oco. *Pof*. Um peso morto. Fecho os olhos e me lembro do dia em que me mudei. Toda a alegria e a excitação. Os sentimentos bons se esvaem com a chuva, escorrem para o esgoto. Demorei meses e meses para mobiliá-lo e, mesmo que fosse difícil, quase inalcançável, eu não desistia; uma cadeira aqui, uma mesa ali, uma cama pequena, um armário, um sofá retrátil para chamar de meu! E, por fim, a sensação de liberdade e independência. Era dona do meu próprio nariz. Sozinha, mas independente. E, agora, tudo se transformara em derrota. As paredes, o teto e o chão são como peças de um quebra-cabeça que não se encaixam. Daniel se foi, assim como os meus pais. Cedo ou tarde, todos se vão. Por um momento, me sinto num barco à deriva, balançando para cima e para baixo. Deito-me no chão sujo. Sou embalada por ondas invisíveis, como um bebê cansado de chorar. Para cima e para baixo. Daniel. Os dedos roçando em minhas costas, a língua dançando em minha nuca. Para cima e para baixo. A mão puxando o meu corpo contra o dele. Para cima e para baixo. Uma bruxa com nariz pontudo. Para cima e para baixo. Daniel vestido de Sherlock Holmes. Para cima e para baixo. O som da água batendo contra o casco do barco. Ele se afasta da costa. Para cima e para baixo. O Homem de Lata sem coração. O sono me invade em ondas.

Uma estrada de barro cercada por árvores surge diante dos meus olhos fechados. A vegetação é densa, verde e úmida; os troncos, grossos e contorcidos. Entre o mundo dos gnomos e o dos silfos, entre a terra e o céu, pairo num flutuar repleto de paz e grandeza. Flutuo acima da copa das árvores, mas posso me ver ao mesmo tempo correndo pela estrada de barro. Do alto, o sol desaparece no horizonte. A luz do crepúsculo quase me cega, mas eu ainda posso ver lá embaixo. Não sei de que ou de quem corro, só posso me ver fugindo. Os gravetos estalam sob os pés descalços, e então percebo um vulto logo atrás de mim. Quero abraçá-lo, dizer-lhe que sinto muito.

— Papai! — grito para o vulto que me persegue. — Onde está mamãe? — pergunto do alto da árvore com a voz infantil. Mas ele continua a me perseguir, alheio à voz que o chama do alto da árvore. — Papai! — E então percebo em sua mão um objeto. A pistola Taurus que ele guardava em casa.

— É segura e confiável — repetia, enquanto polia o objeto com um pano alaranjado. *Pou!* Um estampido. Olho para o céu, esboço um sorriso.

— Fogos de artifício! — Suspiro. No entanto, o céu permanece escuro como a morte. *Pou!* Olho para baixo. Meu pai abre fogo. Eu grito.

O telefone toca. Esfrego os olhos, umedeço os lábios. Preciso me recuperar do pesadelo. Olho pela janela, já é noite. A chuva cessou. Sem pressa, nem ânimo, tateio no escuro. Onde foi que joguei a minha bolsa?

— 4 —

1975

Tobias Seymour mandou o filho em seu lugar para tratar de negócios com Frederico Gruner. Uma semana antes da visita, os dois conversaram por quase uma hora ao telefone e, apesar de bêbado feito um gambá, Gruner ainda se lembrava palavra por palavra do que fora dito. O velho Seymour, dono da maior fábrica de brinquedos do país, queria um pedaço de terra para instalar uma fábrica de bonecas. Gruner o tinha para vender. Simples e direto ao ponto. Era o sonho da esposa. A sra. Seymour padecia de câncer no pâncreas e não tinha mais que cinco anos de vida, no melhor dos prognósticos. A mulher, agora um mero espectro de cor esverdeada, ainda sonhava em criar as bonecas.

— Nada mais que um fetiche infantil — era como explicava a obsessão da esposa; e não pouparia um tostão sequer para que isso fosse concretizado.

Seu único filho, Otávio, um belo rapaz de 34 anos, administraria o negócio. E como Gruner descobrira — depois de chafurdar na lama da fofoca como o porco chauvinista que era — que o rapaz ainda não se casara, tratou de fazer um acordo com Seymour. No final, não só vendeu as terras a um preço acima do mercado, como deu a filha de brinde no negócio, no melhor estilo *pague um e leve dois*.

Depois de uma semana, Otávio apareceu em sua casa com os papéis e um advogado a tiracolo. Tomaram uísque, fumaram charutos e riram de algumas piadas sem graça que Gruner, com as pelancas caindo por cima da roupa justa, contava aos berros. "Uma visão desesperadora", pensava Otávio sobre o futuro sogro.

O rapaz parecia tranquilo em relação ao casamento arranjado. Jamais ouvira falar de Helen ou da família Gruner, no entanto abraçara a ideia como se fosse uma espécie de predeterminação divina — ou paterna, como dizia o sogro pelancudo.

Helen se escondeu por um dia inteiro na senzala em ruínas. Apesar dos 30 anos, ainda se comportava como uma criança. Era difícil acreditar que o pai — mesmo ele — tivera a coragem de se livrar da própria filha. A mãe lhe contara tudo. Assim, do nada, de supetão, com toda a delicadeza de um mamute.

— Seu pai lhe vendeu, Helen. — Sim, desse jeito. Não houve preparação, nem abraços, nem um copo de água com açúcar. Nada. Apenas um coice em seu coração. — Seu pai lhe vendeu, Helen. Para o filho de um rico da cidade grande. — A voz galopante de viciada, a dor anestesiada com Valium. Amava a mãe mais que tudo na vida e a desculpava pelo jeito rude e frio. Ela era uma vítima, afinal. Uma mulher presa pelas garras invisíveis do abandono, obrigada a engolir calmantes como balas de goma. Apesar de tudo, era a sua querida mãe, aquela que, no passado, lhe penteava os cabelos e fazia os mais estranhos penteados, que a abraçava quando a barriga doía.

— Minha linda caçula, vai passar! — ela dizia com o riso largo, as mãos finas no rosto da menina. Nesses momentos, a pequena Helen jurava que podia ver a chama da vida por detrás dos olhos castanhos da mãe, assim como as heroínas e as mulheres muito especiais deveriam ter. Costumava dizer na escola que a mãe era Ártemis, a deusa grega da caça, destemida e selvagem, exibindo triunfante o arco e as flechas. No entanto, com o passar dos anos, foi como se Hades, o deus dos mortos, a tivesse sequestrado a fim de lhe roubar tudo o que a fazia ser ela. No fim, cuspiu de volta um ser cadavérico, um amontoado de ossos sem expressão.

Helen e Otávio se casaram vinte dias depois, numa cerimônia pequena e reservada na capela local. Tobias Seymour sequer apareceu no casamento do próprio filho, mandou o advogado em seu lugar para acompanhar a esposa moribunda. Otávio, uma muralha de cor amarelada com um fino bigode de quixote, parecia genuinamente satisfeito e nada magoado com essa ausência. O pai da noiva era outra história. Bêbado como de costume, exibia um exagerado bronzeado como se tivesse chegado recentemente de uma expedição ao deserto. Com as mãos trêmulas e ofegante, segurou-lhe o braço durante toda a cerimônia com medo de que a filha lhe escapasse e fugisse porta afora. No entanto, seus medos eram infundados, pois Helen permanecia com os pés devidamente plantados ao chão e os olhos fixos na imagem da Virgem Maria; o coração vazio de promessas românticas e cheio de expectativas mortas. Deve ser esta a sensação dos condenados à morte: um leve torpor à semelhança de uma embriaguez de vinho tinto, uma fraqueza nos membros inferiores impossibilitados (e cansados) de lutar e, no final, o alívio da entrega ao inevitável escuro desconhecido. Um borrão de tinta que poderia se tornar qualquer paisagem: um lindo jardim de flores coloridas e pássaros cantarolantes ou uma natureza-morta de coisas paradas, preta e rabugenta. Seria como uma mudança de prisão. E lhe ocorreu que a nova prisão poderia ser pior que a velha.

– 5 –

Número bloqueado, pisca a tela do celular. Atendo sem vontade, oferecendo um alô tão mecânico quanto um robô — talvez esse seja o motivo de ninguém me responder, pois, além da estática, escuto apenas a minha própria respiração.

—Alô! — Tento mais uma vez, melhorando sensivelmente a minha voz, embora nem isso pareça ter convencido a pessoa a me dizer por que diabos me ligara. — Ora, que se dane! — Arremesso o telefone para além dos meus olhos. "Será que é Daniel?" A dúvida me faz querer pegar o celular novamente. Onde caiu? Talvez ele queira se explicar. Engatinho pelo chão à procura do velho e surrado iPhone. "Merda, foi parar embaixo do sofá." Estico o braço para pegá-lo, arrasto-o pelo piso embrulhado em uma cortina de pó e migalhas de pão. Olho para a tela à espera de mais um telefonema. Nada. E então me ocorre que Daniel não ligará, não se explicará, porque não há explicação. Fui traída e dispensada. É isso. Só isso. Volto a chorar. Não há nada mais clichê do que uma traição. Sinto-me numa novela chinfrim de enredo previsível. A mocinha-sem-graça-doente traída, jogada para escanteio, trocada por uma atriz-modelo-cantora perfeita. Rio um riso nervoso que precede uma gargalhada enlouquecida. O amor é uma paródia, afinal. Nada de poemas ultrarromânticos, de histórias avassaladoras e finais felizes. Lord Byron, Percy Shelley, Álvares de Azevedo, todos bebiam porque sabiam que o amor romântico é uma invenção moderna. Uma mentira contada em verso através de gerações. Mas uma mentira bem contada ainda é uma mentira. *Só o amor não consumado é perfeito*, suspiro. "Pare, Caroline! Chega!" Meu estômago começa a roncar. Preciso arrumar algo para comer.

Arrasto-me até a cozinha. Sem forças para cozinhar algo que preste, avanço num saco de amendoim, abro uma garrafa de vinho tinto e caminho até o computador. Sento-me na cadeira enferrujada, ligo a máquina pré-histórica. Ela protesta, soltando alguns rangidos metálicos. Um helicóptero corta o céu, lançando flashes de luzes pelo apartamento escuro. O som abafa meus pensamentos por alguns instantes, como uma pausa bem-vinda das vozes que sussurram nos recônditos do meu cérebro. O ser jurássico a que chamo de computador está sonolento e demora a atender à minha demanda. Ele pensa, bufa, mas, por fim, cede e abre a página do meu e-mail. "Acho que ele não gosta de mim", penso. "Ele sabe que quero trocá-lo por um *laptop*". Levanto a garrafa, fazendo um brinde aos computadores lentos. Bebo em goles galopantes. Os olhos lacrimejam. Checo a caixa de entrada enquanto mastigo freneticamente um punhado de amendoins. Mais um gole de vinho e, *voilà*, nada de novo. Todos bobagens inúteis. Será que no íntimo espero por um e-mail de Daniel? Uma carta romântica de arrependimento? Balanço a cabeça em negativa.

— Idiota! — digo em voz alta, cuspindo pedaços de amendoim na tela do computador. No entanto, algo chama a minha atenção. Poderia passar despercebido em meio ao lixo cibernético e, claro, dadas as circunstâncias atuais. Mas algo ali acende em minha mente a luz do telefonema da manhã, o telefonema estranho que fora ofuscado pelas pernas morenas do tamanho do Empire State Building. Um e-mail formal anuncia o anexo. Clico no documento enquanto levo à boca uma mão cheia de amendoins. Definitivamente a velocidade da minha internet é incompatível com a velocidade da minha boca. Eu engolira metade do saco de amendoim num rompante nervoso, e tudo o que consigo enxergar é um emaranhado de letras embaçadas. O amendoim arranha a garganta, bebo mais um pouco. E, então, o testamento se materializa em minha frente. Aproximo-me da tela um pouco mais, aperto os olhos estudando o documento, os carimbos do cartório, assinaturas, o nome da minha tia e, por fim, o meu próprio nome.

Levanto-me da cadeira. As paredes giram. Ando de um lado para o outro, sem saber o que fazer. Pego a garrafa, mais alguns goles não me matarão. Tenho uma ideia. Deve ser estúpida em se tratando de uma ideia embalada por uma garrafa de vinho tinto. Mas que se dane. Vasculho na bolsa à procura do papel onde anotara o telefone do advogado. O que significa isso tudo? Sou mesmo a única sobrevivente da família Gruner? A imagem do Titanic me vem à mente. Eu numa imensidão azul e gelada a nadar por entre corpos sem vida. De repente percebo que estou trêmula, o papel dança por entre os dedos, me convidando à possibilidade de uma mudança. A minha vida, ainda que miserável, é a minha vida, aquela que conheço. De alguma maneira me sinto confortável nela. É um sapato velho, furado e confortável, que está prestes a ser substituído por um par novinho. Mas e se apertar e der calo?

Apesar de surpreso com a ligação, o advogado parece satisfeito com a minha decisão de ir a Lago Negro pela manhã. E, embora eu esteja muito bêbada para me importar, sinto um leve embaraço pelo comportamento impulsivo, mas é muito, muito leve, então solto uma gargalhada alta assim que desligo o telefone.

— Pro inferno, todos vocês! — digo para as paredes que me encaram.

— 6 —

Vinte e cinco miligramas de Carvedilol, dois ovos, uma xícara de café preto. É assim que meu dia começa. Sempre e nessa ordem. Minha vida depende disso — não dos ovos, claro, mas do remédio que dá ao meu coração o estímulo necessário para que ele continue bombeando o sangue. Não vou mentir: ao acordar e relembrar de Daniel, senti vontade de não tomar. Foi como se o diabo em pessoa me tentasse, sussurrando palavras pegajosas e hipnóticas do tipo "Não tome esse remédio, Caroline! Venha comigo e seja ainda mais miserável. Para que um coração? Para sofrer? O seu já não funciona mesmo". Posso até escutar sua risada débil no final da frase. Enxoto esses pensamentos assim que eles me invadem; nada melhor do que a bela e voluntária negação. Forço-me a acreditar que Daniel é apenas uma lembrança triste do passado, num processo que encobre a verdadeira razão para todas as minhas ações: a sobrevivência. Aprendi a viver dessa maneira ainda menina, por mais estranho que pareça; quanto maior fosse a queda, maior tinha de ser a capacidade de me reerguer. Precisava me manter bem se quisesse continuar viva. Esse é o lema que adotei desde os 7 anos, ao descobrir que possuía um coração doente que desaprendera a bater — essa foi a explicação dos meus pais; miocardite foi a do médico.

Lembro-me claramente quanto queria ganhar de Lili, minha melhor amiga. Eu sempre tinha de ganhar dela, não importava de que forma. Naquele dia não foi diferente. Eu apostei que chegaria primeiro, como sempre fazia, por qualquer motivo, para qualquer lugar. Ela aceitou, era seu hábito aceitar. E então me pus a correr o mais rápido que podia, fechei os olhos e desejei ter um par de asas em cada calcanhar e, por um momento, achei que as possuísse, até abrir os olhos e me encontrar num quarto de hospital, imaginando se havia voado até aquela cama.

Antes de sair, ligo para o trabalho. É sábado, dia do coquetel de aniversário de 18 anos da agência, tinha me esquecido completamente. Ricardo esteve nervoso a semana toda, soltando farpas e tendo chiliques de *rockstar* pelos cantos. Claro que recrutou todos os funcionários para trabalhar desde cedo no evento, e sem hora extra, diga-se de passagem. Para ele é um lance de vida ou morte, o momento em que planetas e satélites gravitarão em torno de si, em que os aplausos serão dele e só para ele. Embora para mim seja algo como o palhaço no picadeiro, eu entendo a aflição narcisista que ele deve estar sentindo. São seus estimados clientes que o aplaudirão, aqueles que pagam pelo filé-mignon e pelo Veuve Clicquot dos seus finais de semana. E eu quero que ele se dane. Só isso.

— Hugs Agência de Publicidade e Propaganda. — Amanda, a designer peituda com cara de *stripper*, cujo currículo estampava "excelente no que fazia", atende ao telefone. Ela sempre é a primeira a chegar e a última a sair; adora puxar o saco do chefe e usar decotes generosos. Ricardo leva a sério a meritocracia.

— Cof, cof, cof — tossi. — Amanda? É a Caroline.

— Caroline! Por que você ainda não chegou? Sorte sua o Ricardo ainda não ter aparecido por aqui. O que aconteceu com a sua voz?

— Estou gripada. Tenho que ir ao médico. Você sabe quanto qualquer doença é perigosa para mim, não sabe? — Tossi mais uma vez.

Foi golpe baixo, eu sei, mas nada melhor do que uma doente profissional para causar comoção. Que empresa desejaria arrumar confusão com uma pessoa como eu?

— Claro, querida. Sem problemas, vou avisar o Ricardo. Que pena que você vai perder a festa. Puxa! Mas fique tranquila e descanse. Nos mantenha informados.

— Pena mesmo — menti. — Vou descansar. Obrigada. Tchau.

***

Atrás do guichê, um rapaz de rosto redondo folheia uma revista. Quando pergunto se há passagens disponíveis para Lago Negro, ele me encara por cima dos óculos fundo de garrafa e em seguida para a tela do computador. Com a voz arrastada responde que um ônibus "que passará por aquele fim de mundo" sairá em quinze minutos.

A boa e velha claustrofobia me acompanha até o assento do ônibus, lembrando que não bastam quatro rodas e algumas janelas para me livrar da sensação de confinamento. Faz frio, mas minhas bochechas estão vermelhas de nervosismo, e preciso me lembrar a cada cinco minutos que meu coração deve permanecer alheio à minha mente. O que ela pensa, ele não pode saber.

Durante a viagem, procuro me manter calma; rezo para que tudo corra bem e deixo meu corpo cair no assento. Os pensamentos voam soltos. Recolho-os novamente à minha cabeça enquanto tiro da bolsa um livro de Tess Gerritsen. Foco a atenção no emaranhado de palavras, na composição de letrinhas que juntas contam a história de um predador que eviscera as suas vítimas, um assassino que se esconde nas sombras. Sinto um calafrio. Talvez seja melhor escutar uma música, embora não encontre estímulo na ideia e prefira simplesmente olhar pela janela. A paisagem sutilmente transforma-se a cada quilômetro percorrido em um tom levemente acinzentado. A névoa se intensifica à medida que nos aproximamos da cidadezinha, como num livro de Stephen King.

Uma fina chuva cai quando desço do ônibus. Na pequenina rodoviária, apenas três táxis esperam por passageiros. Entro em um deles, fornecendo em seguida o endereço que o advogado me passara. Ao ler a anotação, o taxista ergue uma das espessas sobrancelhas, mas permanece em silêncio.

Observo com curiosidade a imagem que aos poucos se desenha na janela do carro: a cidade onde minha tia-avó viveu, um mistério que agora ressurge em minha vida. Fecho os olhos e busco na memória qualquer rastro de lembrança que traga alguma informação sobre aquele fantasma. Nada. Forço-me a caminhar pelos corredores escuros do arquivo morto da minha mente. Há tantas caixas ali empilhadas, algumas devidamente etiquetadas com datas e nomes; outras, jogadas de qualquer jeito, identificadas apenas por *Diversos*. Com certeza, há memórias que incinerei. Mas, então, percebo uma caixa abarrotada num canto encardido pelo tempo. É possível ler a palavra *Avô*, escrita num típico garrancho infantil. Retiro de dentro a lembrança das mãos do vovô Cao, enrugadas e finas como papiro egípcio, segurando uma fotografia desbotada de uma moça de cabelos negros compridos.

— Quem é ela, vovô? — pergunto curiosa.

— Minha irmã Helen — ele responde num sussurro melancólico.

Meus olhos faíscam. Qual criança não gosta de uma boa história? Mas, antes que eu pudesse bombardeá-lo com mais perguntas, a foto volta a descansar no túmulo do sono eterno das memórias dolorosas: uma velha caixa de biscoitos suíços.

Percebo que Lago Negro é uma cidade simples, provinciana, um clichê como tantos outros que existem pelas cidades do interior. A igreja tem ar de celebridade e ocupa lugar de destaque entre as demais construções. Alguns prédios pequenos, um hotel, algumas lojinhas, um posto de gasolina e um restaurante. Esse é o centro de Lago Negro. Então me ocorre perguntar ao taxista pelo lago Negro, imagino que deva haver algum por aqui. Ele me olha pelo retrovisor, solta um tímido sorriso e, então, responde que fica mais ao norte da cidade, perto de onde estamos indo. É nada mais que um pequeno lago de águas escuras que serve como uma espécie de praia aos moradores locais, sobretudo aos mais jovens. Fica dentro dos bosques. Há uma trilha para chegar até sua margem. — É tudo o que ele diz. Acho estranho a cidade levar o nome de um lago escondido num bosque, mas concluo que ele deve ser importante para seus habitantes.

— Foram os índios que batizaram a cidade com esse nome. *Yupa kamba*, o lago negro — responde o taxista como se adivinhasse o meu pensamento. — Eles diziam que essas terras possuem uma força incomum, um elo de comunicação com o outro mundo.

Pela segunda vez no mesmo dia penso em Stephen King. "Se ele falar em cemitério indígena, eu pulo do carro", penso. No entanto, o taxista apenas continua como se falasse sozinho:

— É lógico que quase não existem mais índios por aqui, foram praticamente todos expulsos. Hoje perambulam pelo litoral, vendendo bugigangas aos turistas.

De repente a estrada converge para um caminho sinuoso em meio à mata, um lugar bonito, ainda que sombrio. Vejo casas pelo caminho, mas logo não há mais sinal de civilização.

— Estamos entrando em Bellajur — diz rispidamente, como se eu o tivesse obrigado a rodar por aquela região. Pergunto numa voz pastosa, fingindo não ter percebido a mudança em seu tom, o que é Bellajur. Mas ele não responde imediatamente.

Atravessamos um portal em forma de arco, velho e enferrujado, com os dizeres *Bem-vindo a Bellajur*. O taxista quebra o silêncio e diz:

— O lugar para onde você me pediu que a levasse.

Sinto calafrios. É difícil explicar a sensação que experimento. Talvez algo próximo a entrar à força na vida de outra pessoa e vivenciar percepções que nunca foram suas. Tudo me parece estranho, confuso. A vida pode mesmo mudar da noite para o dia.

Depois de passarmos pelo guarda-portão sujo e abandonado, vejo pela janela do carro duas torres por entre as árvores marrom-alaranjadas.

— É a mansão dos Seymour — diz o taxista ao adivinhar os meus pensamentos mais uma vez.

Pago pela corrida e logo me encontro sozinha em frente à porta.

O curioso cenário me surpreende. Eu poderia evocar mais uma vez o meu raso conhecimento sobre as cores e dizer que essas paredes possuem um tom próximo ao amarelo Nápoles, mas não quero parecer pedante, então concluo que elas são a mistura perfeita entre o rosa e o bege. As janelas, adornadas com miniaturas de bonecas, me lembram gigantescas bolachas de maisena. Duas torres pairam em cada lateral da casa conferindo ao conjunto um ar de fábula infantil, algo como a casa da bruxa de *João e Maria*. Toco a campainha. Uma mulher com cara de maracujá velho, vestida num antiquado terninho preto, abre a porta e me encara com expressão de dúvida.

— Bom dia. Meu nome é Caroline Gruner.

— A sobrinha — diz com os olhos fechados, mostrando a pesada maquiagem nas pálpebras.

— Sim. O sr. Cristian Heimer pediu que o encontrasse aqui. Espero não incomodar.

— Imagine. Pelo que eu sei, a senhorita é a nova dona da casa. Como poderia incomodar? — Seu tom não foi cordial nem amistoso, apenas frio como uma geladeira. — Ele a espera na sala principal. Acompanhe-me.

Sigo-a de maneira tímida. Algo nela me deixa tensa. É como uma refilmagem gótica de *Downton Abbey*, uma versão feminina de Mr. Stevens, o mordomo de rosto impassível do livro *Os vestígios do dia*. Tenho certeza de que, quando o tiranossauro andava pela Terra, ela deveria ter sido considerada uma mulher bonita, mas murchara de tal modo que agora parecia um fóssil sobre um par de escarpins pretos. O jeito de andar, combinado ao cabelo hermeticamente puxado para trás num coque à moda antiga, lhe confere uma aura de tutora de um internato para moças.

Quando chego à enorme sala de estar, percebo que um homem examina uma coleção de bonecas em miniatura expostas num armário cor de mogno com portas de vidro. Ele boceja. Confiro as horas e vejo que estou mesmo atrasada.

O cenário da espera tem um ar quase teatral, com móveis escuros forrados num veludo tão antigo e empoeirado que poderia facilmente ter pertencido a Luís XIV; uma decoração pesada que contrasta com o exterior quase infantil e alegre da fachada da mansão.

— Com licença — diz a mulher com cara de maracujá, contrariada. — A srta. Caroline chegou.

O homem dá um pulo assustado, como se fora picado por uma abelha. Vira-se imediatamente, arrumando ao mesmo tempo as bonecas de maneira desajeitada.

Ela revira os olhos.

— Não se preocupe, senhor, eu arrumo tudo depois.

Mas o advogado parece não ter escutado e continua sem sucesso a tarefa de organizar as miudezas.

— Por favor, senhor. Realmente não precisa se incomodar — insiste.

Por fim, se dá por vencido.

— Então a senhorita é Caroline Gruner. Deixe-me apresentar formalmente: sou Cristian Heimer; é um prazer conhecê-la. — Ele estende a mão.

Antes que eu possa responder, a mulher interrompe e pergunta num tom esnobe:

— Aceitam café ou água?

— Café preto sem açúcar, por favor — ele responde de um jeito afetado. Eu apenas balanço a cabeça em negativa.

O advogado permanece com a mão estendida enquanto observo a mulher sair da sala. Há uma suavidade em seu andar, algo delicado e rítmico, que contrasta com a rudeza do olhar. Que segredos se escondem por trás daquela máscara de rugas? De repente, volto a minha atenção ao homem à minha frente. E, então, compreendo que cometi o velho pecado do excesso de imaginação (o segundo mais cometido pelos amantes da literatura, seguido apenas pela expectativa de finais felizes). O sr. Heimer é bem mais jovem do que eu imaginara em nossa primeira conversa ao telefone. Sua voz não é de um senhor idoso, é apenas rouca. Acho engraçado, pois dá a impressão de um homem mais jovem tentando disfarçar a pouca idade. Talvez ache que advogados muito jovens não passem confiança. Embora o bigode de taturana e as costeletas estilo Elvis Presley o envelheçam alguns anos, ainda não são suficientes para esconder a juventude.

Ele se senta em uma larga poltrona de veludo marrom e faz sinal para que eu siga o seu exemplo.

— Como foi a viagem? Espero que tenha corrido tudo bem. — Ele tosse, colocando a mão na frente.

— Sim, tudo bem.

— Agora, me diga o que achou da sra. Berkenbrock — sussurra.

— Desculpe-me. Quem?

— A governanta. Esther Berkenbrock.

— Ah, sim. Desculpe — digo, enquanto me remexo no sofá. — Talvez um pouco mal-humorada — concluo.

— Sim, é verdade. Ela é mal-humorada e outras coisas mais. Porém, é prestativa e conhece esta casa como a palma da mão. Era o braço direito de Helen.

— E por que ela continua aqui? Pensei que a casa estivesse vazia.

O advogado alisa o bigode, pensativo.

— Ela nunca sairia por vontade própria. Passou a vida toda aqui. O marido, Bernardo Berkenbrock, era o motorista dos Seymour.

— Era? — pergunto. — Não é mais?

— Não, não. Ele faleceu há muitos anos. De qualquer maneira, eu tomei a liberdade de continuar a pagar tanto ela quanto Ângela, a arrumadeira. Achei por bem manter esta casa organizada até que tudo fosse resolvido. — Ele suspira, parecendo satisfeito consigo mesmo. Não sei dizer por quantas vezes me remexi no sofá, tenho a impressão de que o forro está repleto de pulgas.

— O senhor agiu certo.

A sra. Berkenbrock entra na sala carregando uma pequena bandeja de prata, tão polida quanto um espelho. Quando ela se inclina, oferecendo a pequena xícara de porcelana ao advogado, consigo ver o reflexo de seu rosto, distorcido e repuxado pelas laterais. O vento empurra a janela com força, como se tentasse fugir de algo lá fora. Não tinha percebido como fazia frio nessa casa.

— Desculpe-me se pareço aérea — digo de repente. — Acho que o senhor entende a minha situação, não é? Nunca conheci minha tia e de repente fico sabendo que ela me deixou todo o seu dinheiro junto com a casa. Estou de fato agradecida, mas ao mesmo tempo não sei por onde começar. Para falar a verdade, tinha dúvidas se tudo não passava de uma brincadeira.

O advogado sorve a bebida. Um pouco de café repousa em seu bigode como pequenas gotas de água lamacenta.

— Posso lhe assegurar de que é tudo real. A senhorita já cogitou a hipótese de morar aqui?

Pela primeira vez sinto a realidade bater em meu rosto com a violência de um soco. Eu estava tão determinada a fugir que não pensara em mais nada — sem contar que apressara os acontecimentos em dois dias. Precisaria de tempo para pensar e obviamente teria que tomar algumas providências, entre elas largar o meu emprego e entregar o meu apartamento. Teria que cortar o cordão umbilical com tudo o que eu conhecia. Depois de um longo silêncio, respondo:

— Não tive tempo de pensar sobre o assunto. Aconteceu tudo muito rápido, mas posso adiantar que no momento não me vejo morando aqui.

— É uma pena, realmente uma pena.

Percebo uma ponta de decepção. O que estaria submerso naquele restante do *iceberg*? Meu celular toca. Olho no visor, é Ricardo.

— A senhorita me permite expressar a minha opinião?

— Sim, vá em frente, mas, por favor, não me chame mais de senhorita, pode me chamar simplesmente de Caroline.

— Tudo bem — ele assente. — Veja, Caroline, você trabalha hoje como recepcionista e mora em um pequeno apartamento alugado numa cidade imensa onde você não passa de um grão de areia.

— Como o senhor sabe que moro em um apartamento pequeno? — interrompo.

Ele arregala os olhos, surpreso com a reação abrupta. Sua voz, no entanto, é pegajosa como meleca de nariz.

— Na qualidade de advogado, fui obrigado a fazer uma pequena pesquisa, afinal a senhorita, quer dizer, você herdou uma quantidade considerável de dinheiro. E sua tia não tinha certeza do seu paradeiro. Não há outros Gruners, Caroline. Desculpe-me tocar nessa ferida, mas você é a única sobrevivente da sua família.

Cruzo as pernas. As pulgas invisíveis do sofá voltam a me incomodar. Dito daquele jeito, em voz alta, soa como algo realmente brutal. Um sentimento de vazio e solidão me atinge, primeiro nos membros periféricos para depois espalhar-se até o centro do meu peito. Minha respiração fica pesada. Então me lembro da história de uma menina que fora abandonada pela família. Era apenas uma criança de 6 anos, infantil, sonhadora, frágil, como todas as crianças são. Mas os adultos, tão seduzidos pela própria dor da existência, não foram capazes de protegê-la. Primeiro a mãe, depois os irmãos e, por último, o pai bêbado e traumatizado. Todos a abandonaram, e mesmo assim ela continuava a amá-los com uma adoração cega. Era uma história que fazia doer todas as extremidades, mas era a história de um livro. A minha, por outro lado, é real.

— Pois bem, agora você é dona de um palacete sem igual. É claro que necessita de algumas mudanças, mas é uma casa sem precedentes. E Lago Negro é uma cidadezinha tranquila e amistosa, onde, com certeza, você não passará despercebida. Lembre-se de que você é a pessoa mais rica da região e poderá se dedicar ao que lhe convier, sem medo de deixar a casa nas mãos da sra. Berkenbrock. Creio que você largou a faculdade de Letras, não?

— Sim, é verdade. Nossa! Até isso o senhor sabe!

Não vou mentir, toda a conversa me incomoda. Não só a menção ao ossário a que chamo de família, mas aos detalhes sobre a minha vida que o advogado parece saber. Por um instante, imagino um homem num sobretudo marrom me seguindo pelos cantos da cidade.

— O senhor poderia me informar quando a minha tia decidiu me deixar como beneficiária? — pergunto.

— Há alguns meses, mas para falar a verdade tornei-me o seu representante há pouco tempo. Talvez eu tenha me intrometido demais, é claro que é uma decisão que cabe somente a você. Eu só possuo alguns dados que foram necessários para encontrá-la.

— Claro, desculpe-me. É que por um momento tive a impressão de ter sido vigiada.

— Posso dizer que não aconteceu nada do gênero.

— Tudo bem. Quanto à casa, pensarei durante o final de semana o que farei com ela. — Forço um sorriso.

E assim dou a deixa de que desejo encerrar o assunto por enquanto. Estou inquieta; não é a minha intenção morar numa casa onde precisaria de um mapa para me localizar. O advogado entende a minha linguagem corporal e se levanta. O vento bate contra a vidraça mais uma vez. Eu hesito. De modo teatral, ele estende a mão e convida:

— Aceita conhecer o restante da propriedade?

— 7 —

1975

A mansão dos Seymour ficava no interior, numa cidadezinha chamada Lago Negro. Era lá que a família vivia na maior parte do tempo, onde celebrava as datas especiais, recebia os amigos e fazia planos; o lugar em que haviam criado o único filho — um menino alegre e saudável de fartas bochechas rosadas. Mas também o castelo de conto de fadas onde Tobias trancava a mulher enquanto preferia a cidade grande e a companhia de seus brinquedos preciosos.

Lago Negro não era um lugar trivial. Embora parecesse ter nascido de um longo e tedioso bocejo, algo em seus quatro cantos exercia um fascínio quase doentio pelos que ali se embrenhavam. Não era algo visível ou palpável que pudesse ser mensurado, pesado e classificado. Tampouco era o local para o cientista que procura por respostas concretas; há mais mistérios entre o céu e a terra, diria Shakespeare, e ali parecia ser onde os mistérios se convergiam. Eram necessários olhar aguçado e faro apurado para notar as mãos ossudas do lugar a lhe envolver os membros. Podia começar como uma leve coceira, como quando uma aranha sobe pela perna com a delicadeza de uma bailarina, para minutos depois perceber os dedos da pequena cidade, cravados na garganta.

Helen desceu da limusine, uma visão lânguida num esvoaçante vestido branco. O sol se escondia por detrás das paredes rosadas, embora alguns raios avermelhados ainda escapassem por cima do telhado. A nova sra. Seymour segurava a cauda do vestido com uma das mãos, enquanto a outra, em formato de concha, protegia os olhos do clarão do final da tarde. Pequenos redemoinhos de poeira giravam no ar. Com os olhos semicerrados encarou sua nova casa. "É um lugar bonito", pensou. "Ainda assim, não é o meu lugar." Uma jovem mulher, vestida num terninho ao estilo dos anos 1940, esperava na porta com um sorriso de tubarão.

— Sejam bem-vindos — disse com as mãos no peito. Parecia feliz em vê-los.

Otávio segurava a mãe, um espectro cambaleante que parecia ter bebido além da conta.

— Deixe comigo! — disse a mulher, empurrando-o para o lado. Otávio sorriu aliviado em passar o fardo adiante. Ajeitou o terno preto e alisou os cabelos lustrosos, voltando a atenção para a esposa, cujos olhos encaravam as enormes árvores retorcidas que despontavam na diagonal da casa. De maneira brusca, puxou-a para perto de si, fazendo o corpo esguio de Helen curvar-se violentamente para a lateral. Ela cambaleou, mas sorriu desanimada. Achava o marido infantil, uma criança mimada que acabara de ganhar um brinquedo novo. Sabia que cedo ou tarde, como toda novidade que é ultrapassada, se cansaria dela. Talvez, então, pudesse encontrar algum tipo de paz. A paz que o pai lhe negara desde o dia em que nascera.

— Ei, Berkenbrock! — Otávio gritou para a mulher que amparava a cadavérica sra. Seymour. — Quero lhe apresentar a minha esposa. Ela não é linda? — Segurava o queixo de Helen como se fosse um cavalo premiado.

Otávio podia ser tudo, menos o cavalheiro estilo lorde do interior que se esperaria ver numa casa como aquela. Embora fosse um sujeito rude, talhado a faca e, por vezes, bobalhão, havia um brilho por trás de seus olhos, uma força quase animalesca que tremulava quando incitada.

— Helen, esta é a nossa governanta, Esther Berkenbrock. O atual braço direito da minha mãe. A antiga, que Deus a tenha, faleceu há alguns meses. Era uma santa criatura, uma segunda mãe para mim. Esther também é a esposa do nosso motorista, Bernardo. — Ele apontou para o jovem no banco do motorista da limusine, cujo olhar triste perdia-se em algum lugar da mata.

— Muito prazer — Helen resmungou. Ainda se encontrava aturdida pelos últimos acontecimentos: o casamento, a mudança de casa e de família. Tudo aconteceu tão rápido, como se alguém tivesse adiantado o relógio da sua vida, que às vezes se perguntava se não estaria sonhando, se não acordaria a qualquer momento em sua cama com os gritos bêbados do pai. As pessoas à sua volta, aquele lugar tão diferente de onde fora criada lhe davam a impressão de ter cruzado a fronteira de países inimigos, ainda que não houvesse guerra declarada. Até onde sabia, ela era fruto de um acordo amigável e lucrativo.

Foi Esther Berkenbrock quem a escoltou até o quarto, uma luxuosa suíte ao estilo barroco abarrotada de brocado e papel de parede. A cama exibia um pesado dossel sobre a cabeceira, à semelhança de fartos cabelos dourados saídos do teto. Vários quadros se amontoavam na parede, cenas delicadas de pastoreio misturadas a paisagens acinzentadas. No centro de tudo, um nu ao estilo de Goya soava como uma declaração aberta e malcriada em favor da luxúria, um alívio para toda aquela contenção romântica. Helen sentiu o ventre formigar. O abajur de babados lançava um facho de luz amarelada em cima da cama. Ainda assim, havia várias velas acesas espalhadas pelo cômodo.

A governanta quebrou o silêncio:

— Bernardo trará as suas malas amanhã, conforme combinado. Hoje você não deve se preocupar com nada, apenas em estar bela. Há uma camisola no armário e algumas roupas que o sr. Seymour mandou comprar na capital.

Helen estremeceu. Apesar da idade, nunca havia se relacionado com ninguém. Alguns beijos inocentes na adolescência, roubados na antiga senzala, foram tudo o que experimentara nos anos em que a revolução sexual sacudia o mundo. Daquele tempo, sobrevivera na memória a fotografia de Marilyn Monroe nua com uma das mãos no seio, a silhueta perfeita de boneca, os lábios carnudos, o olhar de lascívia e a excitação em ver a nudez de outro corpo feminino pela primeira vez, a beleza despudorada e livre de quilos de opressão. Na fazenda, assim como em Marte, tudo chegava depois, com meses e até anos de atraso, e, quando chegava, o que conseguia ultrapassar a barreira do tempo passava por cuidadosa triagem e posterior censura. Lera sobre sexo nos livros, ainda assim de maneira superficial, quase tímida. Eram as revistas contrabandeadas que lhe revelavam os segredos, não a mãe ou as irmãs mais velhas. Havia ainda Karen, a amiga rebelde da escola que descobrira por acidente o que o pai guardava embaixo de uma tábua solta da sala de estar. Na época, fora chocante constatar que o pastor Klaus possuía uma coleção de revistas eróticas tão extensa quanto suas prédicas em favor da moralidade e da família.

Esther Berkenbrock tocou-lhe os ombros, fazendo Helen perceber em seu gesto um misto de piedade e complacência. Não poderia considerá-la maternal, era demasiada jovem para isso, mas fazia um esforço para ser acolhedora, ainda que seus passos fossem firmes e sua voz dura.

— Não se preocupe, com o tempo você vai gostar. — Sorriu. — Eu mesma vou lhe trazer algo para comer, você precisa se alimentar bem. — Passou a mão nos contornos de Helen. — Você está muito magra. Uma mulher precisa ter curvas — sentenciou.

— Mas eu não vou jantar com Otávio e a sra. Seymour? — esquivou-se.

— A sra. Seymour, como você mesma pôde ver, não está se sentindo muito bem hoje. E Otávio… — Estremeceu. — Bem, Otávio saiu. Mas vai voltar, querida, pode ter certeza. Agora vá tomar um banho, se arrume! — disse, empurrando Helen para o banheiro.

Helen fez como a mulher lhe ordenou. Nenhum "mas", "se" ou "talvez". Não havia mais lugar para a impetuosidade, para as controvérsias ou as respostas rebeldes. Tudo isso havia ficado para trás, na fazenda, nas ruínas da senzala. "Ah, a senzala!", pensou.

Duas horas depois, encontrava-se deitada na cama vestida numa camisola de seda que lhe contornava o corpo fino e delicado. Havia jantado mais por insistência da governanta que lhe empurrou a comida goela abaixo no estilo *gavage* dos patos prestes a virar *foie gras*. A exaustão lhe sufocava o corpo, esmagando costas, braços e pernas. De repente, deteve-se no quadro *à la* Goya, nos olhos felinos da mulher que faiscavam lascívia; uma mulher cheia de si, orgulhosa do seu estado receptivo, certa do efeito que provocava nos homens. Algo em seu rosto parecia debochar da donzela pura e virginal que esperava pacientemente pelo marido. "Você é uma vergonha para as mulheres emancipadas, Helen. Pior, você é a razão pela qual as mulheres emancipadas queimam os sutiãs", ela lhe diria se pudesse.

O fogo de algumas velas já havia se extinguido quando Helen acordou assustada. Um trovão ecoava pelo céu num estrondo tão amedrontador quanto Zeus, fazendo os pingos de chuva se lançarem contra a vidraça como se temessem a exibição escandalosa da tempestade. Helen caminhou até a janela, atraída pela paisagem escura e encharcada que se mostrava sob o clarão dos raios. Por alguns instantes, pensou ter visto Otávio tropeçando entre os abetos, a figura alta e pálida ziguezagueando pelo jardim como se estivesse perdida, mas num piscar de olhos tudo voltou a ficar preto. Permaneceu ali, em pé contra a janela, escutando o barulho das pesadas gotas que espetavam a grama. O corpo pendia um pouco para o lado, enfraquecido pela sonolência.

Foi uma invasão, uma espécie de força antagônica que a tirou daquele espaço tranquilo entre o sono e a vigília; um barulho seco como um tapa na bochecha que a obrigou a voltar à consciência. Otávio encontrava-se caído de joelhos no chão, depois de ter aberto a porta com tamanha violência que o fizera perder o equilíbrio. Estava bêbado, claro. Levantou-se um tanto desajeitado, rindo alto. Cambaleou até a cama, deixando um rastro de lama atrás de si — parecia um gambá e cheirava como tal.

Sentou-se, fazendo um gesto para que Helen o imitasse. Uma mancha de água brilhava no lençol. Bateu na cama.

— Sente-se perto de mim. — As palavras saíram com um chiado. Helen obedeceu, muda. — Você tem medo de mim? — perguntou, fazendo rolinhos com os cabelos negros da esposa. O hálito ocre deixou Helen nauseada; era como conversar com o pai.

— Não — ela disse, virando o rosto.

Otávio explodiu numa gargalhada desafinada.

— Claro, imagino que não, sendo filha de quem é. Vou lhe contar algo, minha querida. Eu não via a hora de me casar. Juro! — Engoliu a saliva, suavizando a voz. — A verdade é que não aguentava mais o meu pai e sua obsessão por um neto. Todo dia o mesmo blá-blá-blá, como se eu tivesse sido um fracasso — revelou, olhando para além da esposa, perdido em memórias doloridas.

Um cheiro de éter exalava pelas narinas. Helen voltou a encará-lo. Sentiu um misto de pena e nojo.

— Mas eis que um belo dia ele disse que havia encontrado a mulher perfeita: a filha de um fazendeiro grosseirão e falido do interior. E *pum!* — gritou, fazendo o corpo de Helen estremecer. — Dois coelhos numa cajadada só! Terras, *baby*! E uma esposa para este que vos fala. Confesso que no começo senti medo. Vai saber, né, que trubufu o velho estava me arrumando. Por isso me ofereci para levar o contrato para o seu pai assinar. Eu estava curioso. Quem era Helen Gruner? Uma manca de olhos esbugalhados? Uma corcunda nariguda? Cá entre nós, minha doce Helen, 30 anos e solteira não me pareciam bons adjetivos. Mas, quando vi a sua foto, não acreditei. Achei que estivesse sonhando. Fiquei empolgado, muito empolgado — disse, deslizando a mão para o seio de Helen, cujos olhos arregalados pousavam no sorriso debochado da mulher do quadro.

— Deite-se, querida — disse, tirando o paletó.

Helen obedeceu. E, enquanto o marido lhe arrancava a calcinha, ela apertava as pálpebras com força suficiente para fazer uma careta. Otávio não percebeu, sequer olhava para o seu rosto. Era para o pênis ereto que ele olhava fascinado, ávido em empurrá-lo para dentro da mulher. Não havia intenção de agradá-la ou a qualquer outra. Mulheres eram apenas pernas para serem abertas, corpos para serem manipulados. Como todo homem fraco, era na satisfação imediata do seu membro que residia a sua masculinidade.

Depois de um tempo, o corpo de Helen se anestesiou, e ela se flagrou contando as estrias na pintura do teto, esperando pelo fim daquela demonstração patética de virilidade. Quando Otávio alcançou o êxtase, soltou um gemido agudo tal qual um lobo ferido, rolou o corpo para o lado e dormiu quase imediatamente. Não disse nada. Estava consumado, e era assim que deveria ser. Helen se levantou, tentando juntar o que restara de sua dignidade. Em seu lugar, uma mancha rosada brilhava sobre o lençol.

No banho, esfregou-se por mais tempo que o necessário, lavando todos os cantos do corpo num frenesi obsessivo-compulsivo que durou quase uma hora. Aliviada, vestiu a camisola de seda e voltou para a companhia do marido. A chama de uma única vela tremulava no espaço, iluminando timidamente o rosto craquelê da mulher do quadro. Sob a luz fraca, sua boca parecia um risco monstruoso que lutava para conter uma risada. Não demorou muito, mesmo na penumbra, para Helen perceber o motivo do deboche. O quarto estava vazio.

— 8 —

Saímos em direção a um corredor estreito. Desinibido no papel de guia, o advogado passeia pelo local com uma familiaridade que me impressiona — imagino quantas vezes ele fuçou aqueles quartos e salas depois da morte da minha tia e o que espera encontrar escondido ali.

A sra. Berkenbrock nos segue de soslaio, como um velho fantasma que teme ser expulso do lugar ao qual costuma assombrar, mas o sr. Heimer parece não perceber (ou finge que não percebe) e continua a exibir a casa num tom alegre e jovial que denuncia a sua pouca idade. Se ela pensa que o intimida, está enganada.

Bellajur me lembra dos livros de literatura inglesa que eu lia na faculdade, uma mistura de George Eliot com Emily Brontë talvez, embora ela pudesse ter saído facilmente da cabeça de Alfred Hitchcock. Há algo aqui próximo a uma deferência mórbida, uma predileção à escuridão, ainda que os amplos corredores tenham sido adornados com tapetes e quadros coloridos. Luz e sombra parecem brigar a todo momento por reconhecimento, mas é a solidão que se destaca; eu não só a sinto como a vejo escorrer pelos pesados painéis de madeira. É um lugar triste, e me pego pensando qual é a razão de o advogado estar tão feliz.

Ele não me mostra toda a casa, apenas a parte mais nova, onde fica o quarto de Helen. O outro lado, apelidado de ala sul (um apelido bastante afetado, na minha opinião), está praticamente em ruínas e necessita de uma boa reforma; a chave está sempre com a sra. Berkenbrock, que não deixa ninguém chegar perto do lugar. Eu finjo que entendo e digo de maneira polida que desejo conhecer o jardim, mas assim que tivesse a oportunidade tiraria as chaves da casa da mão daquela mulher. Se sou a nova dona de Bellajur, tenho o direito de conhecer o que estou herdando. Mas deixaria isso para outro momento, pois ainda precisava me ajustar a tudo o que acontecia, iria dar um passo de cada vez e não sair atropelando a tudo e a todos à minha frente.

Confesso que toda a história soa um pouco exagerada, mas Cristian Heimer é uma figura com predileção a exageros e não disfarça quanto prazer sente em ser o centro das atenções. Estamos no jardim quando decide me contar um pouco sobre a história da família Seymour. Sentado num banco de concreto com os olhos fixos no canteiro de margaridas, ele começa a falar num tom de barítono, a voz cavernosa como se fosse contar uma história trágica:

— O marido da sua tia se chamava Otávio Seymour, um homem para o qual ninguém parece direcionar elogios. Tobias, pai de Otávio, tinha pouco mais de 20 anos quando fundou a Macieira Inc., uma fábrica de brinquedos que não só se tornou a maior do país, como chegou a exportar para diversos países. Diziam que ele tinha uma fixação por brinquedos desde pequeno, além de uma imaginação fértil e capacidade para construir o que quer que fosse. Depois de um tempo, quando o mercado já se mostrava consolidado, Tobias fundou a Bellajur Bonecas, uma fábrica dedicada à construção de bonecas de todos os tipos… — O advogado me olha de soslaio enquanto remexe nos bolsos da calça. — Você se incomoda? — pergunta de repente, mostrando-me uma carteira de Marlboro Light.

A imagem de um homem com um tubo enfiado na traqueia não o impede de levar o cigarro à boca.

— Bonecas, bonecas, bonecas — ele volta a falar, dessa vez com o cigarro apagado no canto da boca. — Tantas bonecas que pareciam uma obsessão. — Ele encara a construção imponente e infantil a nos devorar com olhos em forma de duas grandes janelas. Sim, toda casa é uma entidade com personalidade, alma e memória. E Bellajur não é diferente. Embora eu ainda não saiba qual o caráter daquelas paredes rosadas, posso sentir em seus olhos o peso de um passado não digerido; energias e impressões humanas que ainda correm pelos canos como sangue contaminado.

— Então Bellajur era o nome das bonecas... — digo, fitando o musgo que cresce sobre os pés do banco de concreto.

— E eram tão perfeitas que chegavam a assustar! — exclama, acendendo o cigarro com um isqueiro prateado da Harley-Davidson. Por um instante noto um brilho de fascinação em seu olhar.

— O senhor já viu uma?

— Nunca! É item de colecionador agora! — Ele abana a fumaça que nos envolve num *fog* cinza. Algo o incomoda, posso perceber. Ainda assim, me transformo numa versão infantil de mim mesma, uma Caroline de quatro anos curiosa para chegar ao fim da história.

— O que aconteceu com as fábricas? Elas ainda existem? Nunca ouvi falar delas.

O advogado me analisa enquanto exala a fumaça pelas narinas.

— Faliram. As duas. Depois da morte de Otávio, foi como se uma maldição se abatesse sobre os negócios. Ambas morreram com o fim dos Seymour. Felizmente, ele deixou Helen numa situação bastante confortável.

— Mas... e Helen? O que aconteceu com ela?

Cristian Heimer franze o cenho, revelando duas rugas verticais no meio dos olhos, e seu rosto parece prestes a descolar. Sinto um calafrio enroscar pela coluna como uma cobra, que sobe até a nuca. Eu me remexo.

— O que havia de errado aqui? — Desabafo: — Lembro-me de que durante minha infância mal ouvia falar sobre ela. A impressão que eu tinha era de que havia algo de errado com ela que ninguém se atrevia a falar. Meu avô, irmão da tia Helen, tocava em seu nome através de sussurros, como se ela fosse louca ou sofresse de alguma doença grave. E agora me pergunto: por que ela não teve filhos? Era certo que poderiam ter criado muito bem quantos filhos quisessem. O senhor não acha?

Ele dá uma longa tragada no cigarro, como se avaliasse o que iria me confidenciar.

— É um assunto delicado, Caroline. Sei apenas o que me foi possível arrancar daqui e dali.

O vento sopra de repente, fazendo as folhas das árvores chacoalhar num farfalhar místico, uma espécie de trilha sonora dramática para a história na qual ele revelava.

— Sim, você está certa. A sra. Helen de fato sofria de uma doença mental. Começou depois da criação das Bellajur, que durante muitos anos foram o item mais vendido da empresa. Conta-se que sua tia se apaixonou perdidamente pelas bonecas e começou a colecionar várias do mesmo modelo, chegando a possuir uma centena delas. Não levou muito tempo para a obsessão tornar-se loucura. Num certo momento, ela resolveu trancá-las em um quarto escondido, longe de qualquer pessoa que quisesse admirá-las. Ali era o seu refúgio, onde passava os dias a conversar com as bonecas. Depois de um tempo, a pobre Helen Seymour começou a afirmar que conversava com os mortos através das bonecas, especialmente através de treze delas.

— Coitada! — foi tudo o que consegui dizer.

— Na prática, devo revelar, não há indício da existência desse quarto. Eu mesmo já o procurei sob milhares de protestos da sra. Berkenbrock, que nega até o fim que ele exista ou mesmo que essa história tenha realmente acontecido. Ela confirma somente que a sra. Helen possuía uma coleção de bonecas, mas garante que o resto não passa de exageros e intrigas de pessoas desocupadas. O povo, ao contrário, jura que a história é verídica. Só há uma certeza — acrescenta: — a de que sua tia estava realmente doente. De acordo com o médico local, o dr. Pawlak, ela sofria de esquizofrenia.

— Esquizofrenia? Nunca soube de nada disso, muito menos de que alguém na minha família sofresse dessa doença.

— Provavelmente por saberem que a esquizofrenia é uma doença hereditária, um estigma para todas as gerações. Muitas vezes se evita falar ou mesmo admitir que algo assim ocorre na família. Há sempre muita vergonha e medo. As pessoas costumam gostar mais das histórias trágicas que se passam na casa do vizinho que das suas próprias.

— Sim, compreendo agora. Coitada... — repito, sentindo pela primeira vez uma grande empatia por aquela mulher que eu nunca conhecera. Como devem ter sido infernais seus dias em Bellajur...

— Puxa vida! — diz ele num sobressalto, apagando o cigarro com a sola do sapato. — É quase meio-dia. Desculpe-me, mas devo me retirar; tenho um compromisso importantíssimo e não posso me atrasar.

— Sem problemas.

— Provavelmente a sra. Berkenbrock já deve ter providenciado o almoço e não tardará em chamá-la.

— Ótimo — respondo com falso entusiasmo. O advogado corre para o carro.

Levanto-me do banco, a atenção voltada para a estranha figura que entra num Volvo preto com placa de outra cidade. Algo nele lembra um palhaço desajeitado, os sapatos lustrosos, o terno largo e fora de moda. O carro arranca, deixando um rastro de poeira e uma onda de ansiedade que me invade feito um tsunami emocional. Atrás de mim, um lembrete em forma de tijolos de que a vida não se importa com o tamanho do seu castelo; ela é fugaz e, na maioria das vezes, cruel; é a figura diabólica com asas disformes e vermelhas, sentada sobre a roda da fortuna.

Em algum lugar, ouço o estalar de galhos, uma sequência quebradiça de folhas e gravetos, como se um pequeno animal corresse pelo bosque, aflito e assustado. Algo se move atrás de mim. Olho sobre o ombro, mas só encontro Bellajur, a casa grande e avolumada com aspecto de boneca, suas cores infantis e deprimentes ao mesmo tempo. Tenho a sensação de que ela me engolirá, cedo ou tarde abrirá a boca e me empurrará goela abaixo, enterrando-me sob as suas vigas. Cerro as pálpebras, tenho medo de olhar. Então sinto uma mão gelada tocar o meu rosto. Prendo o grito e abro os olhos. A sra. Berkenbrock me encara com expressão de piedade. Nesse instante, tenho certeza de que ela pensa que também sou louca.

— Não sei se será do seu gosto — ela alerta enquanto eu me sento à mesa. — Preparei-o eu mesma, com a ajuda de Ângela, a arrumadeira — prossegue com o entusiasmo de uma estátua de cera. — Normalmente temos duas cozinheiras, além do jardineiro, mas foram todos embora quando a sra. Helen faleceu.

— Parece-me tudo maravilhoso — comento. — Não se preocupe comigo, estou acostumada à simplicidade.

— Qualquer problema, estarei na cozinha. Com licença.

— Sra. Berkenbrock!

— Sim?

— Quero muito conhecer a cidade. É possível chamar um táxi pela tarde?

— Claro.

— Gostaria também de lhe dizer que estou encantada com a casa, tudo está muito bem cuidado e em perfeita ordem.

— Fico grata — diz friamente, encerrando a sequência de monossílabos.

— Prometo que até amanhã decidirei sobre o destino de Bellajur. Mas o que quer que seja, garanto que serão as primeiras a saberem.

Ela balança a cabeça para cima e para baixo, deixando-me sozinha em seguida.

Depois do almoço, subo ao quarto principal a fim de descansar um pouco. Cada detalhe havia sido arrumado e limpo, sem dúvida, sob as ordens da sra. Berkenbrock.

O quarto que pertenceu a Helen não se parece com o restante da casa: não há móveis pesados, veludo marrom ou excesso de enfeites —

aliás, não há enfeites. Apesar do piso de madeira lustroso, ele é claro e arejado, o resultado de uma mistura de tons pastel que apazigua e acalma. Nada de bonecas de porcelana, miudezas de bonecas, pinturas ou mesmo a Bellajur. Apenas um quadro jaz pendurado, exposto sobre o papel de parede inglês: uma mulher nua, cujos braços em forma de losango pendem atrás da cabeça. Lembra-me Kate Winslet em *Titanic*.

Da janela é possível contemplar o jardim com seus arbustos e plantações de rosas, além de um bosque de abetos plantados propositalmente em forma de círculo, que visto de cima tem a aparência de um labirinto natalino. Enfim, os tímidos raios de sol encontram lugar entre os chuviscos persistentes de outrora. E, então, me dou conta de que aquele quarto é perfeito para um doente. Nada que pudesse causar ansiedade a uma pessoa com problemas mentais; nada, exceto a imagem solitária de uma mulher nua. Deito-me na cama de casal, envolta por uma colcha perolada. Sinto o cansaço das últimas 24 horas tomar conta de mim. É sem dúvida um lugar bonito com uma história incomum, uma parte do quebra-cabeça da história da minha família. Os pensamentos dançam soltos em minha mente, sapateiam livres sobre o piso de madeira. Adormeço tranquilamente. Se há fantasmas em Bellajur, ainda não tomaram conhecimento da minha presença. Ou quem sabe são apenas tímidos.

— 9 —

É meu velho amigo, o taxista com cara de bode, que me busca em Bellajur.

— Você novamente! — exclamo quando entro no carro. Ele sequer abre a boca, permanece em silêncio alisando a barbicha. — Gostaria de dar uma volta pela cidade.

Não sei ao certo para onde ir; a cidade é pequena, é verdade, mas, ainda assim, me sinto como uma barata tonta. Desconfio de que o taxista percebe a minha dúvida e, depois de rodar por algum tempo, diminui a velocidade e entra num imenso pátio.

— Acho melhor você ficar por aqui. É o nosso principal ponto turístico — diz, os olhos espremidos pela claridade repentina.

— Tudo bem — respondo ao notar que se trata do estacionamento da igreja. Permaneço ali por alguns instantes, observando o táxi ir embora, sem saber o que fazer. Não gosto de igrejas, confesso, e estou longe de ser religiosa. Depois que perdi meus pais, reduzi Deus e seus defensores a uma piada. Rio deles sempre que posso, idiotas crentes amarrados a um deus fantasma, tirano e opressor. Sinto um misto de pena e raiva de qualquer um que pense que "ele" se importa.

Um homem grisalho sentado num banco de madeira lê um jornal; vez ou outra, noto que me espia por entre as folhas. Não dou atenção, afinal, numa cidade pequena onde nada de interessante acontece, devo ser o assunto do momento. A sobrinha da louca do casarão que herda os restos de uma fortuna. Daria um filme, com certeza.

Volto a atenção para a igreja: uma construção bonita e discreta, de tijolinhos à vista. À direita, ergue-se uma torre com um relógio e um sino enferrujado. Existe algo sobre as igrejas que me incomoda. Não importa o quanto as fachadas sejam alegres, há sempre um ar sombrio que circunda suas paredes. Com a igreja de Lago Negro não é diferente. A escuridão que engole o lugar, e devora quem se atreve a entrar, me faz sentir aquele velho desconforto claustrofóbico. Gotas de suor brotam da minha testa quando me aproximo de uma fileira de velas acesas. Quantas preces fervorosas há nas chamas que tremulam. E me pergunto se o deus tirano se esquece dos pedidos que padecem sob as ceras derretidas.

— Olá, minha querida!

— Olá, padre — respondo assim que me viro. E, então, percebo que o padre e o homem grisalho que lia o jornal havia poucos minutos são na realidade a mesma pessoa.

— Você não é daqui, não é mesmo? — pergunta num tom afável, a boca escancarada revelando dentes amarelados e tortos.

— Não. Sou Caroline Gruner. — Sorrio, mas estou nervosa. Até acenderem todas as luzes, juro que não me acalmarei.

— Caroline Gruner — repete. — A herdeira! — Ele fecha o sorriso de repente como se tivesse escutado uma notícia trágica.

— Eu mesma.

— Claro! — Ele suspira e sorri com os lábios grudados. — Ouvi pela manhã que você havia chegado. Sabe, Caroline, aqui em Lago Negro as notícias voam na velocidade da luz. As pessoas disfarçam, mas a verdade é que todos se interessam pela vida alheia. É o mal das pequenas cidades.

Conversamos um pouco, ou melhor, ele conversa, pois fala como se falasse consigo mesmo, sem me dar chance de retrucar; e, antes que eu seja forçada a ouvir também o sermão da missa, me despeço educadamente e saio de fininho. As pessoas já começam a se amontoar nos bancos, e percebo em seus olhares um interesse discreto por mim. Felizmente, alguém acende a maldita luz.

A chuva volta a cair. Atravesso a rua de maneira apressada em direção a uma pequena livraria de esquina. O vento branco e arenoso encobre quase tudo à minha volta. Olho para trás, zonza ao notar que a igreja fora engolida de uma só vez pela tempestade faminta. Empurro com força desnecessária a porta vermelha de estilo cabine-telefônica-inglesa da livraria, tropeçando em seguida no meu próprio sapato. Atrás do balcão, a funcionária de cabelos cor-de-rosa me encara sem nenhuma curiosidade. Depois de bocejar, diz com fingida animação:

— Olá! Em que posso ajudá-la? — Seu sorriso é amarelo, e presumidamente sua cara é de pau.

— Gostaria apenas de olhar os livros — falo com um sorriso tão forçado quanto o dela.

— Ok. Fique à vontade. O meu nome é Marcela. Se precisar, é só chamar.

"Duvido", penso.

— Obrigada.

Caminho pelos corredores escuros, embrenhando-me por entre as estantes à procura de um livro que atraísse a minha atenção. Foi preciso dar algumas voltas até encontrar *Rebecca*, de Daphne du Maurier, o romance preferido da minha mãe. Talvez, por me sentir tão só, precise de algo que me faça ficar mais perto da sua imagem tão obscurecida pelos anos. Ao retirar o livro da prateleira, um misto de pó e saudade me invade. E então vejo um rosto desconhecido do lado oposto da estante. Os olhos arregalados, as sobrancelhas arqueadas e a boca curvada para baixo num sorriso invertido me lembram de uma lenda urbana que eu escutava quando criança. Havia alguns quadros que circulavam na época de rostos pintados com expressão de tristeza. Diziam que jamais poderíamos colocá-los sob o sol, pois o diabo em pessoa apareceria em questão de segundos. Grito ao ver o rosto do homem. Será que estou tão distraída que não notei a presença de outro cliente ali? O homem se desculpa desajeitadamente inúmeras vezes e, como forma de amenizar a situação, se oferece para me pagar um café.

— Não tive a intenção de assustar você — ele se desculpa mais uma vez, segurando-me pela mão.

— Já passou, não foi nada — minto. A verdade é que ainda estou apavorada.

— Sente-se, por favor. Marcela, traga uma xícara de café. Que maneira desastrosa de nos conhecermos. Meu nome é John Pawlak.

— Pawlak? Esse nome não me é estranho, acho que já o ouvi antes. Espere um minuto, esse é o nome do médico da minha tia-avó, não é?

— Você se refere ao meu pai, o dr. Pawlak?

— Achei mesmo que não poderia ser você — murmuro, sentindo as bochechas corar, afinal seria impossível que se tratasse da mesma pessoa. O homem com quem converso deve ter no máximo 30 anos; seus cabelos são de um tom amendoado que combina com a cor dos olhos; veste uma camiseta do Ramones preta, a frase *Gabba gabba hey* pichada num osso. Nunca fui muito fã da banda; por alguma razão David Coverdale e Robert Plant combinam mais com meus ouvidos. No entanto, me pego cantarolando *Hey ho, let's go* e batendo os pés no chão.

— E você deve ser Caroline Gruner, acertei? — Ele me encara, um misto de triunfo e curiosidade.

— Sim, sou eu. Será que todos aqui já sabem? — pergunto num súbito acesso de falsa modéstia. Quando se passa a metade da vida acadêmica socada no fundo da sala de aula, é difícil não gostar de um pouco de atenção.

— Provavelmente sim. Ângela, a arrumadeira de Bellajur, já fez o favor de espalhar a notícia da sua chegada. E aqui, como você já deve ter percebido...

— As notícias voam na velocidade da luz — completo.

— Então você já teve o prazer de conhecer o padre Gadotti! — Ele sorri, exibindo covinhas nos cantos da boca.

— Conheci há alguns minutos. Sujeito interessante — digo de maneira automática, sem conseguir desviar a minha atenção da beleza de John. A sensação é de navegar em câmara lenta uma ou duas dimensões acima desta, o espaço ao redor movendo-se em ondulações como se estivesse submerso. Tenho certeza de que minha expressão é de uma completa tola, alguém que precisa fazer um esforço sobre-humano para compreender as palavras que saem da boca da outra pessoa.

A menina de cabelos cor-de-rosa se materializa atrás de John com as duas xícaras de café nas mãos, poupando-me de mais alguns momentos de embaraço. Ela coloca as xícaras na mesa, produzindo um suave tilintar que lembra o som metalizado de um sino de vento.

— Obrigada, Marcela! — ele agradece sem se virar para trás. — É praticamente uma figura histórica da cidade — continua, referindo-se ao padre Gadotti.

— Imagino que sim. E você, John, qual é a sua ocupação? Também é médico? — É a única pergunta que me ocorre no momento; estou agarrada a um pedaço de madeira no meio do oceano, tentando não me afogar.

— Não, nada disso. — Ele faz uma pausa para tomar um gole do café. — Na verdade, sou dono desta livraria — diz, enquanto descansa a xícara no pires.

"Uau, livros? Eu amo livros! Acho que somos almas gêmeas", penso, levando a xícara à boca.

— Eu gosto muito de livros — respondo sem muita emoção depois de ter queimado a língua.

— E infelizmente você teve a leitura de *Rebecca* interrompida por um sujeito desastrado como eu, que sai por aí assustando os clientes. — Aponta para o livro que eu deixara em cima da mesa.

— Não tem problema. É um velho amigo meu. Alguém que, quando encontro, sinto uma irresistível necessidade de abraçar.

— Ah, então você é fã da Daphne du Maurier? — pergunta, referindo-se à escritora.

— Acho que sou mais fã da Rebecca — confesso, os olhos fixos na capa, a mansão engolida pelas chamas numa noite escura. Estremeço, mas não sei por quê. Já perdi a conta de quantas vezes tive essa reação em Lago Negro em apenas um dia. É como tropeçar numa assombração a todo momento. Ou como se a mesma assombração estivesse em meu encalço.

— Por quê? — John fica sério de repente, parece não entender a minha predileção pela personagem misteriosa do romance.

— Ah, bobagem — falo sem graça. — Acho que gosto da personagem Rebecca porque ela é uma mulher marcante, daquelas que deixam a sua impressão por onde passam. Com certeza, estou mais para Mrs. de Winter, a esposa sem graça e insegura da história. — Rio, mas o som da minha risada sai débil, distorcido, como um rádio que se tenta sintonizar. Sinto uma vontade irresistível de me dar um beliscão.

— Mas você deve saber, como fã do livro, que nem tudo é o que parece — ele retruca, encarando-me com determinação.

Ficamos em silêncio. Espero que John diga mais alguma coisa, mas ele simplesmente começa a brincar com a xícara, girando-a com os dedos no pires.

— Você não acha que Bellajur se parece com a mansão do romance? — ele pergunta com os olhos ainda fixos na xícara que rodopia num *twist*.

— Como assim?

— Sem a praia, claro — ele continua como se não tivesse me escutado.

— Manderley?

— Sim, Manderley — repete. — Não me recordava mais do nome da propriedade.

— Pode ser que sim, não tinha pensado nisso. Provavelmente o ar de mistério, de que algo se esconde por detrás das paredes. — Forço um tom grave ao estilo de *Alfred Hitchcock apresenta*. Consigo até escutar a música contraditoriamente alegre, o "tim tim tim" saltitante que prenuncia a chegada da sombra nariguda de queixo duplo do velho Hitch. *Good evening, ladies and gentlemen*, ele diria de maneira contida e levemente sinistra a fim de dissipar a impressão cômica que sua figura gorducha poderia ter provocado. Mas a quem eu tentava enganar? Eu não sou engraçada e não seria agora, não importa quanto tente impressionar um homem.

Ele não achou graça da minha imitação fajuta e também não pareceu levá-la em consideração.

— Vejo que você não acredita muito em mistérios. — Levanta os olhos, fixando-os nos meus.

— Não exatamente.

— Mas pelo visto gosta de um bom suspense! — Riu. Talvez ele tenha achado graça da minha imitação, afinal de contas. Minhas bochechas coram, minhas axilas estão grudentas, e tenho certeza de que a essa altura minha maquiagem não passa de um craquelê engordurado, como um quadro que se esfarela com o passar dos anos. "Droga! Maldita hora para ser humana", penso.

Alheio ao que se passa na minha cabeça, ele aponta para o livro e diz:

— Como era mesmo o início? Sempre gostei muito dele.

— *Ontem à noite sonhei que estive em Manderley novamente* — recito.

— Você realmente é uma fã de *Rebecca*! — Ele bate palmas. — Agora, diga-me a verdade, Caroline. O que você achou de Bellajur?

— Francamente, possui algumas excentricidades, mas eu até que gosto do lugar.

John Pawlak mergulha no silêncio, voltando os olhos mais uma vez para a xícara. Um homem coberto por um sobretudo cor de mostarda passa por nós e balança a cabeça num cumprimento mais discreto que sua roupa.

— Falei algo que o perturbou?

— Não, claro que não. É que eu estava pensando... Você é a primeira pessoa a falar da casa dessa maneira. Fico feliz que se sinta bem lá. Eu, ao contrário, desde criança não tenho uma boa impressão do lugar.

— Não vá me dizer que você acredita naquela tolice de bonecas que falam!

— Não em toda a história, mas em parte dela. Nós somos os vizinhos mais próximos de Bellajur, e durante toda a minha vida tive a sensação de que algo ruim acontecia ali. Meu pai não comentava, mas, pelo estado em que voltava de cada visita, posso afirmar que não era um ambiente de paz e tranquilidade.

— Como era a minha tia? Você chegou a conhecê-la?

— Muito pouco, mas lhe digo que você não se parece nada com ela.

Não sei se me sinto aliviada ou preocupada com esse comentário.

— Não? — pergunto, fingindo despreocupação.

— Não — ele confirma, e depois de uma pausa acrescenta: — Vocês são diferentes na aparência, só isso.

"Ufa", penso, talvez eu esteja a salvo de uma semelhança genética. O único medo real que carrego no momento, além da minha condição física, é a possibilidade de ter a mesma propensão à loucura. Mas acho que um raio não cai duas vezes no mesmo lugar. Assim espero.

— Estranho — digo, levando os olhos para o teto. Várias mariposas mortas se amontoam dentro da luminária transparente. Quem quer que fizesse a limpeza do lugar estava passando a perna em John, ou ele não ligava para esse tipo de detalhe. — Não vi uma fotografia sequer dela na casa. Para falar a verdade, não vi fotografia alguma.

— Pergunte à governanta; com certeza, se alguém sabe de alguma coisa, é ela.

— Farei isso. Bem, é melhor eu voltar para Bellajur; tenho assuntos para resolver ainda hoje com o sr. Heimer.

— Quem?

— Cristian Heimer, o advogado com quem estou tratando de tudo.

— Não o conheço, não deve ser daqui.

— Acho que é de Bonville. Pelo menos é o que diz a placa do carro que dirige.

Ele assente e eu me levanto. Nos despedimos de maneira polida com um aperto de mãos. Eu decido comprar o livro *Rebecca*, mais por educação do que por interesse, afinal já o lera duas vezes. Ele escreve no canto da primeira página o seu número do celular, e meu coração acelera. Então compreendo que encontrei um bom motivo para permanecer em Lago Negro. Esse motivo atende pelo nome de John Pawlak. Preciso vê-lo novamente.

Num impulso, pergunto com entusiasmo mais do que necessário:

— Você gostaria de jantar em Bellajur amanhã à noite? Estenda o convite a seus pais, gostaria muito de conhecê-los.

Não posso afirmar ao certo o motivo pelo qual me arrisco a convidar um completo estranho para jantar numa casa que teoricamente ainda não me pertence, embora o simples fato de me sentir atraída de um modo que nunca estivera antes (nem por Daniel) pareça ser uma explicação plausível. Para minha surpresa, John Pawlak responde simplesmente que sim. Sei que será preciso uma boa dose de tato para comunicar à sra. Berkenbrock que daremos um jantar. Eu mesma estou ciente da minha presunção, imagine ela.

Não demorou cinco minutos para o táxi parar em frente à livraria — John pedira a Marcela que chamasse o meu amigo-barbicha, que, pelo andar da carruagem, logo seria promovido a motorista particular. Carlos é o seu nome. É de confiança, segundo John. Olho mais uma vez para John antes de entrar no carro. Ele não sorri.

Uma névoa leitosa encontra-se estacionada pela cidade, fazendo Carlos trafegar de modo lento até Bellajur. Durante o trajeto, somos alvejados por granizo a todo momento, como se a natureza nos considerasse seus inimigos.

Apesar da escuridão, o relógio da sala bate cinco horas. Corro escada acima ansiosa para tomar um banho, mas congelo quando chego ao corredor. O véu da noite abraça Bellajur como um amante enciumado, e me pego sem saber para onde ir. Diante das grossas portas de mogno, me dou conta de que esquecera qual delas é a do meu quarto. Tenho a impressão de que quem construiu este lugar gostava de pregar peças nos clientes e, pelo jeito, assim como eu, não devia ser um sujeito engraçado. Sinto-me num desses programas de auditório onde as pessoas devem escolher atrás de qual porta encontra-se o prêmio. Tento a mais próxima, mas em vez de prêmio encontro uma jovem mulher debruçada sobre a minha mala. Tenho a impressão de que estivera remexendo em meus pertences por algum tempo. Grito, achando que se trata de uma ladra. Ela, no entanto, me cumprimenta com excessiva calma.

— Boa tarde, dona Caroline. Eu sou a arrumadeira da casa. Ângela é o meu nome. Estava aqui ajeitando suas coisas. Espero que resolva ficar conosco. Seria um grande prazer. — Seu tom é lento e pausado, como se tivesse decorado as frases.

Não tenho uma boa impressão da menina. Sim, sou culpada pelo crime da inveja. Ela é demasiadamente bonita para esse tipo de serviço: silhueta esguia e longos cabelos negros encaracolados. Tenho certeza de que poderia ter seguido facilmente a carreira de modelo, se quisesse. Apesar da beleza, há nela algo de bobo e forçado, como uma boneca chinesa que tenta se passar pela Barbie. Se ela tentou me agradar, não conseguiu.

— Boa tarde, Ângela — digo de maneira seca. — Obrigada, mas não há necessidade de você arrumar nada agora.

— Tudo bem. — Ela me lança um falso sorriso. — Se houver algo que possa fazer...

— Sim, apenas chame a sra. Berkenbrock.

— Sem problemas. Com licença. — Faz uma reverência, que me soa como provocação.

Quando ela sai, minha atenção se volta para os meus objetos pessoais; preciso conferir se não falta nada. Parece impossível me livrar da impressão deixada pela arrumadeira. É como olhar para a carta da morte do tarô, uma sensação que vai além de uma antipatia natural pela figura da caveira com a foice; algo nos olhos da menina me fez sentir medo. Enquanto remexo em minhas roupas, ouço os passos cautelosos da governanta. Ensaio um sorriso para recebê-la.

— A senhorita mandou me chamar? — pergunta com as mãos em forma de oração. Deus, como essa mulher é artificial! Será que não relaxa nunca?

— Sim. Eu convidei os Pawlak para jantar amanhã. Espero que não se importe. — Atrás de nós, a porta range feito um choro de criança. Encolho os ombros esperando que ela bata com força, mas ela simplesmente para segundos antes de fechar, como se um fantasma a segurasse pelo trinco.

— É um pouco inesperado, teremos que nos desdobrar — diz, o corpo levemente contorcido para trás, os olhos fixos na porta. — A senhorita tem algo em mente? — pergunta ainda na posição contorcionista. Por alguma razão seu rosto continua virado para a porta.

— Não, prefiro deixar em suas mãos.

— Então assim será — profetiza.

A porta bate com força. Ela sorri, mas não para mim.

— Ângela me ajudará.

— A propósito, há quanto tempo ela trabalha nesta casa?

— Há cerca de dois anos.

— E a senhora a considera de confiança?

— Totalmente! A senhorita possui alguma queixa contra ela?

— Não. É só curiosidade — digo, irritada com aquela mania de "senhorita" pra cá, "senhorita" pra lá. Dá vontade de mandar enfiar o "senhorita" bem no meio da costura traseira da saia preta.

— Ângela é um pouco temperamental, mas sabe fazer o serviço como ninguém. Não é preciso se preocupar.

— Não me preocuparei — minto. — O sr. Heimer virá logo pela manhã, vou convidá-lo para o jantar também.

— Claro — concorda sem sorrir. — Bom, com licença, vou preparar o jantar.

— Só mais uma coisa.

— Sim? — Ela gira sobre os calcanhares.

— Por que não há nenhum retrato dos meus tios em Bellajur?

— A sra. Seymour, antes de morrer, destruiu todas as fotos — ela revela sem floreios. — A senhorita já deve ter ouvido que ela não era uma mulher sã, não é? Pois bem, num desses surtos, ela simplesmente as destruiu.

— Que pena! — digo, embora não me sinta satisfeita com a história.

— Memórias dolorosas, é tudo o que a senhorita precisa saber — ela diz, antes de me deixar sozinha.

Preciso descansar urgentemente. O dia foi longo, e é necessário digerir tudo que vi e ouvi. Demoro o quanto posso no banho. Sento-me no chão do box e deixo a água bater em meu corpo. É isso que faço quando tenho que resolver algo ou quando a vida me atinge de algum modo: tento achar soluções embaixo da água quente. Mas, em vez de encontrá-las, me perco na imagem de John Pawlak e no quanto eu gostaria de agradá-lo. Isso não me causa espanto, apenas alívio por não pensar mais em Daniel; afinal, para que serviria? Pensar nele seria como jogar sal numa ferida aberta. Nada melhor do que fazer o curativo e esquecer que algum dia eu me machucara. Nosso relacionamento fora inesperado e terminou da mesma maneira. Não posso permitir que ele influencie a minha vida um minuto sequer. Não vale a pena.

Minhas mãos enrugadas me avisam que é hora de sair. Com certeza a sra. Berkenbrock não aprovaria a minha demora no banho, tampouco um atraso para jantar. Apresso-me. Tenho essa sensação constante de que ela ainda tenta impor certos padrões a Bellajur, como se aqueles que os apreciavam ainda estivessem vivos. Sinto, não sem um certo remorso, que eu a decepcionaria cedo ou tarde. Não sou uma Seymour.

Encontro-me sozinha diante da enorme mesa de jantar. A comida já está na mesa, e a ausência da governanta indica que os meus modos foram reprovados.

— Que se dane! — anuncio em voz alta enquanto sento no lugar que ela escolhera: a cadeira da ponta. Imediatamente, sou asfixiada por todas as paredes de mogno e pelos quadros antigos. A luz amarelada pisca algumas vezes, dando indícios de que, com a tempestade que se abate sobre Lago Negro, ela não tardará a se extinguir. "Espero que tenham velas", penso.

– 10 –

1975

— Deram o nome àquelas pedras de Roda das Bruxas. — Ela sorriu, então passou a mão no cabelo de um jeito abrupto como se espantasse um mosquito. — O lago é bonito. Veja, apesar das águas escuras, posso lhe assegurar que são ótimas para nadar.

Esther Berkenbrock gesticulava alegremente, mostrando toda a eficiência madura que seus 24 anos concentravam. Não havia nada de ordinário naquela mulher falante de delicada beleza clássica. Era como conversar com uma Grace Kelly viciada em metanfetamina, supunha. Os cabelos loiros e finos repuxados para trás, o traje elegante ao estilo Coco Chanel, os olhos vidrados de coelho e as mãos ávidas por acompanhar as palavras que saíam da boca. A imagem fê-la rir subitamente: uma princesa quicando feito uma bola de tênis pelos cantos.

— Falei algo engraçado, Helen? — Fungou, os lábios contraídos como se jogasse um beijo no ar.

— Desculpe, me lembrei de uma história da fazenda. Que árvore é aquela? — Apontou para um salgueiro que se debruçava sobre as águas do lago. Se havia algo que Helen não desejaria era desagradar Esther Berkenbrock; afinal, desde o dia em que chegara a Lago Negro, ela se mostrara a única amiga que poderia ter, ainda que fosse uma amizade baseada num entendimento polido e um tanto vago.

— Um salgueiro. Deve estar ali há séculos. — Esther gesticulou em direção à árvore, que, daquela distância, parecia um ogro verde e barbudo a convidá-las para um caloroso abraço. — Na mitologia grega, o salgueiro era uma árvore consagrada à deusa Hera e tinha propriedades para deter qualquer hemorragia e evitar o aborto — ela continuou de um jeito tão animado que pensou que explodiria de excitação.

Os dias se arrastavam quieta e dolorosamente para Helen. Ela quase não via Otávio, a não ser nos finais de semana, quando ele voltava para casa e a possuía como um animal que retorna para marcar o território. Eles raramente conversavam, o que a fez cogitar se não seria um mal de que padeciam todos os Seymour: a quietude. A sogra moribunda já não saía do quarto na ala sul, onde supostamente esperava a morte, com um tanque de oxigênio de um lado a lhe estender o sofrimento e uma enfermeira carrancuda do outro, para assegurar que isso fosse feito. Ainda que separadas por alas, Helen jurava que podia ouvir o eco dos seus lamentos: "Dá-me luz, dá-me luz!". Um pedido claro e alto o bastante para que a morte a levasse daquele lugar escuro e abafado onde sua mente residia no final. Vez ou outra, os lamentos se arrastavam noite adentro, longos e estridentes, feito o miado de um gatinho com fome cuja mãe o abandonara. Helen tinha sempre o mesmo pesadelo durante as infindáveis noites de agonia da sra. Seymour: um curta-metragem preto e branco ao estilo de um filme francês de terror do final do século XIX.

A sineta da porta da mansão toca vigorosamente no meio da noite, como se alguém com pressa ou trazendo más notícias se encontrasse no alpendre, possivelmente zangado e nervoso devido à longa espera. Apesar do barulho escandaloso a assassinar a quietude da noite, ninguém, nem mesmo a prodigiosa Esther Berkenbrock, parece ser capaz de ouvir a chegada daquele visitante inesperado; somente Helen, distante o suficiente da porta para não ouvir nada, e mesmo assim tão perto como se a sineta tocasse em seu ouvido. O susto a faz despertar dentro do sonho, aquele momento estranho de acordar e ainda dormir; o coração disparado a alertar para a distorção do senso comum, de que não se deve incomodar os que dormem e muito menos lhes fazer visitas no meio da noite. Gritar pela governanta parece ser o mais correto a fazer, embora a curiosidade a empurre em direção à porta. "É necessário abri-la!", ela pensa. E assim, como uma boa anfitriã, Helen esgueira-se pela escadaria em direção ao barulho, em pânico, porém convicta de que é necessário abrir a porta. Uma lufada de massa polar lhe surra o rosto como se a porta já estivesse aberta, mas a sineta continua num vigoroso blém, blém, blém, tão alto e potente quanto o Big Ben à meia-noite. Quando Helen se aproxima do hall, percebe que a porta está mesmo aberta e o sino parece balançar sozinho, embalado por mãos invisíveis de algum fantasma brincalhão. Está escuro lá fora, um preto cavernoso cobre a paisagem como um manto de sombra. Helen pisa no alpendre, abraça a si mesma de frio. "Está tão frio! Frio como a morte". Há alguém ali, ela sente; embora a figura não mostre o rosto, ela está lá, vigilante. Ela avisa que está lá, mas não quer mostrar o rosto. Ainda não. E era aí, naquele momento crucial de revelação, que Helen acordava impregnada com a sensação de terror deixando seus poros feito vapor. Ela jurava que podia enxergar o terror e, se ele tivesse forma, poderia descrevê-lo.

Certo dia, o visitante mostrou o rosto. E não só o mostrou como se apresentou:

— Muito prazer, meu nome é Morte! Como vai? Você pode fingir que não me conhece, que nunca ouviu falar de mim, mas eu existo, ah, se existo. E hoje estou aqui, parada à sua porta, para lhe dar boas-vindas. Aliás, vim buscar a moribunda que jaz ali em cima.

Esse foi o dia em que a sra. Seymour morreu, depois de oito horas de um inspirar e um exalar agoniantes, um processo doloroso e lento feito um parto às avessas.

Tobias Seymour, desesperado no auge do luto, estendeu o velório por quatro longos dias, expondo todos a uma morbidez nauseante ao estilo de Edgar Allan Poe, até que o corpo, devorado e exaurido pela doença, começasse a exalar sua podridão. O ritual havia acontecido no salão principal da mansão — um hábito tão antigo quanto indigesto —, e, depois de dois dias, Helen jurava que a pobre sra. Seymour já se tornara uma peça de decoração da sala, uma múmia num sarcófago na casa de algum arqueólogo maluco.

Embora fosse o segundo enterro do padre Gadotti, o jovem recém-ordenado do Seminário de Bonville tivera o bom senso de usar a sua autoridade celestial para colocar um fim àquele espetáculo macabro comandado pelo viúvo tresloucado. Com o coveiro do cemitério a tiracolo, o padre ordenou que o caixão fosse fechado e lacrado, para o bem físico e mental daqueles que velavam a gentil senhora. Tobias, cansado e cheio de culpa, sentou-se no chão e chorou por horas a fio, sem que ninguém conseguisse fazê-lo voltar a si, nem mesmo o filho, que assistia aos eventos com uma frieza perturbadora.

A partir daquele dia, a mansão passou a se chamar Bellajur, não tanto pelas bonecas que agora eram o item mais vendido do império lúdico dos Seymour, mas pela mulher cujo sonho era criá-las.

No princípio, Helen não deu importância para as bonecas ou para qualquer outro brinquedo fabricado pela família: eram todos bugigangas que pagavam pelos luxos dos Seymour (incluía-se nisso, claro). Tampouco havia rastro deles dentro da recém-batizada Bellajur, a não ser pela fachada que o sogro agora mandara pintar e enfeitar com pequenas bonequinhas como uma casa de bonecas para adultos. Foi somente ao descobrir a gravidez que essa indiferença se tornou o início de uma curiosidade que logo evoluiria para uma obsessão.

Nada mudou de fato em sua rotina após a morte da sogra: de manhã, caminhava até o lago Negro num teimoso esforço em se manter ativa, sentava-se à margem e lia um livro da extensa biblioteca da casa. Nos dias de calor, compartilhava o local com algum turista que ali se banhava ou passeava pelas trilhas; nos dias frios, porém, a solidão descia do céu acompanhada pela neblina para se juntar a ela. Costumava permanecer naquele *dolce far niente* até a hora do almoço (a sra. Berkenbrock não tolerava atrasos, servindo o almoço todos os dias com a pontualidade de uma missa, ao meio-dia), quando corria de volta para casa para desfrutar de alguns minutos com o sogro, que desde a morte da esposa não havia deixado Bellajur. Embora passasse quase todo o tempo na ala sul submerso nas águas turvas da própria tristeza, sua presença no almoço era tão certa quanto a pontualidade da sra. Berkenbrock. Possivelmente, a notícia do nascimento do neto tornara-se o bote salva-vidas a que poderia se agarrar durante os dias tempestuosos do luto.

No restante do dia, Helen voltava-se para os livros, ainda que lhe fosse permitido tomar o café da tarde no escritório de Tobias, em companhia de Esther. As duas mulheres pareciam se entender à sua maneira. Ambas eram jovens vivendo em casamentos monótonos e distantes, com a diferença de a governanta poder afogar as mágoas no trabalho. Numa dessas tardes, quando o sol cercava a casa num caloroso abraço, ela lhe confessara que fugira aos 20 anos com Bernardo depois de perder a virgindade em cima de um monte de feno, deslumbrada por meia dúzia de palavras românticas. Sentada com Esther junto a uma mesinha redonda de mogno protegida por uma larga janela quadriculada, Helen tivera uma pequena amostra dos sentimentos que jaziam sob a pele de porcelana da governanta.

— É o preço que se paga por ter tido um pai brutamontes. A gente cresce sem saber o que é afeto e se dá para qualquer um que diga *eu te amo* — ela dissera com os olhos baixos perdidos naquele labirinto do poderia-ter-sido. O rosto voltado em direção à pesada mesa de Tobias e às duas cadeiras de veludo vermelho onde ninguém mais se sentava, ela continuou, num raro rompante de intimidade: — A verdade é que eu achava que deveria estar apaixonada e, portanto, casar era o mais correto a fazer. Eu queria mesmo era estar apaixonada. Veja, eu trabalhava de empregada doméstica desde os 12 anos, não aguentava mais aquela vida. Fugimos dois dias depois, numa carroça velha puxada por dois burros.

Ela sorriu, mas não havia alegria em sua expressão. Era como ouvir uma história engraçada sobre uma pessoa depois de enterrá-la: embora a gente sorria, por dentro a alma continua perdida em algum lugar assombrado pela tristeza.

— Nunca mais olhei para trás — ela falou, os dedos brincando com uma colherzinha de prata. — Meus pais também nunca me procuraram, eram somente dois lavradores que precisavam trabalhar e cuidar dos cinco filhos restantes. E Bernardo já trabalhava com Tobias, que de bom grado nos cedeu um quarto no porão, com apenas uma exigência — ressaltou ela, encarando o dedo anular e mexendo na grossa aliança de ouro que refletia uma versão achatada de seu rosto. — A de que nos cassássemos. Mas não é ruim viver aqui, não! — Ela levantou os olhos e encarou Helen pela primeira vez. — O sr. Seymour transformou o porão da casa numa aconchegante ala para os empregados; é decente e até bonito, e, afinal, temos um teto sobre a cabeça e isso basta. Mas planejamos ir embora assim que possível, comprar uma casinha no litoral e ter filhos. Estamos economizando cada centavo do salário. Há muito tempo para isso ainda! — Suspirou, parecendo aliviada com a perspectiva de um futuro.

Ela não sabia, porém, que a vida logo lhe sentenciaria à prisão perpétua atrás das grossas paredes de Bellajur.

— 11 —

Acordo sem saber onde estou. Às vezes imagino se morrer não é assim: acordar de repente em algum lugar estranho, sem a menor lembrança de como é que se chegou ali.

Encaro o teto por alguns instantes, depois olho em volta.

— Ah! Não foi um sonho, então — digo em voz alta.

Estranho o fato de ter dormido tão bem numa cama que fora de outra pessoa — morta, devo frisar. Tenho a impressão de que me adaptara muito bem à casa, mesmo com todas as suas excentricidades. E não vou mentir: o lugar é muito melhor que o meu apartamento minúsculo com móveis populares. Eu e minha tia podíamos não compartilhar do mesmo gosto, mas, sem dúvida, Bellajur é confortável e luxuosa, ainda que de um jeito sisudo.

Não há sinal da sra. Berkenbrock quando desço, embora um suave perfume de lavanda e alecrim — cheiro que passei a identificar como o dela — persista no ar, evidenciando que a governanta acabara de deixar o recinto. Talvez esteja me espionando por uma fenda na parede, tenho certeza de que ela desejaria ver minha cara de caipira diante de tamanha pretensão em forma de café da manhã: pratos de porcelana brancos como a neve, copos de vidro turquesa, talheres de prata, orquídeas azuis espalhadas pela mesa. Confesso que acho tudo teatral demais, mas não posso negar que é muito fácil se acostumar com essas mordomias.

Às dez horas, o advogado toca a campainha. Ouço o grande relógio da sala soar ao mesmo tempo, por isso esse detalhe não me escapa. Abro a porta. Ele parece espantado.

— Bom dia, srta. Gruner, devo dizer, Caroline. Vejo que está muito bonita — diz, um pouco atrapalhado.

— Obrigada, sr. Heimer. — Sou arrebatada por uma forte sensação de *déjà-vu*. Como se já tivesse vivido essa cena antes. — Haverá um pequeno jantar mais tarde, e eu ficaria muito contente se o senhor participasse — falo rapidamente. Estou nervosa, embora não saiba por quê.

— Fico grato pelo convite. — Faz uma mesura antiquada com a cabeça em agradecimento. Às vezes tenho a impressão de que o sr. Heimer saiu de um romance vitoriano.

— Entre, por favor.

— Com licença. — Ele limpa os sapatos de verniz no capacho. — E quem serão os convidados?

— Nossos vizinhos: a família Pawlak.

— Ah, sim, os Pawlak! — Faz um estalo com a língua.

— O senhor deve conhecer o dr. Pawlak, não?

— Superficialmente.

— Vocês devem ter se cruzado muito por aqui com certeza — arrisco.

— Nem tanto. Tornei-me o advogado da sua tia praticamente no final de sua vida. Não tive tempo suficiente de conhecer o dr. Pawlak.

— Então essa será uma oportunidade.

— Parece que sim — ele responde num tom de desânimo.

— Vamos até o escritório? — Aponto em direção a uma porta robusta de mogno avermelhado, lembrando-me do *tour* com o advogado no dia anterior. Felizmente, tenho boa memória.

— Vejo que você já está familiarizada com Bellajur. Isso é muito bom! É importante conhecer cada detalhe da casa!

Sorrio, embora me pareça o tipo de comentário que a cobra faria ao rato.

— E, devo dizer — ele continua com uma expressão sorrateira —, vejo Helen em você.

— A minha tia? — pergunto desconfiada. O que o advogado pretende com esse comentário?

— Obviamente não me refiro à aparência, vocês duas não são parecidas nesse sentido. E, ouso dizer: aposto que ela nunca foi tão bonita como você, Caroline! Além disso, a marca registrada da sua tia eram os longos cabelos negros, muito diferentes dos seus, ruivos.

— O ruivo vem da família da minha mãe — digo de modo frio. — Olha, sr. Heimer, agradeço o elogio, mas não gostaria de ser comparada a ela nem a ninguém.

— Claro, perdoe-me.

Creio que, se fôssemos boxeadores, ele teria acabado de desferir um gancho direto na minha cara insolente e me levado em segundos ao chão. Embora eu não tivesse conhecido minha tia pessoalmente, sabia que havia me tornado uma pessoa diferente no momento em que pisara em Bellajur; como se não dirigisse mais o meu corpo. Agia de modo estranho, ocupando os espaços da casa, oferecendo jantares a desconhecidos, interessando-me por um homem que mal conhecia. O tempo acelerara meses em um dia. E se permanecesse ali por anos, em quem me transformaria? E, o pior, se estivesse me comportando como Helen Seymour, estaria condenada também?

— Por favor, entre — digo de maneira afável. Ele realmente me parece uma boa pessoa, interessado em ajudar e até paternal; um amigo que eu poderia ter. Sempre achei advogados chatos, é verdade, figuras um tanto fingidas e sorrateiras a articular palavras difíceis e lenga-lengas jurídicas como se estivessem em cima do palco a recitar Shakespeare. Não posso negar que não veja isso no sr. Heimer, ainda que ele desperte em mim uma espécie de afeição.

Fecho a porta imediatamente como se temesse que alguém escutasse a nossa conversa. Sento-me à pesada escrivaninha de madeira, mais uma vez indicando involuntariamente que sou dona não só da casa, mas daquela sala também. Reparo nas estantes forradas de livros antigos e nas paredes repletas de quadros, muitos pertencentes a pintores famosos. Quanta riqueza ainda havia naqueles cômodos! E tudo pertencia a mim! A pobre garota doente da cidade grande. As palavras do advogado repentinamente fizeram sentido. Quem eu poderia vir a ser em Lago Negro?

— Bem, Caroline. — Ele pigarreia. — Estou em posse de alguns documentos que exigem a sua assinatura. Ainda será necessária a sua assinatura em outros papéis, mas isso deixaremos para outro momento. — Ele retira da maleta uma volumosa papelada.

— Tenho que assinar tudo isso?

— Sim, é necessário. Não há herança sem burocracia! — Ele sorri, e algo em sua expressão me lembra um duende deformado.

— Tudo bem. Eu gostaria de ler tudo com atenção, então vou assinar os mais importantes agora, e o restante entrego ao senhor amanhã. Podemos fazer assim?

— Isso não será possível, pois tenho um compromisso amanhã que ocupará todo o meu dia.

— Mas isso levará uma eternidade!

— Posso lhe garantir que não passa de lenga-lenga jurídica. De qualquer modo, como leiga não será fácil entender todo esse palavreado. Será mais adequado que você pergunte diretamente a mim, que sou, afinal, seu advogado. — Ele se senta numa cadeira de veludo vermelho, jogando as costas pesadamente contra o espaldar em formato de ferradura.

— Tudo bem, vamos começar. — Suspiro.

Minutos depois, o movimento da mão direita cessa; mexo os dedos, giro o pescoço várias vezes. O barulho do estralar das vértebras causa uma reação imediata no advogado, que levanta as espessas sobrancelhas e faz uma careta, como se temesse que eu quebrasse o pescoço. As letrinhas miúdas dos documentos me dão náuseas enquanto minha vista se perde em meio aos confusos jargões indecifráveis. A mente entediada já divaga por diversos assuntos e imagens: a expressão de Ricardo quando souber que eu ficara rica de uma hora para outra, Daniel e seu talento escasso para a atuação e John Pawlak. Ah, John! Repasso a nossa conversa na livraria incessantemente, até me dar conta de que entrara em modo automático, assinando e respondendo vagamente aos comentários vazios do sr. Heimer.

— Parece que vai chover — ele diz, olhando em direção a uma janela quadriculada. Um borrão cor de chumbo rouba a metade do céu.

— Pois é — respondo, levantando rapidamente os olhos. — Gostaria de lhe pedir um favor.

— Estou ao seu dispor. — Ele soa cordial, quase afetuoso. Não entendo por que faz questão de parecer um velho.

— Pensei melhor e decidi ficar aqui por tempo indeterminado. Por isso, se não for incômodo, precisaria que o senhor fosse até o meu apartamento e me trouxesse algumas roupas.

— Claro, não haverá problemas. Fico contente que você tenha decidido pensar melhor. Com certeza foi a resolução mais acertada. — Sua voz treme num falsete involuntário. Imagino se o hábito de fumar já não se tornara prejudicial.

— Acho que sim. Compreendi que não há como decidir sobre o futuro de um imóvel deste tamanho em apenas um final de semana.

— De fato não há.

— Outro favor que gostaria de pedir é sobre o meu emprego. Não tive tempo de pedir demissão na sexta-feira, até porque não estava convencida dessa história.

— Você agiu muito bem. Não se pode confiar nas pessoas assim tão facilmente.

— E não seria correto largar o emprego sem nenhuma explicação.

— Entendo. Não se preocupe, Caroline. Na segunda-feira resolvo a questão do seu emprego e também me responsabilizo por pegar algumas roupas para você. Gostaria de deixar registrado neste momento que você pode contar comigo para o que precisar.

— Obrigada.

Há um nó em meu peito, uma sensação estranha que faz com que meu coração acelere sem explicação. E, quando menos espero, assim que minhas resistências começam a baixar, sou bombardeada por um sentimento asfixiante de familiaridade. Fecho os olhos e vejo meu pai; o andar cambaleante, as palavras mortais como pólvora a sair de sua boca: "Você sempre foi uma tola carente", ele me dissera certa vez depois de três doses de Johnnie Walker.

Embora meu coração continue a bater um pouco descompassado, sinto-me amparada por Cristian Heimer. É claro que teria de pagar por esse amparo, mas o mais incrível é perceber que esse não seria o problema; dinheiro não será mais o problema, pelo menos não se eu souber administrá-lo. Estou vivendo a vida que mereço e agora posso me dedicar a outros assuntos.

Nos despedimos duas horas depois. O vislumbre do relógio me faz sentir exausta; tique-taque, tique-taque, ele soa tão cansado quanto eu. Uma sra. Berkenbrock mal-humorada me espera no final do corredor; seus braços estão cruzados e seu pé bate no chão. Embora eu não consiga vê-la, tenho certeza de que sua expressão não é das melhores. Olho para o relógio mais vez; meio-dia deve ser o horário estipulado por ela para servir o almoço. A velha governanta certamente acha que dirige um internato para moças, mas estou decidida a mandá-la para o raio que a parta se for preciso. Com um sorriso, toco-lhe os ombros e digo que estou faminta. Ela não responde, apenas me encara como se quisesse cortar a minha jugular.

Depois de almoçar, caminho um pouco pelos corredores da casa. Há um cômodo que eu não notara antes (certamente não é o único). Talvez tivesse passado por ele quando estava na companhia do advogado, mas por alguma razão não me recordo. Trata-se de uma pequena sala de estar, com sofá e poltrona antigos. O lugar exala ares de solidão e abandono, como se minguasse por falta de humanidade. Alguns livros empoeirados amontoam-se numa estante amadeirada e, sem querer, fazem uma moldura quase perfeita a uma televisão moderna de tela plana. Por que estes não estão na biblioteca do escritório? A conclusão a que chego é de que deviam ser os preferidos de Helen, que talvez gostasse de ler e tenha separado os que mais gostava. À distância, o colorido assimétrico me parece um fac-símile do caos, uma explosão aleatória de letras. No entanto, ao me aproximar, percebo que estão separados com a precisão de uma livraria.

— O lugar preferido da sua tia! — A sra. Berkenbrock exclama pelas minhas costas num tom mais grave que o normal.

— Sra. Berkenbrock! — grito, perdendo o equilíbrio. Meu corpo tomba em cima da estante, fazendo um dos livros cair sobre o meu pé. — Que susto a senhora me deu! É o segundo susto envolvendo livros em dois dias, talvez seja um complô para me matar. — Ela me lança um olhar repleto de incógnitas, e não me dou ao trabalho de explicar. — Tudo bem. — Suspiro aliviada. — É apenas um livro da Agatha Christie; se fosse um Tolstói, aí sim teríamos um problema.

— Perdão, não quis assustá-la. — Ela pega o livro e me entrega. — Pensei que fosse do seu interesse saber que este era o local preferido da sua tia… — diz, contraindo os lábios com força. Um mapa de pequenas rugas salta da boca fina. Ela me olha pensativa, então suspira e joga as palavras em minha direção: — Está praticamente como ela deixou; os livros preferidos, o manto que cobre o sofá, suas miudezas de porcelana. Nada foi tirado do lugar. Eu faço questão de abrir esta sala todos os dias e limpá-la eu mesma. É uma forma de não deixar as memórias morrer. — Seus olhos deixam de me encarar, como se algo em mim a incomodasse. Eles resolvem pousar em algum lugar além do assoalho de madeira, afinal não há nada mais estéril do que um chão limpo e lustroso. O tom da sua voz, no entanto, me parece carregado de tristeza, e não mais de arrogância.

— Está tudo bem?

— Claro que está! — ela responde irritada, o corpo dando pequenos espasmos como se uma pulga corresse por baixo da saia. — Com licença, preciso voltar para a cozinha.

Penso em chamá-la novamente, perguntar o porquê de tanta tristeza, mas algo me detém. Começo a imaginar as paredes como uma entidade, um ser que ganhara vida com o passar dos anos, uma testemunha ocular que guarda em si toda a verdade sobre seus moradores. Enxoto os pensamentos tão rápido quanto eles me invadem. Já tivera a minha cota de desgraças na vida, agora é hora de viver. Volto a encarar o livro em minhas mãos: há uma página dobrada, uma ponta voltada para dentro, formando um largo triângulo. Abro com cuidado, a folha amarelada tão frágil quanto um papiro. *Nós somos os pombos, todas. E o gato está entre nós.* É a única frase que está sublinhada.

— 12 —

— Os convidados chegaram! — anuncia a sra. Berkenbrock pela fresta da porta. — Aguardam na sala principal.

— E o sr. Heimer? — pergunto enquanto calço os sapatos.

— Ele chegou antes de todos. Dei-lhe um copo de uísque para passar o tempo. Notei assim que o vi pela primeira vez o tipo de homem que ele é. — O comentário sai pela lateral da boca torta, como se tivesse conseguido escapar.

— E que tipo seria? — Ajeito o grudento e desconfortável vestido preto sem olhá-la nos olhos.

— Daqueles que nunca rejeitam uma bebida.

— Obrigada, sra. Berkenbrock. Por favor, avise que já estou indo… assim que conseguir ajeitar isso aqui — murmuro.

Encaro no espelho uma versão quase irreconhecível de mim mesma. O rosto permanece o mesmo (branco, algumas sardas aqui e ali a marcar a pele como pontos num mapa), o vestido, os sapatos, os brincos, lembranças vívidas e palpáveis de um passado que desejo ardentemente esquecer. Mas há algo estranho na pessoa que me encara de volta: ela se parece comigo, embora eu a tome por uma desconhecida. Há uma atitude confiante nessa nova mulher que exala ares de triunfo, embora as mãos suem e o coração acelere. Respiro fundo e saio do quarto.

— Boa noite — digo entusiasmada assim que entro na sala.

— Boa noite — meus convidados respondem. Meus olhos param em John Pawlak, anulando as figuras à sua volta. Ele percebe e imediatamente se levanta do sofá.

— Meus pais, Rodolfo e Flora Pawlak.

— Muito prazer! — digo, ansiosa por causar uma boa impressão.

— Ora, ora, vejo que meu filho não exagerou nos elogios! — Rodolfo Pawlak diz, estendendo a mão. O velho médico aperta a minha mão com tanta força que quase mordo a língua. Sorrio, uma lágrima escapa da lateral do olho.

— Esse é o sr. Cristian Heimer, advogado da minha tia e agora o meu representante. — Aponto em direção ao advogado, que, na penumbra, parece refém de uma cortina de fumaça cinza. Esparramado numa larga poltrona com um cigarro numa mão e um copo de uísque na outra, ele balança a cabeça para cima e para baixo. Imagino se a sra. Berkenbrock o colocou ali propositalmente, numa espécie de castigo.

— Sim, já fomos apresentados pela sra. Berkenbrock — diz o médico numa voz aveludada de chumaço de algodão que não combina com seu queixo comprido de letra V. Dos dias de juventude, ficara apenas uma vasta cabeleira avermelhada agarrada fortemente à cabeça como se temesse ser despejada a qualquer momento pela velhice.

— Ele é o advogado que tomou o lugar do sr. Herringer! — Flora Pawlak revela, num gritinho de excitação.

— Quem? — pergunto confusa.

— O antigo advogado da sua tia — ela responde como se informasse algo de extrema relevância.

— E o que aconteceu com ele?

— Morreu misteriosamente, querida. Na minha opinião, foi assassinado! — exclama, enquanto puxa o vestido cor de ovo para baixo.

Não seria necessário conviver mais tempo do que isso para ter certeza de que Flora Pawlak não passa de uma mexeriqueira. Imagino como deve ser impossível para essa criatura de mais de um metro e oitenta de altura e fartos cabelos loiro-acinzentados passar despercebida quando se acha no direito de fuçar a vida alheia.

— Mamãe! Quantas vezes já lhe disse para não fazer acusações sem provas!

Mas Flora Pawlak teve êxito em sua tentativa de angariar uma aliada pelo simples e eficaz método de lançar uma dúvida no ar e esperar que alguém a pegue. Jogara a isca, e eu, como um peixe fresco, caíra em sua armadilha.

— E como foi que ele morreu? — pergunto, encerrando a contenda entre mãe e filho.

— Ah, dizem que morreu de um enfarte fulminante, mas eu me recuso a acreditar! Sabe, Caroline, a viúva desse coitado tem agido de maneira muito estranha desde o funeral. Não quero parecer preconceituosa, mas o que fazia um homem de 60 anos com uma moça de 20 e poucos? Sempre afirmei que havia caroço nesse angu, se é que você me entende.

— Eu já lhe disse, mamãe, que talvez ela esteja agindo assim porque acabou de enterrar o marido. Não deve ser fácil agir de maneira normal nessas circunstâncias — John retruca mais uma vez, com as bochechas vermelhas.

— Você, meu filho — continua Flora Pawlak —, não possui imaginação, não adianta. Você é assim desde pequeno.

— Bem, de qualquer maneira acho que seria prudente deixarmos os Herringer de lado, não é, querida? — o dr. Pawlak interrompe com sua voz de algodão pronta para estancar a verborreia da esposa.

Eu, no entanto, não estou disposta a deixar o assunto morrer.

— Diga-me, doutor, o tal sr. Herringer trabalhava há muitos anos para a minha tia?

— Ah, sim. Creio que há uns trinta anos, mais precisamente. Ele era o advogado do casal Seymour e sempre cuidou de tudo para eles. Era um bom sujeito. Engraçado, não lembro de tê-lo visto aqui em Bellajur antes — diz o médico, lançando um olhar acusador para Cristian Heimer, que responde num misto de desdém e fumaça exalada:

— Isso porque eu me tornei sócio do dr. Herringer um pouco antes de ele falecer. Naturalmente, depois da sua morte, acabei me tornando o executor do testamento da sra. Seymour. E preciso confessar aqui que a sra. Vivian Herringer me chamou para conversarmos pessoalmente sobre o assunto, pois ela temia que Maximilian se intrometesse de alguma forma.

— Estou realmente perdida! Quem é Maximilian? — pergunto.

— Um sanguessuga — grunhe o médico, dando a impressão de ranger os dentes.

— Maximilian era o companheiro da sua tia, Caroline — explica o advogado.

— Companheiro?!

— Sim, namorado — assente.

— Helen tinha um namorado? Quem é esse homem? Onde ele está?

O eco das minhas perguntas choca-se bruscamente nos quatro cantos da sala, fazendo todos se calarem por alguns instantes. O silêncio que se segue é sólido, seu peso é de um passado que eu jamais desvendaria, não importa quantas perguntas estivesse disposta a fazer. Os Pawlak trocam olhares acusadores, enquanto o advogado fuma o seu cigarro impassível no fundo da sala. Tenho a impressão de que até as pequenas bonecas que repousam no armário de mogno desaprovam a minha conduta. Então percebo que sou a intrusa aqui, alguém que por acaso possui um parentesco com a antiga dona da casa e nem por isso tem o direito de ser indiscreta.

— Não me venham com esses olhares de raposa! — murmura Flora Pawlak.

— Na verdade, Caroline — Rodolfo Pawlak força uma tossida, um sinal em alto e bom som para que os presentes (principalmente a esposa) o deixem falar —, essa união foi um escândalo para todos. Sua tia passou muitos anos viúva e oscilava entre momentos de delírio e sanidade. Mas, há mais ou menos um ano, um homem muito jovem apareceu na cidade, um forasteiro, poderíamos dizer, um sujeito extremamente sedutor. Ninguém sabia de onde vinha, para onde iria, muito menos quais eram as suas intenções.

O médico começa a caminhar pela sala, com a cabeça baixa e os dedos entrelaçados atrás das costas. Finalmente ele se detém em frente à janela, onde se deixa perder por um momento no tom púrpura da noite. Não há estrelas no céu, nem outra forma de luz a iluminar o jardim (a não ser pelos raios que caem ocasionalmente no horizonte), apenas cores escuras misturadas, espatuladas grosseiras que dão um aspecto maligno à paisagem. Ainda que estas grossas paredes sejam o suficiente para nos proteger da atmosfera inquietante da noite, a verdadeira ameaça parece vir de algum lugar de dentro da casa.

O médico volta a falar de repente, emendando a história feito uma meia furada:

— Mas logo ficou bastante evidente, quando ele passou a se relacionar com a sua tia a ponto de mudar-se para esta casa. Posso lhe afirmar que todos, inclusive eu, tentaram convencê-la a não se envolver com esse rapaz, mas ela parecia enfeitiçada. Ele, logicamente, viu nela uma oportunidade de ganhar a vida. Provavelmente pensou que, se fosse carinhoso e paciente, ganharia algo em troca, principalmente por ela não possuir filhos. Entretanto, no final, Helen Seymour mostrou-se mais lúcida que nunca quando deixou todo o seu patrimônio para você, sobrinha-neta de sangue. O pobre Maximilian sumiu do mapa depois de descobrir que ela não lhe deixara um tostão sequer. Imagino que hoje ele deva estar em outra cidade tentando arrancar o dinheiro de mais uma senhora indefesa. Foi uma feliz surpresa perceber que sua tia não era indefesa e, pelo menos no quesito dinheiro, manteve-se lúcida até o fim de seus dias. — Ele suspira aliviado com o desfecho da própria narrativa.

— Estou espantada! Ninguém havia comentado essa história comigo.

— Tudo a seu tempo, Caroline — Cristian Heimer interrompe de um jeito afetado. — Não seria prudente da minha parte encher a sua cabeça com mexericos. E depois, com o sumiço de Maximilian, não me pareceu importante contar-lhe esse incidente.

— Eu volto a afirmar que aquela mulher matou o marido! — interrompe Flora Pawlak. — O que me deixa louca é perceber que ninguém me escuta!

— Desculpe, mas a senhora possui alguma prova? — pergunto, numa mera tentativa de acalmá-la. A mulher é carente, afinal de contas; se ninguém levar em consideração o que ela diz, imagino o que mais ela poderá fazer para chamar a atenção.

— Não uma que os tribunais considerariam como prova.

— Ora, mamãe, vamos parar com esse assunto dos Herringer de uma vez por todas. O advogado está morto e enterrado, e não há nada que se possa fazer. — John puxa a mãe delicadamente contra si, num gesto carinhoso e condescendente. Imagino o que ele já teria presenciado dessa girafa tagarela...

— Mas, meu filho, tenho certe...

Quando a discussão começa a dar indícios de acalorar-se, percebo o vulto da sra. Berkenbrock na porta lateral da sala. Por alguma razão, há apenas uma fraca luz amarelada atrás dela, um feixe opaco que confere um ar dramático à cena. Ela permanece estática e muda, possivelmente à espera de alguma permissão para interromper a conversa. Em meio aos estrondos da trovoada, eu faço um movimento brusco com a cabeça, um gesto afobado e um tanto arrogante para que ela cesse a balbúrdia:

— Com licença, srta. Gruner. O jantar está servido.

— Ufa — murmuro.

Minha mãe não era uma boa cozinheira, tampouco sabia cozinhar mais do que três ou quatro refeições, pois era temperamental e afobada demais para isso, mas algo em seu aguçado instinto materno, aquele radar invisível que parece brotar de algum canto desconhecido de toda mulher que se torna mãe, a persuadira a me ensinar a cozinhar. Eu tinha 16 anos na época, era boba e preguiçosa como a maioria dos adolescentes e não tinha interesse por nada que não fosse música e meninos rebeldes. Mas ela realmente se esforçara, entre um ovo frito e uma omelete, a me emancipar como cozinheira *standard*, apesar de todos os meus protestos de que odiava cebola, sujeira e gordura. É claro que o seu radar se provou apuradíssimo, e parcos anos depois me vi sozinha e sem dinheiro suficiente para viver de comida pronta. Das gororobas que ela me ensinou, a clássica das rápidas e baratas era o espaguete ao molho de salsicha, uma mistura teuto-italiana, aprimorada em suas mãos por um punhado de chucrute e alguns tomates.

Quando dou de cara com a mesa posta pela sra. Berkenbrock, a realidade da minha vida me atinge como um raio, um raio tão letal e prateado quanto os que se espatifam no jardim neste momento. A sensação de não saber nada além de cozinhar ovos, macarrão e salsicha transborda da minha testa em forma de gotículas de suor. Não sou apta e talvez nunca serei. O sorriso presunçoso desaparece do meu rosto enquanto tento disfarçar a surpresa e a vergonha que sinto por sentir-me surpresa. A decoração da enorme mesa retangular de dezesseis cadeiras parece ter saído de um filme da família Adams, talvez não tão gótica, embora seja inegável que possui uma aura macabro-chique. Será que algum dia esta mesa teria visto todas as suas cadeiras ocupadas?

Sento-me novamente na ponta, mas desta vez não estou sozinha, há um público restrito que me observa. Sorrio de um jeito nervoso enquanto Ângela enche as taças de cristal com vinho tinto. Levo a taça à boca com a delicadeza de um movimento ensaiado, mas acabo por dar um gole maior do que pretendia. A bebida desce numa onda volumosa pela garganta, fazendo o som de um estalo aguado. John me observa de maneira séria. Sinto a face corar, mas não baixo os olhos. Em vez disso, encaro todos os personagens que me cercam: o velho e astuto médico com sua esposa fofoqueira; o belo e intelectual filho; o rústico, mas atencioso advogado. Porém, é a sra. Berkenbrock o mais estranho de todos os personagens. Não é a sua semelhança a um fantasma que me assusta, mas a maneira como se alterna de uma simples e inofensiva mortal para um ser de outro mundo. Desta vez, ela se encontra na forma fantasma, deslizando mais uma vez pelo chão da sala com o prato principal nas mãos.

— Carneiro assado ao molho de hortelã — diz sem demonstrar qualquer emoção, provavelmente utilizando-se da mesma entonação que usaria para informar que a torneira da cozinha havia quebrado. Apesar da falta de sentimentalismo diante de prato tão pretensioso, o anúncio causa uma série de exclamações de excitação por parte dos convidados.

— A senhora continua a mesma! Sempre eficiente! — exclama o médico enquanto dá uma piscadela para a governanta.

Depois de dar uma fungada em resposta ao atrevimento de Rodolfo Pawlak, ela pousa o prato delicadamente na mesa e instrui Ângela para que faça o mesmo com o acompanhamento. Em seguida, com a mesma imponência com que entrara, deixa a jovem arrumadeira com a tarefa de servir.

— O senhor costumava vir jantar aqui, dr. Pawlak? — pergunto. Ângela coloca a comida no meu prato com os olhos baixos numa atitude servil que não combina com ela.

— Antigamente, na época do falecido Otávio, eu vinha com certa frequência. Ele gostava de oferecer jantares e até festas nos finais de semana, mas com o tempo parece ter perdido o interesse.

— O que o senhor sabe sobre a minha tia? — pergunto, sem tirar os olhos de Ângela. O coaxar alto de uma rã alerta para a vida que pulsa e transborda lá fora, uma vida tão diversificada e misteriosa quanto a que habita essas paredes neste momento. Então sou tomada por uma súbita onda de pânico, um medo tão real e instintivo que faz com que meu corpo todo estremeça.

— Que era uma mulher muito inteligente e vivaz — diz, oferecendo-me um sorriso murcho. — Mas que infelizmente não conseguiu fugir de seu destino. Obrigada, querida — ele agradece a Ângela, que coloca um generoso pedaço de carne em seu prato.

— O senhor se refere à esquizofrenia? — pergunto.

— Também.

— Vamos mudar de assunto? — John interrompe ao notar que a sra. Berkenbrock esgueirara-se pela porta com a desculpa de supervisionar Ângela. Eu também notara, mas não acho que as minhas perguntas devam ser escondidas dela. O que teria eu para ocultar de qualquer pessoa nesta casa? De repente, percebo que eu sou a estranha e talvez não seja interessante fazer muitas confidências a uma desconhecida. Afinal, quem sou eu? De onde venho? Qual é a minha real intenção? Aonde quero chegar com tantas perguntas? Entretanto, não posso deixar de notar que todos, com exceção de Flora Pawlak, tentam evitar que a conversa se aprofunde demais. Talvez compartilhem de um segredo que eu ainda não descobrira. Preciso fazer uma visita à casa do médico, mas num momento em que ele não esteja presente.

— A comida está maravilhosa! — elogia Cristian Heimer com a boca cheia.

— Sim, não restam dúvidas de que Bellajur ainda possui os seus encantos — diz o médico em meio ao som metálico dos talheres. — Agora, me diga, Caroline, qual a sua ocupação na cidade?

— Eu sou recepcionista de uma agência de publicidade.

— E quais são seus planos a partir de agora, querida? — pergunta a sra. Pawlak com uma semelhança assustadora a uma ave de rapina.

— Não sei ao certo, é tudo muito novo. Há apenas dois dias, eu era uma mera recepcionista e hoje me encontro aqui, oferecendo este maravilhoso jantar em minha nova casa! Percebi que a vida pode mudar numa fração de segundo.

— Você pretende morar em Bellajur? — pergunta John de repente. A luz de uma arandela ilumina o seu rosto, fazendo pequenos pontos brilhantes como diamante dançarem em círculo ao redor do seu rosto. Ou talvez seja o efeito do vinho no meu discernimento.

— Acho que é muito cedo para decidir, mas pretendo ficar aqui por algum tempo, para pensar calmamente no rumo que darei à minha vida.

— É uma ideia excelente, querida! — exclama Flora Pawlak, mais interessada em beber do que em comer. — Esse vinho está realmente divino! Agora confesse — ela continua a falar com olhar malicioso: — Você deixou alguém para trás, não foi? Com esse rostinho bonito, aposto que há um namorado nessa história!

— Não há ninguém, sra. Pawlak — digo firmemente, enquanto me imagino enterrando a cara daquela mulher enxerida no carneiro. Por outro lado, algo me diz que John ficara interessado na minha resposta.

— Não consigo acreditar! — Flora Pawlak cospe as palavras num misto de excitação e arroto. — Quem sabe você não se interessa pelo meu filho? Não é uma excelente ideia, Rodolfo? — sugere, o braço erguido exibindo a taça de vinho como a estátua da liberdade.

— Mamãe! Deixe de ser indiscreta! Dessa maneira Caroline jamais nos convidará novamente para jantar.

— Não se preocupe, John — digo com a boca cheia de comida, mas incapaz de esperá-la descer pela garganta. — Sua mãe está tentando ser gentil. — Engulo. "Mais uma taça de vinho não me fará mal", penso.

— Viu, querido? Não é preciso ser tão rude! — Ela sacode o braço de John com força, a faca tilinta no prato. Um silêncio desconfortável paira sobre a mesa.

Então me ocorre a ideia de falar sobre a minha vida. Alguns goles de vinho me concedem o dom da oratória, e então, sem pudor e com as bochechas queimando em brasa, começo a narrar a triste história de Caroline Gruner, *a herdeira* — quase deixo escapar junto com uma risada diabólica. É incrível o quanto as pessoas adoram uma tragédia, desde que seja a alheia, claro. Ainda que possamos sentir compaixão pela dor do outro, não deixa de ser um alívio ver o raio cair no gramado vizinho. Assim, narro a minha história, fazendo em menos de um minuto todos os quatro convidados, inclusive a incansável Flora Pawlak, agirem como se tivessem engolido moscas. Apesar de enxergar nas expressões dos rostos o rótulo de "coitada", não sinto mais que aquela vida fora algum dia a minha; banalizei a história de tanto contá-la. É como falar de uma prima distante.

— Mas imagino que você deva tomar alguma medicação regularmente, não é? — Rodolfo Pawlak quebra o silêncio, como um bom e interessado médico.

— Sim, claro, desde que descobri a doença — respondo serenamente. — Ela me permite viver melhor, mas, ao mesmo tempo, me priva de algumas atividades. Não posso fazer muito esforço, nem passar por muitas situações de estresse.

— Minha querida, que tragédia! Que tragédia! — exclama Flora Pawlak, esquecendo-se momentaneamente do advogado morto e de sua viúva. — Agora, conte-me como você fez para não morrer quando soube o que seu pai havia feito.

— Mamãe! — grita John. — A senhora realmente... — Ele não termina a frase, apenas bate o guardanapo na mesa.

— Ora, todo mundo sabe o que aconteceu com os pais dela! Ângela contou para a cidade toda, não é mesmo, querida? — Ela se vira num gesto destrambelhado para trás, lembrando vagamente uma boneca de pano cujos membros não respondem mais aos comandos do cérebro. — Onde ela está? — A pergunta sai enrolada, encharcada de álcool.

— Querida... — Rodolfo Pawlak sussurra, dando tapinhas gentis no braço da esposa. — Não acho que seja conveniente entrarmos nesses detalhes aqui.

— Não se preocupe! — digo ao médico numa voz fria e impessoal. — Eu posso respondê-la. Realmente não sei ao certo, sra. Pawlak. Aliás, daqueles dias restaram apenas uma névoa e alguns flashes indecifráveis. Lembro-me de ter sido internada às pressas antes mesmo que pudessem enterrar os meus pais; meu coração estava fraco, tão fraco quanto um bebê prematuro que luta todos os dias para sobreviver. Era assustador, um relógio com um tique-taque lento e descompassado. Achava que morreria, tinha certeza de que morreria, e por um tempo desejei morrer para não sentir aquela dor que dilacerava o meu coração. A senhora já imaginou viver assim? Todos os dias com uma dor tão aguda que nem toda a morfina do mundo poderia aplacar?

Flora Pawlak inspira, parece pronta para falar. Ela não está envergonhada, sequer nervosa. A indiscrição, o falatório exagerado, as suspeitas e perguntas descabidas fazem parte do seu repertório, doam a quem doer. Para ela, palavras não devem ser censuradas, palavras são bombas, ácido, veneno, servem a um único objetivo: ferir. E, não se enganem, ela falaria se pudesse, diria qualquer coisa que saísse de sua cabeça avoada e insensível, teria dito alto e bom som se o marido não tivesse beliscado o seu braço.

— Depois, uma prima da minha mãe me acolheu em sua casa, onde fiquei por seis meses — continuo. — Posso dizer que sobrevivi graças a ela; era uma pessoa bondosa e cheia de energia. Infelizmente, morreu dois anos depois, aos 52 anos. Leucemia. Foi uma morte lenta e dolorosa. — As palavras saem da minha boca como balas de uma carabina: ágeis e mortais. — Agora me diga com franqueza: como a senhora reagiria se o seu pai tivesse dado um tiro à queima-roupa em sua mãe e se matado depois?

Uma pequena aranha marrom desce pela parede, alheia ao que se passa ao seu redor. Como deve ser simples a existência de um ser cujos objetivos de vida se resumem em sobreviver e procriar. Com certeza, não existe filosofia no mundo aracnídeo, e duvido que essa aranha esteja interessada em por que nasceu ou quem a criou.

—Você é muito forte, Caroline — diz John com a voz trêmula, quebrando a mortalha silenciosa que nos envolve. Mas é Cristian Heimer, num rompante tão shakespeariano quanto cômico, o responsável por arrancar sorrisos de todos.

— Eu proponho um brinde em homenagem à merecida mudança de vida de Caroline e desejo muitos momentos de alegria em Bellajur! — O advogado levanta a taça de maneira dramática.

— Obrigada, sr. Heimer — agradeço, aliviada pelo desfecho da situação. De agora em diante, beberei somente água.

Uma deliciosa musse de chocolate foi servida em seguida. Com a barriga cheia e o copo com água, observo a conversa tornar-se leve e agradável; nada de mortes ou doenças, apenas assuntos corriqueiros.

Um frio incômodo penetra a sala e se espalha por cantos e móveis; primeiro no chão, em volta dos pés, para então subir num vórtice gelado até o teto. A sra. Berkenbrock parece perceber e acende a lareira da sala ao lado, nos convidando a continuar a noite ali. É um lugarzinho aconchegante e extremamente agradável. A lareira, construída com enormes pedras acinzentadas, encontra-se sufocada entre duas paredes cor de musgo. Várias cabeças empalhadas de animais estão espalhadas pelas paredes, num misto rústico e macabro. Pode-se jurar que essas criaturas ainda pertencem a este mundo, e é de se esperar que a qualquer momento ergam os olhos ou virem a cabeça.

Fico sabendo durante a conversa que Otávio Seymour gostava muito de caçar, mas seu *hobby* não durou muito tempo, apenas o suficiente para encher a sala com as cabeças de vários animais — felizmente para os animais, ele morreu logo depois de um incidente envolvendo Helen.

Foi quando numa certa noite, por ocasião de uma reunião com um grupo de empresários, Helen saiu do quarto vestida apenas de uma fina camisola e invadiu a sala aos gritos, sem se importar com a presença de estranhos. Como se estivesse possuída, afirmou ouvir o som de todos os animais mortos trazidos para aquela casa. "Toda essa casa cheira a morte", dizia enquanto o marido tentava em vão fazê-la voltar a si. Por fim, confessou que suas bonecas haviam lhe dito que Bellajur estava amaldiçoada e a maldição se intensificava a cada animal morto trazido como troféu. Otávio e Bernardo Berkenbrock morreram num acidente de carro naquela mesma noite, embora ninguém até hoje saiba o que ocasionou o acidente. Especula-se que um animal tenha cruzado a pista, fazendo o carro capotar. Não deixou de ser um final irônico para Otávio.

Essa história, com certeza, não é a única sobre Bellajur, mas eu me sinto satisfeita por ouvi-la espontaneamente, sem precisar forçar a situação. Parece-me que o médico teve necessidade de compartilhar esse pequeno conto e a sra. Flora viu aí a oportunidade de acrescentar seus comentários sempre, é claro, maldosos.

— Não é algo muito agradável de ouvir. — Ela balança a cabeça para os lados. — Mas não é a pior história, com certeza. Ocorreram também um ou dois fatos estranhos, e houve ainda aquele caso envolvendo uma garota daqui. Como era mesmo o nome dela? — Flora Pawlak pergunta para si mesma enquanto enche o copo de uísque. — Isto aqui é mesmo uma belezura — sussurra enquanto olha para a garrafa.

— Querida, por hoje chega de histórias e de beber. — Rodolfo Pawlak bate delicadamente no ombro da esposa enquanto lhe tira o copo das mãos. Depois se volta para mim, os olhos vidrados no uísque que brilha dentro do copo. — Lamento que eu tenha tocado nesse assunto, não é do meu feitio, mas, quando me vi diante desses animais empalhados, essa história me surgiu quase como um impulso.

— Não há necessidade de se desculpar! — Sorrio. — E para falar a verdade eu não acredito nessas histórias de Bellajur, ou melhor, não acredito nessas histórias sobre bonecas.

— Por que você acha que tem mais direito do que eu? — Flora Pawlak pergunta, pegando o copo de volta. — Também tenho o direito de contar a história que quiser.

— Mamãe, por favor — John suplica.

— Ora, vocês dois são uns chatos, isso sim. — Pequenas gotas de saliva misturadas em uísque caem no carpete felpudo.

E lá se vão os Pawlak novamente em mais uma interminável discussão sobre o que contar e o que não contar; eu estou realmente ficando cansada. O advogado intervém e me ajuda na tarefa de achar um tema para a conversa que não gere controvérsias. Saio de mansinho até uma pequena janela com vista para o bosque. O clarão dos raios, tão rápidos quanto o acender e apagar de uma lâmpada, revela-me o início de uma estrada de barro que serpenteia em meio às árvores. Bellajur é um lugar de muitos contrastes: do lado de fora uma delicada fachada feita de pequenas bonecas; do lado de dentro pedaços de animais mortos para enfeitar.

— Resolveu fugir, Caroline? — pergunta John, com uma mão no bolso da calça jeans desbotada e a outra segurando um copo de cerveja. John é assim, leve e despretensioso.

— Nada disso, estou apenas reparando na entrada do bosque. Tem uma estrada ali, veja. — Aponto quando um raio cai no horizonte.

— A paisagem não te assusta?

— Como assim? Ela deveria?

— Acho que não. — Ele cora. — É que visto desse jeito, no escuro e com os raios...

— Acho que você é muito medroso — provoco.

— Pode ser. — Ri. — Escute, Caroline, gostaria de levar você amanhã para passear por essa estrada, se o tempo colaborar, claro. — Ele gagueja. — Gostaria de te levar para conhecer o lago Negro.

— Espera aí... Quer dizer que é possível chegar no tal lago por esse caminho que sai do meu jardim? — "Meu jardim", repito mentalmente. Até há pouco não tinha nem casa própria, agora tenho um jardim com uma estrada que leva até um lago.

— Sim, mas não é o único caminho para chegar lá; há vários, claro, além do tradicional utilizado pelos turistas. Não sei quem abriu essa estrada, mas digamos que é um atalho privativo para o lago.

— E que compromisso eu teria numa segunda-feira em Lago Negro? — Sorrio. — Sou uma herdeira fútil e despreocupada agora.

— Com o seu advogado, por exemplo. Sei que há muito para discutir ainda.

— Sim, de fato há, mas o sr. Heimer já tem compromisso para amanhã, então estou livre.

— Passo às dez horas aqui. Pode ser?

— Está ótimo. Mas, me diga, o lago fica muito longe?

— É uma caminhada curta, não se preocupe. O seu coração está a salvo comigo...

Eu volto a atenção novamente para a paisagem, escolhendo o silêncio como estratégia de fuga, embora algumas frases de efeito e palavras inteligentes formiguem na minha boca, prontas para sair e me fazer sentir uma completa idiota. Felizmente desta vez, Flora Pawlak interrompe, poupando-me o trabalho de ter que salvar a minha reputação.

— O que os dois pombinhos estão cochichando às escondidas?

— Estávamos falando sobre o jardim de Bellajur. Não é fabuloso?

— Oh, querida, de fato sempre o achei estupendo. Sua tia possuía o dom da jardinagem! — Flora Pawlak dá gritinhos de empolgação.

— Mas não havia um jardineiro em Bellajur?

— Sim, porém tudo o que era plantado ou colhido recebia o aval de Helen. Ela era muito dedicada. Você aprecia jardinagem, querida?

— Nunca plantei sequer uma flor.

— Ah, vou lhe ensinar a plantar. A dona de Bellajur não pode permanecer na ignorância, não mesmo.

— Pensei em contratar o jardineiro novamente. — O tom da minha voz sobe uma oitava inteira, os olhos de John se arregalam.

— Querida, não posso permitir...

— Mamãe! — ele interrompe. — Acho que já está na hora de irmos embora.

— Mas, John, não podemos! Veja como seu pai está entretido na conversa com o sr. Heimer. Seria rude interrompermos.

— Rude é permanecermos na casa do anfitrião até muito tarde, mamãe — retruca o filho, dando leves tapinhas nas costas de Flora Pawlak.

— O que é isso, John? Assim sua mãe vai achar que estou mandando vocês embora — minto, quando de fato a minha vontade é de jogá-la a quilômetros daqui. Seus acessos de falsas gentilezas e os repetidos "querida" fazem meus ouvidos zunir. Se Flora Pawlak habitasse o mundo animal, tenho certeza de que seria uma abelha peluda e barulhenta, daquelas que nos aporrinham quando estamos apreciando um belo jardim de flores; e, nesse caso, John era o jardim que eu tentava desesperadamente apreciar, apesar das interrupções da abelha-rainha. Ainda assim, preciso manter o sorriso caso queira arrancar alguma informação dessa mulher que satisfaça a minha curiosidade. Ainda bem que esta conversa parece ser a última da noite.

Com a casa novamente vazia, corro para o quarto como uma criança ansiosa para brincar com o seu novo brinquedo. Para a minha surpresa, o encontro maravilhosamente acolhedor, ainda mais do que na noite anterior. Então me dou conta de que acabo de vivenciar o inimaginável e, apesar da insegurança, eu anseio por muito mais, como se tivesse me viciado na sensação de não saber o que aconteceria em seguida. Fecho os olhos com a imagem de John em minha mente e a esperança de que o passeio ao lago Negro nos aproxime um pouco mais.

Um barulho alto e agudo me acorda tempos depois; é um som metálico que faz ranger os dentes, como se alguém tomado de uma fúria destrutiva arremessasse vários talheres ao chão. Sento-me na cama, o coração disparado. O que aconteceu? Mas a casa me responde apenas com um incômodo silêncio; até a chuva parou de cair. Pego o celular na cabeceira. São três e quinze da manhã; há uma mensagem na tela — Alana, uma colega de trabalho com quem saía ocasionalmente para tomar um café, me pergunta onde me meti. Sinto o ímpeto de rir alto. De qualquer modo, ela não acreditaria se eu lhe respondesse onde estou metida.

Volto a deitar, talvez tenha sido um sonho. Então, com os olhos já fechados, tenho a nítida impressão de ouvir alguém sussurrar. Ajusto o ouvido, o som tem a semelhança de um lamento, como um choro baixo ou uma oração dita num sussurro; em alguns momentos, parece vir do corredor, mas em outros posso jurar que vem do jardim, como se os abetos pudessem falar. Penso em Ângela, mas por que razão ela sussurraria em frente à porta do meu quarto ou embaixo da minha janela? Só há uma maneira de saber. Levanto-me, visto o roupão e chinelos e me arrasto até a janela. Não há nada visível ali, somente a noite negra, o farfalhar frio das folhas e o rastro da minha respiração no vidro da janela. E então sou tomada por uma sensação de pânico, um terror primitivo que parece brotar de algum lugar dominado pelo instinto. Alguém me vigia, tenho certeza; embora eu não consiga ver o seu rosto, essa pessoa está aqui e ali, em toda parte.

Caminho até a porta, convencendo-me de que devo agir em vez de pensar. Por sorte alguém deixara a luz do corredor acesa, poupando-me do trabalho de acendê-la. Mas então a luz se extingue; talvez tomada pelo mesmo sentimento de pânico que eu, ela foge, deixando-me sozinha com a tarefa de enfrentar o desconhecido. Agora não me resta nada a não ser continuar a passos lentos, tão lentos que fazem com que meu cérebro me bombardeie com pensamentos inúteis. Não escuto mais os sussurros, somente o silêncio sufocante, o som de um mistério tão antigo quanto indecifrável que envolve as paredes da casa.

Uma sombra se move ao meu lado, me dando uma bofetada de ar quente no rosto.

— Quem está aí? — grito. — Quem está aí?

— Srta. Caroline!

— Mas que diabos! Sra. Berkenbrock! Quase me matou de susto novamente! — digo com a voz trêmula. — O que a senhora está fazendo a essa hora acordada?

— Eu é que pergunto, afinal escutei passos na escada e vim checar! — ela grita também, perdendo momentaneamente a compostura, e acende as luzes. — O que a senhorita — diz com ênfase desnecessária, como se achasse degradante uma moça ser solteira — estava fazendo aqui em meio à escuridão em plena madrugada?

— Escutei vozes — digo com raiva.

— Vozes?! De quem? — Ela olha para os lados, fazendo as rugas saltar pela testa.

— Não sei, mas tive a impressão de ter ouvido uma menina sussurrar.

— Uma menina!? Ora, não há meninas em Bellajur! A senhorita estava sonhando, isso sim. Posso garantir que não há mais ninguém nesta casa além de nós duas e Ângela.

— Tenho certeza de que não estava sonhando — resmungo.

— E por que não estamos mais a escutá-la? Ou melhor, por que eu não escutei esse sussurro?

— Não tenho a resposta para essa pergunta, mas posso afirmar que não estava sonhando, nem delirando ou tendo algum ataque de sonambulismo. Foi bastante real.

— Bom — ela diz, cruzando as mãos em frente ao colo —, vou verificar as portas principais antes de me deitar novamente, se isso a deixar mais tranquila.

— Por favor, seria ótimo! Vou para o meu quarto. Boa noite — digo, tentando ser cordial, mas ela sequer se dá ao trabalho de responder.

Subo a escada. Tenho certeza de que os olhos da governanta estão cravados em minhas costas como presas de um vampiro sedento por sangue. "Como essa casa é fria", penso. Mas o que eu desejo realmente saber é quem sussurrara e o que dissera.

— 13 —

1976

 Helen teve o mesmo sonho com a morte dias antes de o sogro ser encontrado sem vida em seu quarto. Embora nessa ocasião sua velha amiga tivesse mostrado os dentes grandes e brancos num sorriso torto de mistério, o restante dos detalhes parecia uma cópia fiel do primeiro. E no final aquela impressão de viajar além do espaço físico para um vazio cheio de respostas; uma sensação similar a um choque elétrico que deixa o corpo repleto de uma carga enigmática. Podia-se dizer que era quase como um quebra-cabeça energético, cujas peças invisíveis os dedos sabem manipular instintivamente. Ela sabia o que aconteceria, pois assistira àquele filme mais de uma vez. Só não sabia que aquela peça de dominó, agora removida permanentemente, levaria o restante a desmoronar também.

 Numa manhã de sol nauseante, Bellajur acordou com o grito estridente de Esther Berkenbrock. Foi quando ela, ao levar o café da manhã para Tobias, descobrira o seu corpo caído no chão com a barriga para baixo e o traseiro levemente para cima, numa posição desconcertante de lagarta que fora congelada antes de poder se arrastar mais um pouco. Era tarefa diária dela entrar em seu quarto pela manhã, abrir as cortinas e lhe servir o café numa pequena mesa perto da janela. Apesar de simples, não podia imaginar delegá-la a uma das garotas estúpidas e desmioladas que trabalhavam na limpeza ou mesmo na cozinha da casa. Ninguém a não ser ela podia ser submetida à realidade dos donos da casa.

Otávio, que vinha apenas nos finais de semana, foi chamado às pressas para Bellajur, afinal como único filho era inevitável (e esperado) que ele tomasse a frente da situação e decidisse o que fazer com o corpo do pai. No entanto, ocupado demais com os negócios, chegou somente no dia seguinte, obrigando Helen a resolver a questão sozinha. O velório foi marcado para o final da tarde daquele dia, na capela mortuária da igreja de Lago Negro, um espaço sisudo demais até para a Igreja católica, conhecido por assustar os fiéis mais devotos com seu excesso de marrom e verde-musgo. Não que se esperasse um visual *hippie-chic* no âmbito da igreja, mas o padre Gadotti realmente não acreditava que um pouco de azul-celeste enfureceria a Deus.

A comunidade local compareceu em peso à despedida de Tobias Seymour; alguns poucos logo no início da noite, mas a maioria no dia seguinte, para acompanhar o enterro. Além de empresários da capital e alguns funcionários mais antigos da Macieira Inc., velhos conhecidos da infância revelaram um jovem Tobias cheio de imaginação, entusiasmo e vivacidade, características que foram rapidamente substituídas por um estado depressivo e letárgico que o devorou depois da morte da esposa. Era como se a vida fosse tudo o que ele quisesse conhecer da existência; o trabalho, a inventividade, a criação, o lúdico, o dinheiro e a grandiosidade lhe bastavam. Ainda que seja impossível ignorar por muito tempo que para toda "cara" exista a "coroa", ele parecia não perceber que a noite escura e aterradora é imprescindível para que a luz do dia possa brilhar. Para Tobias, os monstros eram seres que habitavam a ficção, e não as pessoas, muito menos ele mesmo.

Helen fez questão de não avisar o pai ou a mãe do falecimento do sogro. Em seu íntimo, havia cortado todos os laços com sua família e, mesmo que sentisse saudade, não podia deixar de sentir uma amargura ainda maior. Claro que ela sempre poderia telefonar para a mãe — como fizera nos primeiros meses — e perguntar-lhe como estavam todos na fazenda, se Carl havia enfim dado notícias ou se as irmãs continuavam tão chatas e fúteis quanto antes. Mas nada disso lhe interessava mais. A vida com suas pernas longas e torneadas de atleta dera um salto alto e a arremessara a quilômetros de distância.

Todos ficaram em silêncio quando o padre Gadotti entrou na capela, os olhos azuis contrastando com o preto da batina. Era um jovem bonito, alto e atlético o suficiente para causar impacto quando chegasse à nave da igreja, mas modesto na medida certa para não deixar que isso ofuscasse as suas missas. Ninguém sabe ao certo por que um homem no auge da juventude e da virilidade envereda pelos caminhos sinuosos do celibato, no entanto algo nos modos do padre dava a impressão de que ele havia nascido para a tarefa.

Ele se postou atrás do caixão e em frente a uma enorme cruz de madeira e, daquele ângulo, parecia que brotavam de suas costas dois pedaços de tábua de pínus. Com a cabeça baixa, disse com a voz firme "Oremos", e todos os fiéis (e até aqueles que não eram) puseram-se a orar o pai-nosso. Ao lado do caixão, Helen, Esther e Bernardo Berkenbrock figuravam como a única família do falecido. Ainda não havia sinal de Otávio, e sua ausência podia ser escutada nos burburinhos que ressoavam pela capela.

— O sentido cristão da morte é revelado à luz do mistério pascal da Morte e Ressurreição de Cristo, em que repousa nossa única esperança. O cristão que morre em Cristo Jesus deixa este corpo para ir morar junto do Senhor — começou o padre.

No silêncio de pessoas mudas, assustadas ou indiferentes demais para chorar, a voz altiva do padre produzia um curioso eco. Não havia choro, lamento ou fungadas impróprias para ofuscá-lo. Essa parece ser a prerrogativa daqueles que morrem velhos, sem família ou alguém que se importe: a quietude como fundo musical.

Otávio apareceu segundos antes de o coveiro fechar o caixão. Entrou esbaforido, de um jeito forçado, como um ator que faz sua última aparição antes do final da peça; e, embora tenha dito que tivera um contratempo com o carro, ninguém acreditou. Em seguida, fez um gesto para o coveiro, pedindo que lhe fossem concedidos alguns minutos para se despedir do pai. O padre então solicitou que todos os presentes saíssem do recinto e dessem um pouco de espaço para o único filho de Tobias. Helen permaneceu atrás de Otávio, com a cabeça baixa e os olhos voltados para cima, numa atitude de mera espectadora.

A reação do marido diante da morte do pai não chegou a intrigá-la; sabia que ele era frio como gelo, mas esperava genuinamente que mostrasse um pouco de tristeza. Em vez de disso, ele apenas deu leves tapinhas nas mãos entrelaçadas do pai e virou-se de um jeito trôpego para encarar a esposa. O coveiro, percebendo a deixa, aproximou-se com a pesada tampa do caixão nas mãos e encerrou Tobias Seymour tal como um boneco em sua caixa.

O cortejo seguiu pelas estreitas ruelas de paralelepípedo do cemitério de Lago Negro, passando por lápides velhas e desgastadas que exalavam um misto de podridão e esquecimento. Vários galhos quebradiços pareciam rastejar para fora da terra, dando a impressão de que alguns defuntos com mãos finas e ossudas procuravam por uma saída. As árvores antigas e retorcidas protegiam os túmulos do sol escaldante e da chuva, dando ao lugar um aspecto diferente dos cemitérios comuns. Era quase como um bosque onde se enterravam pessoas, e não um cemitério onde se plantaram árvores. E, enquanto reparava numa enorme estátua de mármore de um anjo com uma harpa, Helen pensou que havia algo de bonito na morte, ainda que a maioria das pessoas teimasse em lhe conferir adjetivos mórbidos e pouco lisonjeiros.

Quando o cortejo chegou ao destino final, encontrou o caixão — que, pesado demais para ser carregado, fora levado pelo carro fúnebre — dentro do um enorme buraco retangular.

— Do pó viestes, ao pó voltarás! — finalizou o padre Gadotti depois um breve discurso de dez minutos. Alguns ainda jogaram um punhado de areia em cima do caixão, e houve dois ou três que arremessaram flores. Mas foi assim, dessa maneira, embaixo da sombra de um carvalho retorcido, que a história de Tobias Seymour chegou ao fim.

— 14 —

A sra. Berkenbrock parece se superar a cada refeição. Se faz isso por aptidão ou para se vangloriar, ainda não descobri. No entanto, nem o café da manhã de hotel cinco estrelas é suficiente para fazer com que o episódio da noite anterior saia da minha cabeça. Há perguntas a serem feitas, e só resta uma pessoa a quem questionar.

— Bom dia, dona Caroline — ela diz com o rosto voltado para o chão, carregando uma bandeja de torradas. Sua expressão mudara de um dia para o outro, fazendo-a parecer uma versão jovem da sra. Berkenbrock. Se é o caso de bipolaridade ou simples mau humor, não consigo definir. O que eu tenho certeza, no entanto, é que não posso confiar naqueles olhos verdes. Ainda assim, teimo em perguntar:

— Bom dia, Ângela. Você por acaso passou mal ontem de madrugada?

— Como assim? — ela questiona sem nenhuma inflexão na voz. Se a minha pergunta a deixou curiosa, ela não demonstra.

— Em algum momento você se sentiu mal? Conversou com alguém no jardim?

— Não, dormi como uma pedra — ela responde, os olhos ainda fixos no chão.

— E você também não ouviu nada de estranho, alguma movimentação ou algo do gênero?

— Como já falei, dormi como uma pedra. A senhorita precisa de mais alguma coisa? — Ela me encara pela primeira vez, forçando um sorriso.

— Não. — Suspiro. — Obrigada.

Então volto a minha atenção para o jardim. O gramado verde-esmeralda brilha, vestido de pequenas gotículas de água da chuva que cessara havia pouco. É certo que ela voltará a cair logo, há nuvens demais no céu e uma brisa que esmurra a vidraça de tempos em tempos. O café está particularmente forte hoje, mas bebo três xícaras. Quero estar disposta e animada para o passeio e afastar a imagem de "moça doente" que possa ter ficado da noite passada.

Minutos depois, me encontro parada em frente à porta, à espera de John. Apesar de olhar o relógio de tempos em tempos, ele não se atrasa, e logo consigo vê-lo se aproximar da entrada de Bellajur com o seu jeito inconfundível: um misto de beleza bruta e simplicidade; e, à medida que ele avança, seus contornos e detalhes ganham forma como uma pintura que nasce conforme vai sendo criada.

— Bom dia, Caroline!

— Bom dia, John. Veio a pé?

— Sim, gosto de caminhar, e minha casa não é longe daqui. — Ele aponta para além do guarda-portão. — Vamos?

Então ele me puxa em direção à estrada de barro que eu vira pela janela na noite anterior. E, embora os raios lhe tenham conferido um ar de grandeza, percebo que ela é mais estreita do que eu supunha, além disso o mato ao redor é fechado, permitindo que apenas alguns finos feixes de luz iluminem o espaço por entre as árvores. Um odor familiar de mato úmido invade minhas narinas enquanto percorremos o caminho que de repente começa a se inclinar para baixo. Fecho os olhos por um instante e suspiro. Ah, como gostava de brincar no mato quando criança! Adorava sentar ao lado das árvores e conversar com elas; sempre tive certeza de que podiam me ouvir. Na minha imaginação, esses seres possuíam uma linguagem própria, tanto que eu jurava que podia ouvi-los quando o vento soprava e balançava as suas folhas. Onde esse pedaço de mim ficara? Onde me perdera de mim mesma?

Arregalo os olhos como se acordasse de um sonho; sinto-me invadida por uma sensação de desconforto. É incrível quanto uma sensação boa pode ser rapidamente ofuscada por um sentimento negativo. E então me dou conta de que estou num lugar deserto com um estranho; um estranho bonito e interessante, é verdade, mas, ainda assim, um estranho. Olho para trás e vejo o último pedaço de Bellajur desaparecer por entre as densas folhas. Meu ânimo e minha excitação escorrem pela minha pele junto com o suor e toda a audácia dos últimos dois dias. Volto a ser Caroline, a cagona, aquela adolescente magrela e doente que tinha medo de tudo e todos.

— Você tem certeza de que este é o melhor caminho? — pergunto sem olhar para John.

— Claro que sim, moro aqui desde pequeno.

— E não é perigoso nos embrenharmos dessa maneira num mato assim tão fechado?

Ele desacelera o passo e encara uma árvore de folhas amareladas.

— Não se preocupe, Caroline, em Lago Negro não temos crimes, apenas incidentes.

— Como assim, incidentes?

— Incidentes como suicídios e acidentes, coisas desse tipo. — Ele sorri, embora não mostre os dentes.

— Coisas desse tipo... — repito desconfiada.

— Prometo que nada de mau lhe acontecerá. — Ele acelera o passo, dando-me um solavanco em forma de puxão; parece querer que eu "pegue no tranco".

Seguimos pela estrada em silêncio, com nada além da nossa própria respiração a nos acompanhar.

— Conte-me um pouco sobre a sua vida na cidade grande.

— O que você quer saber?

— Tudo ou qualquer coisa.

— Hum... deixe-me ver — começo, sem saber ao certo por onde. — Eu trabalho como recepcionista numa agência de publicidade, como você já sabe... Odeio o trabalho, ganho pouco, mas não havia outra opção para mim naquele momento. Quando meus pais morreram, eu cursava a faculdade de Letras e tive que largar, porque não tinha como pagar. Moro (ou morava...) num apartamento minúsculo, mas é confortável. Enfim, nada de mais.

— Do que você gosta?

— Livros — digo, satisfeita por ele ter perguntado. Esse é um assunto que domino, afinal adoraria exibir o meu conhecimento para John. Uma lufada de vento passa por mim, impregnando-me de um cheiro de terra e mato úmido.

— Sim, como uma boa estudante de Letras — ele diz, como se recitasse uma frase decorada.

— Como uma boa estudante de Letras — repito. Rimos ao mesmo tempo.

— E o que mais?

— Tenho a impressão de que estou sendo submetida a um interrogatório.

— Não, senhora. — Ele sorri e balança a cabeça, um cheiro adocicado de xampu exala de seus cabelos desgrenhados. — Só estou curioso.

— Hum... está bem. — Tenho vontade de mergulhar em seu perfume. Estou nervosa. — Gosto de música também. *Rock*. Afinal, nem só de livros vive uma amante da literatura. Adoro Ozzy Osbourne, Metallica, Led Zeppelin. Os clássicos. — Ele arregala os olhos e me encara com um largo sorriso.

— Uma roqueira! — ele exclama. — Quem diria, você não tem cara.

— Se você vai dizer que tenho cara de certinha, nem perca o seu tempo, já me disseram isso mais vezes do que pude contar. Mas, se te consola, gosto também de Elton John.

— Desculpe, não quis te aborrecer, estou brincando. Na verdade, temos muito em comum. Gosto de todos eles.

O som dos nossos passos na estrada provoca uma série de interjeições da natureza; folhas chacoalham, pequenas pedras se chocam e galhos se quebram em algum lugar do bosque. Ele revela, depois de um breve silêncio:

— E de literatura também. Ou você se esqueceu que sou dono de uma livraria?

— Sabe, sinto falta dos livros, quer dizer, do curso de Letras. — Sinto uma gota de tristeza penetrar meus poros. — Mas o que importa agora é que estou gostando da minha nova vida.

— É mesmo? — ele pergunta.

— Sim — gaguejo. — Algum problema?

— Nenhum.

Ele para de repente e, então, começa a observar outra árvore; ela é diferente, embora eu não saiba exatamente por quê.

— Você conhece o cinamomo?

— Não. Eu deveria?

— Essa árvore aqui. — Ele bate no tronco algumas vezes. — Vê como ela se destaca?

— Sim, eu percebi.

— Não há muitas delas por aqui. Minha mãe sempre me dizia para ter cuidado quando vinha brincar neste lugar. E ela tinha razão em temer; eu era um furacão, sempre fuçando aqui e ali. — Ele solta uma gargalhada, parece se lembrar de algo engraçado.

— Mas qual é o problema com essa árvore?

— Ela é venenosa; suas folhas e seus frutos podem te matar, apesar da aparência inofensiva.

— Por que você está me contando isso?

— Porque assim é Bellajur, Caroline. Ela é bonita e parece inofensiva.

A mata se abre à nossa frente, nos convidando a entrar em um mundo claro, amplo e aberto. Um filete de raio de sol conseguira escapar de um paredão de nuvens e agora exibe triunfante o seu reflexo nas águas turvas de um lago.

— O lago Negro — anuncia. — O que você achou?

O lago me provoca sentimentos conflitantes, como quase tudo nesta cidade. Ele não é belo, nem possui águas cristalinas e azuladas como o lago de Como. É pequeno e escuro, mas há algo sobre ele difícil de explicar; uma aura, uma sensação que mistura inquietação com fascínio. Parece desejar nos levar para o fundo, para o início de algo tão antigo e remoto, antes mesmo do próprio tempo, quando as palavras ainda não possuíam significado. E, embora reflita em suas águas o seu entorno, parece refletir acerca de si próprio.

— Não sei... é estranho, me lembra um pouco o lago Ness. Só espero que suas águas não escondam um monstro — digo, sentindo meus olhos se perderem nas tímidas ondulações da água. Um chiado sai da boca de John, como se ele tentasse conter uma gargalhada com os dentes.

— Essa impressão é absolutamente normal. Tudo aqui em Lago Negro é um pouco estranho, mas nunca pensei no lago Ness.

— As pessoas realmente vêm tomar banho aqui durante o verão?

— Sim, você se surpreenderia. Mas fora a temporada de verão isso fica literalmente às moscas. Você parece um pouco desapontada.

— Não estou! Juro. Só não consigo nominar o que sinto. Só isso. É de uma beleza amedrontadora — sussurro.

Um salgueiro se debruça sobre as águas do lago como se fosse tombar a qualquer momento; é uma visão triste, quase perturbadora. Entendo agora por que chamam essa árvore de chorão.

— Confesso que jamais gostei muito de água; tinha pânico de nadar quando criança, e só piorou com o passar do tempo. Depois simplesmente desisti — revelo.

— Algo aconteceu na sua infância?

— Se aconteceu, não me lembro. De alguma maneira sinto como se não devesse confiar na água. Ela me lembra as pessoas, sabe? Aparentam calmaria na superfície, mas nunca sabemos o que se passa nas profundezas.

— Talvez o monstro do lago Ness. — Ele solta mais uma vez sua risada chiada. Eu também rio, mais da sua gargalhada do que da piada.

— Alguns povos acreditam que os lagos são símbolos da terra dos mortos, da vida que desaparece na escuridão do outro mundo — ele diz de repente.

Não tenho certeza da razão pela qual ele compartilhou essa informação comigo. Então, apenas sorrio. Mas ele não sorri de volta, continua sério e introspectivo.

— Os jovens fazem muitas festas por aqui?
— Você fala como se fosse uma anciã.

Sinto as bochechas corar.

— Fazem, sim — ele continua. — Eu mesmo durante a minha adolescência me diverti muito aqui, mas por algum tempo esse lugar ficou abandonado. Somente há alguns anos o interesse pelo lago Negro ressurgiu.

— Por quê?
— Por causa de uma tragédia que aconteceu aqui. Não é um assunto agradável. — Ele faz uma careta, como se sentisse um cheiro ruim.
— Você pode me contar, John. Não sou de vidro.

Ele me lança um olhar apressado, mas desvia a atenção para o chorão. Sinto uma vontade irresistível de me pendurar no salgueiro, brincar de cipó com suas frágeis folhas, mesmo tendo certeza de que elas arrebentariam e eu acabaria dentro da água. Talvez fosse impossível se divertir com essa árvore, talvez tristeza fosse tudo o que ela gostaria de transmitir. No entanto, há de se fazer justiça ao pobre chorão, pois a sensação de melancolia parece emanar de todos os cantos, como se a natureza tivesse reprimido durante séculos uma angústia inominável.

— Eu acabara de completar 21 anos e cursava a faculdade de Administração em Bonville, a cidade vizinha. Não há faculdades em Lago

Negro. — Ele fala como se as memórias o tivessem tragado para outro tempo e espaço; um lugar não muito feliz que esconde em seus cantos sujos lembranças dolorosas. E, embora eu esteja ao seu lado, tenho a impressão de ter desaparecido. Então, permaneço imóvel, calada e invisível, como se fizesse parte da vegetação.

Ele continua a falar, sem se dar conta do efeito que provoca em mim:

— Uma antiga colega de escola, Cristine, sumiu depois de uma festa dada pela igreja. Todos achavam que ela tinha fugido. Ela era uma garota intensa, apaixonada, sabe? Daquelas que por onde passam arrastam tudo consigo. — Suspira.

Em seu suspiro percebo que ela tinha sido mais que uma colega.

— Para as pessoas daqui ela era apenas complicada e rebelde. Não preciso dizer que a polícia não deu a menor atenção. Alegaram que se tratava de uma pessoa desequilibrada, que provavelmente sumira para chamar a atenção dos pais. Mas, depois de uma semana sem notícias, a família tinha certeza de que algo acontecera. Acho que os pais sempre sabem.

— Acho que sim — eu sussurro sem querer.

— Várias buscas foram realizadas, inclusive em Bonville, mas todas levaram a lugar nenhum. Bom, para encurtar a história, depois de quase um mês, um turista encontrou-a boiando neste lago.

— Mas o que aconteceu com ela?

— Parece que, depois de uma briga com o namorado, ela resolveu pôr um fim à própria vida e escolheu este lugar para fazê-lo. As pessoas daqui são muito supersticiosas e passaram a acreditar que o local estava para sempre amaldiçoado. Entretanto, o tempo ainda é o melhor remédio e, é claro, todos acabaram se esquecendo desse trágico incidente.

— Desculpe perguntar, mas como ela se matou?

— Ela encheu uma mochila com várias pedras até que ficasse praticamente impossível suportar o seu peso. Depois a colocou nas costas, jogou-se na água e esperou friamente atingir o fundo do lago.

— É uma história horrível!

— Eu sei.

— Não há histórias felizes em Lago Negro?

— Poucas.

— Parece que coisas inexplicáveis acontecem por aqui... — concluo.

— O que você está querendo dizer?

— É que algo estranho aconteceu comigo ontem à noite. Mas é bobagem.

John me encara de tal modo que desejo não ter tocado no assunto. E se tivesse sonhado, como a sra. Berkenbrock sugerira? Não. Definitivamente não havia sonhado.

— Espero que você não me ache louca.

— E por que acharia isso?

— Não sei... Apenas não quero passar uma má impressão.

— Garanto que não pensarei mal de você. — Ele toca delicadamente o meu ombro, um simples gesto que provoca uma sucessão de pequenos choques em meu corpo. Eu estremeço. E então ele me puxa para perto de si, encaixando-me com força em seus quadris, fazendo-me sentir o seu contorno, o volume da calça. Suas mãos deslizam pelas minhas costas até me prenderem pela lombar. Todo o medo e dúvida escoam para o lago Negro. O salgueiro balança as suas folhas em forma de lágrimas, criando na água escura ondulações tão sutis quanto presunçosas. Nos beijamos ardentemente, como um casal que se reencontra depois de anos separado. Eu não o conheço, mas desejo cada centímetro do seu corpo. Ele parece sentir o meu desejo, pois me empurra contra o tronco de uma árvore, abrindo as minhas pernas. Eu respondo da mesma maneira, puxando o seu corpo com força contra o meu.

Um galho se quebra em algum lugar da mata; um som seco à semelhança de um estampido. Nos separamos. A corrente elétrica cessa, como um fio que se tira da tomada. Olhamos ao mesmo tempo para o emaranhado confuso de árvores, um paredão verde e marrom que nos impede de saber o que acontece em seu interior.

— Há alguém aqui — digo ofegante.

— Pode ser apenas um animal correndo pelo mato — ele sugere, embora não pareça acreditar na própria sugestão. Então se volta para mim, em seu rosto uma combinação de ternura e lascívia.

Permanecemos ali em silêncio, esperando que a floresta cuspa algum animal de suas entranhas, ou que algum turista apareça de sunga com uma toalha nas mãos, pronto para um mergulho nas águas frias do lago; ou quem sabe um moleque da vizinhança, um adolescente cheio de espinhas, que, num dia de sorte, tivesse flagrado um casal se amassando no mato. Mas nada acontece. A floresta continua silenciosa, num complô para esconder a verdade.

— Acho melhor irmos embora — ele diz, puxando-me pela mão.

— É melhor, sim.

— E a história que você queria me contar? — ele pergunta enquanto ajeita os cabelos.

— Não era nada, não. Bobagem minha.

— 15 —

1976

O dr. Pawlak conferiu mais uma vez a sua maleta de trabalho. Além dos medicamentos comuns, como aspirina, Valium e Merthiolate, a penicilina era fundamental para tratar de quadros infecciosos que pudessem se transformar rapidamente em graves. Organizou tudo com a precisão de um relógio suíço — sem esquecer do estetoscópio e do medidor de pressão, herdados do pai —, afinal não havia lugar para falhas, gracejos ou segundas opiniões, especialmente numa cidade pequena onde as pessoas costumavam encarar a juventude com desconfiança. Talvez se tratasse de simples inveja, um bando de velhos flácidos e resmungões que não suportavam ver alguém jovem lhes tratar das enfermidades. Ainda assim, amava o seu trabalho, cada aspecto dele, das mãos ensanguentadas aos agradecimentos pelo alívio das dores. Sabia que havia nascido para curar, porque era pelo trabalho de cura que curava a si próprio. Podia parecer algo saído de um livro *hippie*, desses que anunciam a tal Era de Aquário, tão na moda nos dias atuais; mas nunca lera nada *hippie*, e, se conhecera um ou dois na época na faculdade, estes estavam ocupados demais em suas viagens existenciais proporcionadas pela maconha ou pelo LSD.

Essa fora a razão de ter voltado para Lago Negro, uma cidade que nada possuía e pouco tinha a oferecer. Mas ser médico de família, como na época do pai e do avô, era o seu sonho, e nem sempre é possível explicar por que se sonha determinada coisa em detrimento da outra. Podia ter ficado na capital, feito carreira em um grande e luxuoso hospital, contudo isso não parecia ser a sua verdadeira vocação. Em seu íntimo, sabia que deveria seguir os passos dos que o precederam, estava em seu sangue e achava que deveria honrar a história da família.

Seu avô, Heiko Pawlak, um bem-sucedido médico judeu, chegara em Lago Negro alguns meses antes do início da Segunda Guerra Mundial, quando a pequena cidade nada mais era que uma despretensiosa colônia de imigrantes europeus — um depósito, como muitos diziam, de gente que fugia da fome, da miséria e da perseguição. Era conhecido como um homem astuto, de faro aguçado, tido muitas vezes como um sujeito rude e audacioso, dono de uma franqueza aterradora. Poder-se-ia dizer que tais características foram importantes, se não fundamentais, para a sua sobrevivência e a continuação da própria família. No entanto, ele jurava que fora salvo por algo mais do que mera capacidade de observação somada à imaginação; tratava-se de uma equação complexa, dotada de mais incógnitas do que numerais. Como um homem das ciências, era certo que evitaria ao máximo pisar no terreno das coisas místicas; o chão, dizia, era semelhante à areia movediça, bastando um passo em falso para ser tragado definitivamente por ela. Para tais complicações verbais, valia-se sempre das metáforas médicas; estas, sim, tratavam-se de terreno sólido e confiável. Então, o dr. Heiko Pawlak revelava que pouco a pouco fora tomado por uma desconfortável sensação cutânea, uma espécie de comichão, que evoluíra rapidamente até tornar-se uma ferida aberta que nada fazia além de coçar e coçar. E, embora muitos amigos e familiares tapassem os olhos para a névoa escura e densa que baixara sobre a Europa naqueles dias, o gentil médico polonês tinha certeza, assim que Hitler ascendera ao poder, de que estavam todos condenados. Os ventos da mudança sopravam uma brisa fétida que prenunciava a desgraça de seu povo.

O trabalho começara devagar desde que retornara à sua cidade natal; alguns pacientes aqui, outros ali, uma maioria saudosa do tempo em que o médico era tratado como um membro da família, e não só visitava os doentes em casa e receitava medicamentos, mas também dava conselhos e ouvia confidências, como um amigo. No entanto, era difícil convencer àqueles que já haviam se habituado a frequentar as clínicas impessoais e as salas chiques que um médico em domicílio podia ser algo mais acolhedor do que os granitos e os pisos frios desinfetados. Ainda que para isso não houvesse remédio, só o tempo poderia provar que Rodolfo Pawlak poderia ser um médico de família tão competente e dedicado quanto o pai e o avô.

Por isso julgou estranho quando Bernardo Berkenbrock, o motorista do falecido Tobias Seymour, bateu à porta de sua casa tarde da noite. Não era médico de nenhum membro daquela família, e talvez tenha entrado na mansão uma ou duas vezes quando criança acompanhado do pai.

— Desculpe lhe incomodar, doutor. — Embora tivesse vindo de carro, o motorista falou com a voz ofegante de quem correra quilômetros. — Temos uma emergência em Bellajur.

— Onde? — perguntou o médico, confuso, sem saber que a casa fora recentemente batizada com o nome das bonecas.

— A casa dos Seymour, doutor. Por favor, venha comigo.

O dr. Pawlak não questionou mais, deveria guardar as perguntas para o momento oportuno. Sabia que todo médico que se põe a falar mais do que a ouvir não está apto a fazer um bom trabalho. Fez um sinal com uma das mãos para que o motorista esperasse; vestiu o sobretudo e calçou os sapatos. Por fim, pegou a maleta e entrou em silêncio no carro de Bernardo. Pelo modo como o pobre homem suava, julgou se tratar de algo realmente grave.

A mansão dos Seymour ergueu-se soberana por entre as árvores enegrecidas, revelando ao médico uma verdade aterradora: a de que o tempo não havia passado para aquelas paredes. Cada tijolo, reboco e telha permaneciam intocados e inquietos; era como olhar uma foto de uma lembrança infantil. E então um pensamento lhe surgiu, uma ideia tola que parecia ter saído da cabeça de um daqueles *hippies* da faculdade, de que talvez dentro desse mundo existissem pedaços de outros mundos, universos paralelos que não estavam sujeitos às mesmas leis da natureza. Nesses lugares, o tempo poderia não exercer qualquer influência, e coisas estranhas poderiam acontecer. Tal pensamento, ainda que inútil para um respeitado médico, provocou-lhe calafrios. Uma lua desanimada lançava um facho prateado sobre a casa, cujas luzes, exceto a de uma janela, encontravam-se apagadas. Quando encarou a casa mais de perto, teve a impressão de que ela mantinha apenas um olho aberto, como se mesmo dormindo fosse preciso manter uma parte de si em vigília.

O motorista correu na frente, abrindo as portas, acendendo as luzes e mostrando o caminho à semelhança de uma bengala que protegia o médico de possíveis esbarrões e quedas. Seguiram em silêncio até uma porta de madeira entreaberta. Naquele ponto, Bernardo simplesmente parou; parecia que alguma entidade invisível o impedia de entrar. Entre lamentos e choros, era possível ouvir os comandos de uma voz feminina mais aguda e insistente. Para ouvidos menos treinados, era possível confundir aquela cacofonia com uma professora a tomar a tabuada de um aluno.

O dr. Pawlak não hesitou, tampouco pediu licença, afinal era dono de uma prerrogativa concedida à classe médica há muito tempo: a de dispensar as regras de etiqueta quando havia vidas a serem salvas; tinha certeza de que até o médico da família real inglesa deveria dispensar a reverência se a rainha estivesse à beira da morte.

O cômodo encontrava-se na penumbra, submerso em um tipo de escuridão inocente que não cega, mas apenas omite bordas e curvas e no máximo é culpada por algumas canelas doloridas e dedos mindinhos quebrados. A cena era revelada com nitidez por um facho de luz branca, corpulenta e direcionada, feito um holofote a destacar os atores principais de uma peça de teatro. Uma jovem vestida num terninho preto empurrava uma xícara contra os lábios de outra mulher; ao passo que esta, deitada na cama com as pernas flexionadas, emitia um grunhido entre um gole e outro; um odor característico de ferro e suor lembrou o jovem médico dos dias de residência no hospital universitário. Ele se aproximou da mulher de preto, arrancando-lhe a xícara das mãos. Em movimentos rápidos, acomodou a xícara na mesa de cabeceira, sentou-se na cama e levou a mão à testa da outra mulher; não passou despercebido ao médico o enorme círculo de sangue tão vermelho quanto mercúrio que contornava suas nádegas.

— A paciente é Helen Seymour, doutor — disse a mulher num tom agudo de gralha, os olhos de ave de rapina espiando por cima do ombro do médico.

— Conte-me o que aconteceu — pediu ele de modo frio e direto, isento de emoção. Se havia aprendido algo nos anos de trabalho no hospital era como manter-se alheio ao que se passava ao seu redor. Havia treinado a mente exaustivamente para dissociar-se dos horrores e do sofrimento a que era submetido todos os dias. Não que fosse uma pessoa desprovida de sentimentos compassivos, muito pelo contrário; temia em muitas ocasiões que seus olhos revelassem a realidade de suas emoções.

— Ela está grávida de quatro meses, temo que seja um aborto espontâneo. — A mulher de preto remexia as mãos num tique nervoso. — Dei-lhe um chá de salgueiro, doutor. Eu mesma preparei! Minha mãe dizia que era excelente para evitar abortos.

Rodolfo Pawlak fez menção de dizer algo, mas se conteve. Em momentos como aquele a língua deveria recolher as palavras e, sobretudo, as opiniões dentro da boca fechada. Mas se a boca cala, o corpo revela, e ele remexeu os ombros involuntariamente como se pesassem mais do que o normal; ele sabia que a simples menção da palavra "chá" era capaz de arruinar a sua fama de complacente. As crendices, especialmente aquelas que resistiam como baratas depois de uma bomba nuclear, eram sem dúvida a parte mais difícil de extrair do imaginário popular; os famosos "minha mãe disse, minha tia sugeriu, minha vó recomendou" ainda faziam incontáveis vítimas nos fins de mundo afora. Embora a medicina tivesse evoluído de maneira decisiva nos últimos cem anos, varrendo a ignorância dos cantos mais obscurecidos da humanidade, ele esperava — não deixando de se sentir patético e um bocado ingênuo — não ter que ouvir da boca de uma pessoa que um reles salgueiro impediria a natureza de seguir o seu curso. Havia mais motivos para um aborto espontâneo do que poderiam contar os dedos das mãos, e não seria um chá catinguento que mudaria a realidade, independentemente de quanto ela se mostrasse cruel.

— Por FAVOR — começou ele dando mais ênfase ao *favor* —, dê um passo para trás, senhora...

— Esther Berkenbrock — ela completou com a voz trêmula.

— Sra. Berkenbrock. Vou examiná-la agora.

Ela assentiu, fazendo menção de sair do quarto.

— A senhora deve ficar, preciso que me conte exatamente o que aconteceu.

A governanta se sentou numa cadeira de estilo vitoriano, cruzou as mãos sobre o colo e voltou a sua atenção para o quadro da mulher nua. Não entendia por que diabos haviam pendurado aquela peça horrenda na parede; era de exagerada lascívia, debochada, vil e até maquiavélica. Balançou a cabeça para os lados num momentâneo estado de negação ante a risada da mulher e, se não fosse pela figura imponente do médico a chamar-lhe pelo nome, ela teria fechado os olhos e fugido de todo aquele horror, ainda que apenas em sua mente.

— Sra. Berkenbrock! — disse ele com a voz firme, estalando os dedos em frente ao rosto da governanta.

— Desculpe. — Ela estremeceu. — Há pouco mais de uma hora, a sra. Helen começou a sentir fortes dores, pareciam cólicas menstruais ou, pelo menos, assim ela me confessou. Na mesma hora, mandei-a se deitar e, com medo do que pudesse ocorrer, pedi que Bernardo colhesse algumas folhas daquele salgueiro que fica às margens do lago Negro.

Esther Berkenbrock olhou em direção à janela como se conseguisse enxergar o salgueiro de onde estava.

— Ele correu para o bosque, conhece aquele caminho como ninguém, e em questão de minutos estava aqui com tantas folhas que por um instante achei que tivesse depenado a árvore — ela continuou. — Bom, fiz o chá e corri aqui para o quarto, mas ela já se encontrava se esvaindo em sangue e gemendo de dor.

— E por que não chamaram uma ambulância? — perguntou o dr. Pawlak enquanto tomava a pressão de Helen.

— Nós chamamos, doutor — disse, empertigando-se na cadeira. — Acontece que todas as duas do nosso pequeno hospital foram chamadas em Bonville, parece que houve um incêndio por lá com vítimas. A única alternativa foi chamá-lo, eu não sabia mais o que fazer.

— Tudo bem, a senhora fez bem. Eu preciso agora da sua ajuda, pois o que vamos fazer é muito delicado. O ideal seria chamarmos uma ambulância, mas a verdade é que não podemos esperar nem mais um minuto. Temo que seja tarde demais, ela perdeu muito sangue.

Ele apontou para a mancha de sangue que brilhava sobre o lençol e por um instante lembrou-se do mar no final de tarde, quando avança sem piedade pela areia engolindo tudo em seu caminho.

— Vamos carregá-la com o máximo de cuidado até o carro e a levaremos para o hospital. Infelizmente, não há nada em minha maleta que possa ajudá-la. Ela precisa da estrutura de um hospital, a pressão já está muito baixa — disse ele, sentindo-se um inútil e avaliando a maleta que carregava com tanto orgulho como nada mais que um artefato ridículo. Entretanto, arregaçou as mangas e chamou por Bernardo, que continuava em seu posto diante da porta do quarto.

Os três carregaram Helen até o carro como uma boneca de pano despedaçada; a cabeça tombada para o lado, os membros flácidos, o sangue a escorrer pelas coxas. Ela foi colocada com o máximo de cuidado no banco traseiro, e a sra. Berkenbrock não esqueceu de cobri-la com uma coberta e ajeitar a sua cabeça de modo confortável sobre o colo. Ainda assim, o médico sentia-se constrangido pelo modo com que estavam levando uma pessoa naquele estado para o hospital.

A lua havia se recolhido atrás de uma nuvem, e não se via mais nada além da escuridão e do contorno tímido de Bellajur. O médico, então, esqueceu-se de sua paciente e deixou os pensamentos se perderem naquela estrutura imponente. E por um instante, nada mais que um breve segundo, teve a impressão de que uma luz acendera e apagara na janela tão rápido quanto o piscar de um olho.

— 16 —

Dois dias se passaram até que eu tivesse coragem de levar adiante minha investigação particular sobre Lago Negro. Não posso negar que a pequena cidade continua envolta numa cortina de mistério e por isso me desperta todos os tipos de indagações. Não vi mais John depois do nosso passeio. Naquele dia, voltamos em silêncio para Bellajur, as mãos entrelaçadas, os olhares intensos e o corpo repleto de uma expectativa velada. Meu coração batia tanto e de modo tão determinado como jamais batera antes em toda a minha vida. Almoçamos uma versão pretensiosa de feijoada servida com uma careta pela sra. Berkenbrock, e conversamos animadamente entre um café e outro até o entardecer. Mas não nos tocamos mais, não daquele jeito que havíamos feito à beira do lago Negro. A oportunidade havia passado, embora eu ansiasse por mais. Em alguns momentos, o pegava me encarando de um modo especulativo, como se me avaliasse. John partiu com a promessa de me visitar novamente em três dias, havia assuntos a tratar em Bonville — ultimamente todos pareciam ter algo a fazer na cidade vizinha, não me deixando alternativa a não ser me jogar de cabeça nos afazeres domésticos de Bellajur. E eram inúmeros! Por outro lado, a vida como dona da casa evoluía a cada dia, permitindo-me estreitar (tanto quanto fosse possível, pelo menos) minha relação com a sra. Berkenbrock, que tem se mostrado muito animada em ver meu interesse pela propriedade aumentar gradativamente.

Uma das minhas primeiras ações como nova dona da casa foi recontratar o velho jardineiro e solicitar que o jardim voltasse à forma antiga, no melhor estilo dos Seymour. Ah! Como é boa a sensação de trazer vida a esta casa novamente! Mamãe dizia que eu era uma menina obstinada, voluntariosa, características que parecem ter renascido, ou talvez nunca tenham me deixado. Ultimamente, me pego pensando em mamãe mais do que o normal; qualquer coisa serve de estímulo, uma flor, um pássaro, um livro. Hoje reparei numa garrafa de vodca naquela sala com cabeças de animais, e novamente me lembrei dela. Mamãe tinha um cheiro peculiar, uma mistura de álcool com perfume Angel; às vezes, de sua pele exalava um aroma de vinho tinto que me deixava nauseada. Hoje, o sol e o calor dos primeiros dias da primavera também me trouxeram saudades. Lembrei do seu corpo pequeno, magro e bronzeado, suas curvas discretas, seu cabelo cor de cobre. Ela estaria deitada, quase desmaiada, numa cadeira de praia, uma das mãos a girar um copo de caipirinha; o som das pedras de gelo a rodopiar entre os limões e a vodca. Às vezes, ela se repetia e me contava a mesma história, de que não gostava de beber quando se casou, não gostava de sentir as pernas bambas, nem de perder o controle de si mesma; era como subir e descer numa montanha-russa, a sensação das tripas querendo saltar pela boca. Mas de algum modo achou que beber a aproximaria de papai; ele adorava seus uísques, licores e cervejas, gabava-se deles como se beber fosse uma espécie de talento. Eu não entendia como aquela estranha relação entre eles e a bebida podia dar certo, pois toda relação a três é fadada ao fracasso.

Quando criança, eu imaginava o álcool como um diabo, uma entidade disforme e mal-intencionada, de chifres e rabo pontiagudo, capaz de trazer à tona o pior de uma pessoa, os vermes e as larvas que ela esconde nos escombros da alma. Como toda criança ou adolescente que está ou se julga sozinho, eu banalizara aquela situação, acreditava que a nossa família fosse normal, que aquele era o modo de os adultos se relacionarem. É claro que eu me culpei quando o pior aconteceu; me culpei por ter me dissociado da realidade, me culpei pelas vezes que servi meu pai com mais um copo, me culpei por todas as vezes que aumentei o som quando eles discutiam, quando as brigas se transformavam em violência física, quando o álcool fazia as vezes de juiz.

* * *

As duas últimas noites transcorreram tranquilamente; nem um som, sussurro, sombras ou sustos; nada além de descanso e repouso. Acredito agora que sonhara com tudo aquilo, mesmo tendo a certeza de que não. Ainda que eu não saiba o que algumas vozes no meio da noite teriam a ver com as fofocas da cidade, estou determinada a usar os meus dias de ócio para descobrir. E, afinal, sempre fui uma pessoa curiosa, embora seja muito fácil confundir curiosidade com intromissão.

Minha primeira medida seria fazer uma visita surpresa a Flora Pawlak e escutar todas as fofocas da cidade. Além disso, tenho uma imensa vontade de conhecer um pouco mais sobre Helen Seymour. Talvez, se descobrir o que de fato a levou à loucura, eu possa evitar ficar louca também. Parece loucura, eu sei. Mas a loucura parece permear a família do meu pai; é como se ela demandasse ser vista e ouvida e reencarnasse a cada geração.

Tive a ideia de pedir à sra. Berkenbrock que assasse alguns biscoitos, mas depois concluí que uma garrafa de uísque traria mais resultados — eu, mais do que ninguém, sei o quanto de verdade o álcool é capaz de desenterrar.

Sigo pela estrada principal que passa em frente a Bellajur; basta virar à direita depois do guarda-portão e seguir reto por uma estrada bucólica até enxergar o primeiro sinal de civilização — foi o que Ângela me dissera.

Eu já tive espírito aventureiro, acreditem. Mamãe não via de modo tão lisonjeiro e costumava dizer que eu possuía uma predisposição para a transgressão, como se tal característica fosse similar a uma resistência à insulina. Eu demorei a entender o que ela queria dizer, porque eu não encarava o meu jeito destemido e curioso como algo que devesse ser controlado, apenas como o estado natural de toda criança saudável. Ela gritava e por vezes me dava palmadas e puxões de orelha, mas eu continuava a replicar e respondia que uma criança que não fosse curiosa é que precisava ser medicada, talvez ela tivesse algum tipo de resistência à vida. No entanto, não havia jeito de chegarmos a um consenso, ela simplesmente não me entendia; era como perguntar em grego e responder em árabe. Eu sabia que jamais poderia lhe explicar os sentimentos intensos que uma simples lufada de vento quente era capaz de me provocar; a excitação da descoberta, a clareza do sentido, como se o próprio ar me revelasse um segredo milenar. De que maneira seria possível mostrar-lhe que o farfalhar de uma árvore ou o som espumoso do quebrar de uma onda continham em si todos os mistérios da vida?

Eu sentia a necessidade de desvendar tudo, precisava explorar todos os cantos. Então, frequentemente, a minha busca englobava os terrenos vizinhos, os jardins dos outros e as ruas particulares; eu circundava as casas, observando mundos tão distantes e diferentes do meu. Eu era uma pequena sem-terra a invadir a propriedade alheia em busca de respostas para as minhas indagações metafísicas. O tempo e os corretivos me transformaram numa criatura pedante que teme a própria sombra. Claro que a morte dos meus pais contribuiu decisivamente para que eu soterrasse tais características a sete palmos em algum lugar assombroso de mim mesma.

Assim que me aproximo do portão de ferro coberto de hera, sinto uma onda daquele velho entusiasmo infantil percorrer o meu corpo. Uma placa de madeira estufada e cheia de bolhas anuncia que estou no local certo, é a casa dos Pawlak afinal. Empurro o portão enferrujado num solavanco desajeitado, ao que ele responde num grito seco e agudo, como se eu tivesse lhe infligido dor. Permaneço imóvel, esperando que alguém apareça. Nada acontece, a não ser pelo grasnar de algumas gralhas e o portão que, açoitado pelo vento, vai e volta. Sigo por um estreito caminho de pedras que leva até a entrada da casa; há estátuas de anões por todos os lados, cujos sorrisos ostensivos me revelam uma cordialidade incômoda. Todo o lugar aparenta vazio e abandono, como se envolto por uma névoa de solidão aterradora e mortal. Galhos, folhas e sujeira indefinida espalham-se pela grama alta. O vento fustiga aquele pedaço de terra, açoitando a casa com tanta violência que parece querer empurrá-la dali.

Na estreita varanda da entrada, encontro um aglomerado de vasos com flores secas e murchas, tal qual lápides de gente morta há muito tempo. Entretanto, apesar da sujeira e do esquecimento, há uma paz que pulsa dos recônditos mais escondidos do lugar — talvez emane do som metálico e suave provocado pelo balançar de um sino dos ventos. Sempre gostei do som meditativo que provém desses pequenos objetos. Quem sabe ele não tenha sido colocado ali para acalmar os nervos do visitante mais maníaco por limpeza?

— Querida! A que devo a honra da visita?

Uma voz saída do meio das árvores sugere que Flora Pawlak esteve ali o tempo todo.

Debruço-me no parapeito da varanda, olhando para o pequeno bosque ao lado da casa. Uma mecha branca salta do meio das folhagens, dando a impressão de se tratar de uma palmeira albina.

— Olá, dona Flora!

— Oh! Querida! Espere um pouco... deixe-me ver... — diz, tentando se desvencilhar do matagal. — Aqui estou!

Flora Pawlak salta dos arbustos, com galhos grudados nos cabelos e um objeto pendurado no pescoço. Tenho a sensação de que as folhas a cuspiram de volta. Sinto o ímpeto de perguntar, mas ela se adianta:

— Imagine você que eu estava agora mesmo observando os pássaros. Há tantas espécies em Lago Negro! Uma infinidade! Você não gosta de observá-los, querida? Escute! — Ela leva o binóculo aos olhos. — Gralhas! O som delas me lembra dos filmes de terror da minha época.

Não sei ao certo por quê, apesar de também ouvir os gritos estridentes dos pássaros, mas tive a impressão de que "pássaros" talvez se tratasse de uma metáfora para "pessoas".

— Não, nunca tive a oportunidade. E a senhora os observa dentro desse bosque? — Aponto para as folhagens que acabaram de cuspi-la.

— Não, não. Atrás da casa há um lugar onde é possível vê-los em todo o seu esplendor! Venha, vou lhe mostrar.

Flora Pawlak faz um gesto com uma das mãos para que eu a siga e desaparece novamente em meio aos arbustos. Com receio, mas ainda assombrada por um misto de espírito aventureiro e curiosidade impertinente, deixo-me seduzir pelo seu convite, seguindo-a em silêncio. Avançamos por uma picada, uma estradinha sinuosa tão estreita que é impossível que caminhemos lado a lado. E então, finalmente, compreendo o que ela faz em suas horas vagas. Na parte de trás da propriedade, escondido pela mata, um platô abre-se à nossa frente; um local com uma vista estonteante para o vale e — para a alegria de Flora Pawlak — também para algumas casas. Sentamo-nos num banquinho de madeira velho e gasto chumbado ao chão de pedra; perdido no meio da imensidão, ele parece agarrar-se para não despencar do precipício.

— Creio que você me trouxe um agrado, não é? — Ela lança um olhar faminto para a garrafa que eu seguro.

— Claro, desculpe-me. É o mesmo que senhora tomou no jantar.

— Muito obrigada, querida!

Ela puxa a garrafa para si, feito uma criança que arranca o brinquedo do amigo, e solta gritos estridentes tal qual os pássaros:

— Este uísque é uma maravilha! Uma maravilha!

— Então é aqui que a senhora observa os pássaros?

O vale se estende abaixo de nós, um complexo de cor esmeralda, salpicado por casas chiques e rústicas. Olhando de cima, dá a impressão de que elas foram jogadas do céu aleatoriamente em direção à imensa floresta; uma aqui, outra ali e nenhuma maneira de chegar por terra até elas.

— Sim, querida. Não é um lugar maravilhoso?

Ela não olha para mim, apenas para a garrafa, e, como se lesse o meu pensamento, acrescenta:

— Você não tem a sensação de que alguém jogou essas casas ali embaixo de qualquer jeito?

Eu não respondo, apenas sorrio sem olhar para ela.

— A visão nos engana, com certeza, querida. Daqui de cima temos uma noção diferente, parece que não há maneira de chegarmos até aquelas casas. Ainda assim, podemos ver carros lá embaixo. — Ela faz um gesto de desdém com as mãos. — São os nossos olhos a nos enganar. Obviamente, há estradas abaixo de nós; mesmo que não enxerguemos, elas estão lá, escondidas por camadas e mais camadas de verde.

— Realmente. Maravilhoso — concordo. — E de quem é aquela primeira casa ali? — Aponto para uma casa de cor de concreto; ela se destaca das demais, me lembra uma gaiola de vidro.

— Qual, querida? — Ela apressa-se em colocar o binóculo em frente aos olhos.

— A da direita; aquela com grandes janelas de vidro.

— Ah, sim. Aquela, pertence a Vivian Herringer, a...

— Viúva do advogado — completo.

— Exatamente!

— E aquela mais afastada? — Meu dedo aponta para uma casa de madeira escura de telhado cinza.

— Oh, aquela? — Seu tom é de dúvida. — Pertence à família Hammes.

— Acho que ainda não ouvi falar deles.

Flora Pawlak deixa cair o binóculo no peito e espreme os olhos contra a claridade. Ela vira o rosto em minha direção, e então percebo em seu semblante um misto de excitação e maldade; aquela energia desconcertante de quem sente prazer na desgraça alheia.

— Pessoas muito bondosas, os Hammes, pena que tiveram de passar por tudo aquilo! Uma tragédia, sabe?

— Como assim?

Chego à conclusão de que julgara Flora Pawlak de maneira errada. Há algo em sua personalidade que não deixa dúvidas: é impossível tirar-lhe alguma vantagem. No final, diante de um sorriso triunfal, ela o enrola como um caranguejo em sua rede de intrigas. A minha curiosidade deveria ser saciada por um roteiro de perguntas que eu criara anteriormente, um questionário ensaiado a fim de me aprofundar mais nas histórias de Lago Negro. Tudo em vão. Descubro que estou sendo conduzida ao lugar aonde ela deseja que eu vá.

— A caçula se suicidou; foi algo realmente sórdido.

— Cristine? — pergunto. Um vento frio nos envolve, sinto o ímpeto de me abraçar.

Ela afasta uma mecha de cabelo que caíra em seu rosto.

— Então não é a primeira vez que você ouve essa história?

— Não.

— Ah, eles sofreram muito com tudo o que aconteceu! Foi horrível! Imagine passar dias sem saber onde sua filha se encontra! Não consigo sequer pensar nisso, mas, felizmente, depois que sua tia interferiu, pelo menos eles tiveram um desfecho.

— Minha tia? — pergunto.

Sinto uma pontada no peito. O que teria ela a ver com essa história? E, o mais importante, por que John omitira esse detalhe?

— Pensei que você conhecesse a história!

— Pensei que conhecesse — retruco. — Por que razão minha tia interferiu?

Flora Pawlak recorre momentaneamente à pausa, como se esperasse a minha curiosidade chegar ao ponto de ebulição. Então ela retira do bolso um isqueiro e um maço de cigarros de cravo.

— Na época em que Cristine desapareceu, já fazia muito tempo que sua tia estava doente, tanto tempo que ninguém mais dava importância. Os jovens a chamavam de "a louca de Bellajur".

Ela sorri, então acende o cigarro. A fumaça adocicada invade as minhas narinas, e me dou conta de que estou salivando. Ela parece notar, então acende mais um cigarro e me entrega.

— Bom, ela tinha delírios e alucinações frequentes; era comum, sabe? Porém, durante alguns desses estados alterados de sua personalidade, ela alegou que conversara com Cristine através de sua boneca preferida, Augusta.

— Suas bonecas tinham nomes? — Tusso. Eu não tenho o hábito de fumar e francamente nem poderia, mas por alguma razão não consegui resistir. Talvez se permanecer algumas horas a mais na companhia de Flora Pawlak eu me embebede de uísque.

— Todas as treze, querida. Entretanto, ela só nomeava aquelas com quem podia conversar; aquelas que, segundo ela, eram capazes de falar e transmitir mensagens do outro mundo. As bonecas funcionavam como um portal, e sua tia era capaz de atravessá-lo.

— Como a senhora sabe de tudo isso?

— Porque éramos amigas, querida, quando ninguém mais queria saber dela. A doença não me assustou como aos outros. — Ela estufa o peito, parecendo orgulhosa de si mesma.

— E o que Helen conversou com Cristine?

— Ela disse que Cristine, através de Augusta, lhe confessara que estava perdida, confusa e muito arrependida do que havia feito. Quando Helen perguntou onde ela se encontrava, ela simplesmente respondeu que estava no fundo do lago. Não preciso dizer que a reputação de sua tia depois desse episódio não melhorou nem um pouco. Entretanto, ela era uma mulher de fibra, que levava adiante tudo o que começava e não se deixava intimidar. No dia seguinte à sua conversa com a boneca, ela foi à casa dos Hammes, que logicamente não acreditaram em uma palavra do que ela disse; realmente não é fácil acreditar que a alma da sua filha se revelou a uma estranha através de uma boneca, cá entre nós.

— Não é algo fácil de digerir. O que minha tia fez então?

— Ela quis contratar um mergulhador, imagine. Mas a sra. Berkenbrock a proibiu. Então, ela esperou. E, como a natureza é sábia e devolve tudo aquilo que engole, o corpo de Cristine apareceu pouco tempo depois, boiando no lago. Mesmo com todas aquelas pedras nas costas, o que restou dela voltou à superfície. Imagine quantas pessoas nadavam ali despreocupadamente sem saber que nadavam em cima de um cadáver. — Ela dá um peteleco no cigarro, jogando as cinzas no chão.

Um calafrio percorre o meu corpo, e me dou conta de que estou tremendo.

— E o que aconteceu depois da descoberta do corpo?

— Sua tia, logicamente, foi crucificada. A polícia fez uma série de perguntas, é claro, mas não encontrou nada contra ela. Helen se enclausurou ainda mais, passando a ser vista cada vez menos, e, com o tempo, as pessoas acabaram se esquecendo dela e dessa história. Porém, quando aquele sujeito chegou à cidade, o povo começou a falar novamente.

— O tal do Maximilian?

— Esse mesmo. Criatura estranha aquela; não era nenhuma beldade não, mas possuía um ar de mistério que provocava as mulheres. Por onde passava, deixava-as suspirando. — Ela revira os olhos e espreme os lábios. — Para mim, parecia tudo ensaiado, o que ele dizia e como agia.

— Esses tipos são comuns — me limito a dizer.

— Você ficaria surpresa — ela diz de repente entre uma tragada e outra.

— Com o quê?

— Vivian Herringer!

— A esposa do advogado? O que tem ela?

— Eles tiveram um caso! — Ela escancara um sorriso diabólico. Sinto uma pontada no estômago. Eu não deveria ter fumado.

— Durante o relacionamento dele com a minha tia?

— Exatamente.

— Mas a senhora tem alguma prova? Isso é algo bastante grave.

— Lógico que tenho! Ou você acha que eu sou mulher de espalhar boatos sem ter certeza dos fatos?

Não vejo opção a não ser recorrer ao silêncio. É evidente que Flora Pawlak espalha boatos pelo simples prazer em fazê-lo. Seria ingenuidade minha presumir que ela possui o hábito de checar se suas suposições são verdadeiras.

— E que prova é essa?

— Como eu havia falado no jantar em Bellajur, não é uma prova que os tribunais aceitariam, uma vez que seria a minha palavra contra a dela.

Sim, ela havia feito alguns comentários durante o jantar em Bellajur. Dessa vez, porém, eu não a impediria de continuar.

— Bem, Caroline, um pouco antes de o advogado morrer, eu estava sentada neste mesmo banco distraída com os pássaros, como de costume. Antes mesmo que eu pudesse visualizar a pequena ave, algo me despertou a atenção para a casa dos Herringer. Imediatamente apontei meu binóculo naquela direção, direcionando-o mais precisamente para a enorme janela de vidro no andar de baixo. E, para o meu espanto, percebi que Vivian gritava, gesticulando de um modo engraçado, parecia uma marionete que não consegue controlar os braços. A princípio, eu não sabia se ela discutia com alguém ou se estava sofrendo dos nervos. E por alguns minutos foi tudo o que eu consegui ver, o interminável vaivém descontrolado daquela mulher. Mas eis que, quando eu estava prestes a desistir e a voltar ao meu *hobby*, um homem aproximou-se e a puxou violentamente pelo pulso. Foi então que pude ver com clareza com quem ela discutia daquela maneira.

— Maximilian, obviamente.

— Obviamente.

— Se estavam discutindo, por que a senhora afirma que eles tinham um caso?

— Ora, querida, porque é o tipo de discussão que só acontece entre um casal. Quando você chegar à minha idade, vai saber a diferença.

— E o que aconteceu em seguida?

— Infelizmente não pude ver mais nada, pois eles acabaram por se afastar da janela. O mais estranho é que dois dias depois o pobre advogado foi encontrado morto em seu escritório e ela passou a perambular feito um defunto pela cidade, com a cara cheia de remorso. Acho que ela pensou que se livrando do marido poderia viver com Maximilian, mas obviamente isso nunca aconteceu. Esperto como era, tratou de permanecer ao lado de sua tia na esperança de que viesse a herdar parte do seu dinheiro; o que também não aconteceu, como todos sabem. Depois disso, ele fugiu e nunca mais se ouviu falar dele.

— E a viúva? Como está?

— Quase não sai de casa. Às vezes eu a vejo caminhando no jardim, mas isso está cada vez mais raro. A paixão desenfreada nos faz agir de modo doentio, minha querida. — Ela joga o cigarro no chão, mas o vento arremessa-o para além do precipício. Aproveito a deixa e lanço o meu para longe; o gosto enjoativo de cravo me deixou nauseada. — Oh, veja a hora! John não tardará a chegar! Por que você não fica para o jantar e nos faz companhia?

— Desculpe, mas não será possível. Marquei um jantar com o sr. Heimer.

Não sei por que menti, só sei que não conseguiria encarar John neste momento. O que eu diria? Não, não era a hora certa.

— Que pena, querida!

— Por que não marcamos outro dia? A senhora pode me telefonar a qualquer hora. John pode lhe dar o número do meu celular.

— Claro! Deixe-me levá-la ao portão.

— Não precisa se incomodar; posso ir sozinha.

Levanto-me do banco rapidamente, pronta para desaparecer antes que John chegue. Pelo menos a conversa com Flora Pawlak fora bastante interessante, embora eu ainda não saiba se o que ela me disse se trata apenas de mexericos de uma mulher desocupada e maldosa.

— 17 —

— O sr. Cristian Heimer telefonou logo depois que a senhorita saiu — Ângela comunica enquanto serve o jantar.

— Ele disse o que queria? — Finjo desinteresse, mas já estava preocupada com a falta de notícias do advogado.

— Não. Disse apenas que virá a Bellajur logo pela manhã.

— Tudo bem. Obrigada.

— Com licença — ela diz, lançando-me um de seus conhecidos gestos de submissão.

— O que será que ela está aprontando? — sussurro, imaginando qual seria a ocupação daquela garota em seu tempo livre. No entanto, me parece muito melhor saborear a comida, apesar de sentir uma ligeira tontura e algumas fortes pontadas no peito. Talvez precise de uma dosagem extra da minha medicação, não ando me sentindo bem.

O celular vibra na mesa, é John. *Voltei! Amanhã quero te ver.* Meu coração dispara. A temperatura cai bruscamente, embora o dia tenha sido típico de primavera: quente e seco, com uma discreta brisa. Repasso mentalmente a minha conversa com Flora Pawlak, mas as palavras me escapam, sinto apenas uma vontade irresistível de me jogar na cama. Deixaria os mistérios para o outro dia; todos eles. Ainda não visitara a outra torre da casa, a porta que leva à escada sul permanece cerrada desde a minha chegada. Na única vez que tentara forçar minha entrada ali, fui desencorajada pela sra. Berkenbrock, que me confidenciou que trancara a porta porque parte daquela ala encontrava-se em ruínas. Insisti nos meus direitos de proprietária, mas ela apenas prometeu me levar numa outra ocasião. Tenho a impressão de que ela está me enrolando. E, quanto mais ela tenta me convencer, mais sinto vontade de arrombar aquela porta.

Subo a escada com sacrifício, um pequeno exercício que me custa muito. Tomo uma dose extra do meu remédio, mas o cansaço vence e me faz apagar logo nos primeiros minutos.

Não sei dizer quanto tempo se passou, talvez uma, duas horas, ou quem sabe já estivesse amanhecendo. Sinto que dormi profundamente, mas algo me despertou; um barulho alto e indecifrável seguido pelo som de passos.

Aproximo-me da porta lentamente. No entanto, antes mesmo de abri-la, volto a escutar os mesmos sussurros da primeira noite — eles estão mais nítidos e soam perturbadores desta vez. Uma voz infantil chama-me pelo nome, enquanto outra, um pouco mais aguda, pede por socorro. É uma brincadeira de mau gosto, uma tentativa amadora de me perturbar. Tenho a impressão de que alguém pegou uma boneca falante e a deixou em frente à porta do meu quarto.

Encontro o corredor vazio, iluminado por uma luz amarelada e opaca. Sigo em direção às vozes, que parecem se afastar como se quisessem me guiar. Desço a escada no escuro, tropeço, levanto-me, mas não me dou por vencida; sigo as vozes como uma espécie de sonâmbula acordada. E então encontro aberta a porta que leva à ala sul. As vozes cessam, mas não hesito em entrar. A escadaria está iluminada por uma luz ocre que me transporta para o passado, para outra era de Bellajur.

Subo degrau por degrau com cautela — afinal, eu fora alertada dos perigos do lugar. A escada forma um caracol e estreita-se à medida que eu subo. No topo, um corredor retangular me apresenta várias portas fechadas nas laterais. Um som grave e seco ecoa de algum lugar: *blam, blam, blam*. Trata-se da porta no final do corredor, que parece querer se fechar, mas por alguma razão não consegue. Há uma luz fraca lá dentro que tremula, como se alguém tivesse acendido uma vela. Tateio a parede fria à procura do interruptor, sem me importar em chamar a atenção da sra. Berkenbrock ou mesmo de Ângela — eu sou a dona da casa, não elas.

Reparo em todos os detalhes antes de caminhar até a porta. Todo o ambiente possui um aspecto antigo e descuidado, mas nada me parece perigoso — não à primeira vista, pelo menos. Conforme passo diante das portas, tento abri-las uma a uma, mas estão todas fechadas. As tábuas de madeira movem-se em sincronia com meus passos, criando um som único e distorcido à semelhança de teclas de um velho cravo do século XVIII. O mesmo vento que balança a porta agora toca o meu rosto, trazendo consigo um misto de poeira e cheiro enjoativo de lírio.

O quarto é, na verdade, um depósito repleto de móveis e bugigangas. Lembra um museu bagunçado, iluminado apenas pela luz bruxuleante de um abajur. Procuro pelo interruptor. Assim que pressiono o botão, o ambiente mergulha numa claridade reveladora. Minha primeira impressão estava correta: é mesmo um museu, porém todos os objetos e móveis estão cobertos por panos brancos. Um deles cobre um armário gigantesco que se estende de uma extremidade a outra da parede. Tenho certeza de que é ali que a sra. Berkenbrock esconde toda a prataria e a porcelana chinesa dos Seymour.

Removo os panos um a um, encontrando debaixo da poeira e do esquecimento um universo repleto de beleza soterrada. Sinto uma expectativa ansiosa quando me aproximo do armário, como se um duende mesquinho de olhar ganancioso e dedos compridos tomasse conta de mim e reivindicasse a posse de todos os objetos e tesouros de Bellajur. Puxo o pano; o cheiro de mofo corre pelos quatro cantos. Por um momento tento ajustar a minha visão, o que vejo me parece irreal demais. Mas não posso negar, elas estão aqui, uma ao lado da outra, sem vida, estáticas, como num velório coletivo. As bonecas.

O gigantesco armário possui dezenas de nichos retangulares, cada um protegido por portas de vidro que servem de morada para as bonecas de porcelana. No centro, repousam treze delas; sem dúvida as mais bonitas de toda a coleção. Embaixo de seus respectivos nichos, uma placa dourada identifica as treze: Augusta, Charlotte, Catarina, Júlia, Valentina, Tamara, Raquel, Susan, Alice, Priscila, Marta, Lucrécia e Sofia. A vivacidade delas me assusta, parecem crianças congeladas. Nunca vi nada igual.

É quase impossível resistir à vontade de tocá-las. Subo numa cadeira e abro a pequenina porta de vidro, que emite um clique quebradiço como se estivesse prestes a se desmantelar. Puxo Augusta para fora com cuidado, um aroma de rosa evapora de suas roupas.

A mais linda exemplar das Bellajur é dona de uma beleza desconcertante, como se a qualquer momento fosse abrir a boca e começar a falar. Não é à toa que Helen Seymour fantasiara durante tanto tempo com essa boneca. Seus cabelos, avermelhados e cacheados, fazem moldura a um rosto triangular muito branco, mas levemente rosado nas maçãs; os olhos azul-acinzentados são grandes, vivos e despertos; a boca, miúda e avermelhada, lembra um pequeno coração. O vestido, cheio de babados, é enfeitado por milhares de rosas; um laço envolve o seu delicado pescoço.

Noto algo se mover rapidamente atrás de mim, um deslocamento de ar discreto mas perceptível. Deixo a boneca cair no chão. Um pequeno rato corre em direção à parede e desaparece numa fenda ovalada. Inclino-me para pegá-la e, quando me levanto, tenho a impressão de que a plateia de bonecas me vigia com seus olhos vítreos; quem sabe me julgam pela minha preferência por Augusta. Coloco-a de volta em seu lugar e me apresso em fechar a janela do quarto. O vento sopra forte lá fora, o bosque é apenas uma sombra de contornos indecifráveis. Decido voltar para o meu quarto. Apago a luz, deixando que a escuridão tome conta das Bellajur mais uma vez.

— 18 —

1976

Aquela casa reivindicava a maldade para si; tinha certeza disso. E ultimamente parecia que não havia modo de satisfazê-la. Havia uma ânsia, uma necessidade de morte, dor e doença, um fascínio pelas coisas com que a maioria das pessoas não sabe lidar. Nunca se achara uma mulher supersticiosa, dessas que andam por aí a fazer o sinal da cruz, a espalhar sal grosso pela casa ou a tomar banho de arruda, mas nos últimos tempos tinha certeza de que aquele lugar estava vivo, alimentando-se das desgraças que brotavam de dentro de suas entranhas.

Primeiro, ela levara a sra. Seymour, mas não antes de exauri-la durante meses e meses com um câncer doloroso e incurável; depois, foi a vez do sr. Seymour. Não, a ordem não está correta! Antes deles houve a sua predecessora, a antiga governanta, a tal de sra. Meyer, que caiu da escada e quebrou o pescoço. Diziam que a velha estava senil e quase cega, mas essa história sempre lhe pareceu bizarra. E agora, Helen! Ou melhor, o bebê de Helen e Otávio, a criança que nunca chegou a nascer. A tristeza envolvia aquelas paredes feito neblina no inverno. Até Bernardo encontrava-se prostrado, jogado pelos cantos num surto de depressão. E Helen, pobre Helen, trancara-se no quarto com uma boneca Bellajur que Otávio lhe presenteara numa tentativa discutível de fazê-la recuperar o ânimo. Ela lhe dera um nome, o nome que seria de sua filha se ela tivesse nascido: Augusta. Mas, para Esther Berkenbrock, a culpa era da casa, só podia ser.

Depois do aborto de Helen, decidiu que precisava saber qual era a história daquele lugar, pois se convencera de que deveria haver uma que explicasse o rompante de tragédias que se sucediam uma após a outra como peças de um dominó. E só havia uma pessoa na cidade capaz de responder às perguntas que bombardeavam sua cabeça. Pelo menos esperava que ela lhe respondesse.

Não era fácil chegar à casa da viúva Vollmer. Depois da morte do marido, a mulher, sem filhos ou família que a amparasse, cortara todos os laços com a civilização e construíra para si um refúgio de madeira e pedra no meio do mato. Não era uma pessoa agradável, era ríspida e indelicada quando lhe convinha, mas detinha um conhecimento profundo acerca do passado, além de uma curiosa aptidão para o misticismo. A óbvia relação com bruxaria era pauta nos mexericos das mulheres "de família"; afinal, não existia senso de camaradagem no universo feminino.

Esther Berkenbrock embrenhou-se na mata em direção à casa da viúva, a caminhada era longa através de uma trilha ladeada de eucaliptos tão compridos que pareciam tocar o céu — era conhecimento comum que a velha Vollmer detestava o lago Negro, por isso escolhera viver tão longe quanto podia do lugar. Ainda pensando sobre os últimos acontecimentos em Bellajur, deparou-se abruptamente com uma cerca de madeira entremeada de flores bem-me-quer lilás e brancas; levantou os olhos e percebeu que havia chegado mais rápido do que supunha em seu destino. As ideias, as conjecturas e os questionamentos haviam funcionado como um anestésico, bloqueando o entorno e fazendo as pernas andar na direção correta com a eficiência que lhe era característica. Além do mais, estivera naquele lugar não muito tempo atrás a mando da sra. Seymour, que pedira para que buscasse um chá curativo. Ainda se lembrava literalmente das últimas palavras da velha Vollmer: *Diga à sra. Seymour que nenhum chá que eu fizer a livrará do mal que a cerca*. E, com a mesma rispidez com que proferira as palavras, batera a porta em sua cara.

Esther Berkenbrock jurou que jamais colocaria os pés novamente naquele lugar esquecido e, no entanto, ali estava mais uma vez a mando não de sua patroa, mas de sua consciência.

Não era uma casa convencional, e isso só levantava mais rumores acerca da mulher que trocara as facilidades da vida na cidade pelo isolamento. Feita de madeira escura, a construção situava-se numa clareira aberta aleatoriamente no meio da mata fechada; uma larga chaminé de pedras cinza estrangulada por musgos e restos de uma trepadeira retorcida erguia-se na lateral direita da casa e expelia com vigor uma nuvem espessa de fumaça. Esther Berkenbrock abriu o portão com cuidado e precisou de toda a destreza para enxotar algumas galinhas que bloqueavam a passagem. Pombos cinza com estranhas asas de brilho furta-cor empoleiravam-se no telhado; o som de suas asas, misturado às arrulhadas agitadas, produzia um eco confuso à semelhança de vozes humanas. A porta se abriu de modo abrupto, revelando uma idosa de cabelos espetados e rosto tão flácido quanto uma máscara derretida.

— O que você está fazendo aqui de novo? — disse ela com uma mão na porta e a outra na cintura.

Esther Berkenbrock tentou sorrir, mas tudo o que conseguiu foi mexer rapidamente os lábios.

— Bom dia, sra. Vollmer. Eu preciso muito falar com a senhora. É urgente.

A velha passou os olhos pela governanta, e então virou as costas e voltou a entrar na casa. Mas deixou a porta aberta, numa indicação pouco gentil para que ela a seguisse.

— Como você sabe, mocinha — ela começou a falar, tombando o corpo de modo brusco em uma poltrona encardida e esburacada que emitiu um chiado longo feito um pum —, eu não tenho recebido muitas pessoas por aqui ultimamente. Às vezes uma ou outra senhora de meia-idade hipocondríaca ou alguma mocinha da cidade que acredita que eu possa fabricar uma poção do amor. — A velha expeliu um som desconfortável, quase um grito, à guisa de risada de bruxa.

Esther Berkenbrock fez menção de rir também, mas se conteve. Diante daquela imitação fajuta de bruxa, só restavam o silêncio e a certeza de que o ser humano pode sempre se superar em sua própria loucura.

— Não acredito que este seja o seu caso e, pelo que sei, sua patroa já não se encontra mais neste mundo. Então, o que você veio fazer aqui a esta hora da manhã?

— Na verdade, eu nem sei se estou no lugar certo — disse a governanta, sentando-se no primeiro banquinho de madeira que viu. — Não sei mais o que fazer...

— Pode cortar o papo furado e ir logo ao ponto, mocinha — disse a velha, dando um tapa no ar. — Você pode ter o dia todo livre, mas eu não tenho. Pode parecer que uma velha como eu não tem mais nada para fazer da vida, mas posso afirmar que não é meu caso. Viver isolada requer tenacidade e dá trabalho. Então desembucha!

Esther Berkenbrock não se deixou intimidar; era jovem e um tanto inexperiente em muitas questões da vida, mas também era teimosa e obstinada, e não seria uma velha doida que gostava de se parecer com uma bruxa que a faria se sentir amedrontada. Assim, de maneira rápida e concisa, relatou os acontecimentos de Bellajur e, enquanto o fazia, notou que a velha Vollmer se arrastara até uma pequena estante forrada de livros de lombadas grossas e antiquadas. Em silêncio, e ocasionalmente balançando a cabeça para cima e para baixo, puxou um deles para fora, junto com uma nuvem de poeira que rodopiou por alguns instantes no ar, e o abriu em cima de uma pequena mesa de carvalho.

— Venha ver isso aqui, minha cara! — disse ela com a voz repleta de excitação. — Levante essa bunda da cadeira e venha ver isso aqui!

Esther Berkenbrock se levantou do banquinho, incerta do que estava acontecendo. Sabia que a velha Vollmer era instável e possivelmente bipolar, mas algo em seus modos lhe causou arrepios. Ainda assim, se aproximou e olhou por cima dos ombros da velha, que batia repetidamente com o dedo indicador num mapa antigo cheio de riscos e símbolos que não sabia decifrar.

— Essa mancha aqui de cor preta simboliza o lago Negro. É bem verdade que eu nunca gostei daquelas águas de cor escura, sentia pavor só de andar perto dali, me dava a impressão de que uma sombra pairava constantemente acima dele. É algo difícil de explicar para quem não compartilha das mesmas sensibilidades que eu. Mas eu sabia, aliás, tinha certeza de que algo estava impresso naquelas terras de modo profundo e definitivo como uma mancha que, mesmo depois de esfregada repetidamente, nunca sai. Por isso, tratei de descobrir o que estava por trás do meu desconforto. E descobri!

— Não entendo o que isso tem a ver com o que eu lhe contei — desdenhou a governanta, certa de que havia cometido um erro. Estava agindo como uma maluca crente e agora sentia-se ridícula.

— Ora, ora, ora — a velha balançou a cabeça para os lados com vigor —, será que é algo assim tão difícil de entrar nessa cabecinha bonita?

Então se virou e bateu com uma das mãos na cabeça de Esther Berkenbrock, desarrumando o coque perfeito.

— Eu vou lhe explicar de um modo mais didático, já que a imagem desse livro não serviu para nada. Mas antes preciso me sentar novamente, ando com uma dor terrível nas pernas. Ficar velha, minha cara, é uma das piores maldições deste planeta — sentenciou, tombando o corpo novamente na mesma poltrona decadente de antes; então, como se enxergasse além da porta fechada, arregalou os olhos e sorriu, dando a impressão de cumprimentar um fantasma. De repente, falou: — Foi no período dos descobrimentos, um navio espanhol naufragou na costa, não muito longe daqui.

— Do que a senhora está falando?

— Daquilo que você precisa e deseja saber. Não é por isso que você se embrenhou na mata com esses sapatos ridículos? — Riu. — Estranha essa moda de hoje. Bem, como eu estava falando, um navio curiosamente chamado *El Pacificador* naufragou na nossa costa há mais de quatrocentos anos. Eram outros tempos, como eu tenho certeza de que você pode imaginar, e muitos homens seduzidos pelo demônio da riqueza largaram sua terra natal e suas famílias rumo ao desconhecido. Por isso estamos aqui hoje, eu e você e mais esses tantos tolos de sobrenome português, espanhol, italiano e alemão. Somos todos intrusos aqui, minha cara, não importa há quanto tempo nossas famílias andem por aqui. A terra é um órgão vivo, tem energia, inteligência, ira, revolta; ama e odeia tal qual os seres humanos. E ela espera pacientemente pelo dia em que possa se vingar daqueles que a exploraram e a violentaram de modo vil. Cedo ou tarde, todos pagam pela ousadia de tomar o que não lhes pertence.

Ela parou, sacudiu a cabeça para os lados como se ouvisse alguém lhe sussurrar algo desagradável, e então continuou:

— Mas não é minha intenção te assustar com os meus devaneios de velha que já viu mais do mundo do que podia suportar. Vou encurtar a história, pode deixar. Os homens que sobreviveram ao naufrágio tiveram que se embrenhar mata adentro à procura de abrigo e alimento. Mas a sorte não estava do lado deles, pelo menos até aquele momento, e por alguns dias não encontraram nada além de mata nativa, calor e mosquitos. Você consegue imaginar passar dias e dias com nada além daquele zumbido enlouquecedor de mosquito em seu ouvido? Ah, eu seria capaz de matar, juro que seria.

Ela se levantou e, em silêncio, foi até a cozinha; pegou duas xícaras que descansavam na pia e encheu-as de café. Um aroma forte e convidativo impregnou o ambiente, e, por um instante, Esther Berkenbrock sentiu uma pontada de normalidade e aconchego. Aquela mulher com suas esquisitices e elucubrações era apenas mais uma idosa desejosa de atenção e possivelmente um pouco de adulação. Desse modo, aceitou a xícara de café de bom grado, como uma neta que visita a avó e pacientemente escuta as histórias dos tempos antigos. Pássaros azuis enfeitavam a porcelana trincada, e a alça, podia-se notar facilmente, havia sido colada recentemente.

No momento em que a velha se sentou com a xícara fumegante nas mãos, algo havia mudado sutilmente naquela dinâmica e deixado a visita mais íntima; afinal, um dia, esse fora o sentido mais profundo dos encontros femininos: a troca de vivências, a sabedoria anciã transmitida às mais jovens, sem competição ou depreciação. Assim era nas antigas rodas de mulheres, nos círculos do sagrado feminino que reverenciavam os ancestrais, a natureza e o invisível.

A velha levou a xícara aos lábios e cerrou os olhos como se o café quente a houvesse dado o que pensar.

— Não está um pouco forte para você? — perguntou, ainda com as pálpebras fechadas.

— O quê?

— O café, mocinha.

— Ah, não, tudo bem. Eu gosto assim — mentiu. Para a governanta, o café parecia piche açucarado.

— Como eu ia dizendo, aqueles que sobreviveram caminharam por dias na mata fechada em busca de algo, de algum resquício de civilização, de redenção ou, quem sabe, de uma morte rápida que os livrasse da fome e dos mosquitos. E alguns a encontraram, pode acreditar. O líder dessa expedição era um tal de Munhoz, ou era Nunez? — Ela fez um movimento de desdém com uma das mãos, depois sussurrou algo inaudível. — Bom, não importa. O que nos importa agora é que ele era conhecido por possuir um poder de convencimento fora do normal. Conta-se que ele podia fazer uma formiga acreditar que era um tigre com apenas algumas palavras de incentivo. Sem contar que era um tremendo picareta e mentiroso. De todo modo, ele conseguiu levar a maioria de seus homens intacta mata adentro até se deparar com um assentamento indígena à beira de um lago de águas tão escuras quanto uma noite sem estrelas. E aquilo foi providencial, já que estavam todos exaustos, famintos e sedentos. Os índios, liderados pelo seu xamã, um homem astuto a quem chamavam de Karaí Overá, correram para ajudar os forasteiros e lhes deram abrigo e comida em abundância. O que dizer? O deus dos índios não era igual ao deus dos europeus. E como toda história do homem branco contém uma tragédia no final, esta não foi diferente. Depois de se fartar da comida e da bebida dos índios, Munhoz notou que o colar do xamã era salpicado de pedrinhas coloridas que brilhavam muito, mas muito mesmo. — Ela olhou para o café com desdém e então colocou a xícara no chão.

— O que aconteceu?

— Ora, ora. Você pode imaginar, não é? Homem branco ganancioso encontra tribo indígena cheia de pedras preciosas. Ele esperou pacientemente como uma cobra prestes a dar o bote e, numa noite de lua cheia, atacou.

A governanta assentiu.

— O que você não imagina é que o xamã era realmente um homem poderoso. A tribo o seguia cegamente e acreditava em suas visões. Ele sabia o que aconteceria, já tinha visto aquilo acontecer em seus sonhos, e quando de fato aconteceu ele já estava preparado. Sem que Munhoz percebesse, ele mandou mulheres, crianças e idosos fugirem para o topo da montanha mais alta que encontrassem. E assim aconteceu. Naquela noite, Munhoz e seus homens atacaram. Foi uma batalha e tanto, mas no fim a maioria dos índios foi dizimada. Os espanhóis que restaram, incluindo Munhoz, fugiram com as pedras. Mas o que aconteceu com eles depois, ninguém sabe. A lenda conta que o xamã se transformou naquele salgueiro monstruoso que parece se debruçar sobre as águas do lago. Dizem que ele chora a morte de seus guerreiros.

— Mas se o xamã sabia o que aconteceria, por que não fugiram todos? Por que ajudaram esses homens que se virariam contra eles?

— Porque há coisas na vida, minha cara, que não podem ser evitadas. Se forem, elas te perseguirão até acontecerem. Ele sabia que sangue seria e deveria ser derramado. Mas antes tratou de fazer um pacto com aquelas terras, com aquelas águas escuras. Ele daria o sangue de seus guerreiros e inclusive o seu, mas nunca um branco teria paz naquele lugar. Aquelas terras seriam sempre deles, místicas, sedutoras e famintas. E de tempos em tempos elas reivindicariam o sangue de algum forasteiro. No entanto, durante um bom período aquele lugar passou quase despercebido, protegido pela mata, pelas altas árvores que o escondiam como um segredo sujo. Vez ou outra, algum infeliz era atraído para lá, como um inseto atraído por uma teia de aranha. Até que um dia um homem rico da cidade, um pateta que se encantou por essa cidadezinha medíocre, comprou aquelas terras para construir a sua mansão.

— E esse pateta da cidade seria?

— Ora, Tobias Seymour. Claro. O pateta que ficou rico vendendo brinquedos e se encantou por esta terra de ninguém. Você que o conheceu bem de perto deve ter percebido que ele nada mais era que um tolo com um complexo exacerbado de lorde inglês.

Uma onda de desconforto invadiu Esther Berkenbrock; ela se remexeu no banquinho, as nádegas doloridas e as costas arqueadas em C. Sem falar que o café era uma baita porcaria. Agora, além disso tudo, teria que ouvir a velha falar mal de seu falecido patrão. Por que diabos tinha andado até aquele casebre malcheiroso no meio do mato? O que esperava encontrar ali? Será que a dor que envolvia Bellajur era algo tão terrível a ponto de fazê-la acreditar em sandices e histórias que nunca haviam sido comprovadas?

— Tenho certeza de que você não quer ouvir a verdade, mas, já que veio até aqui, não posso evitar contar. Sabe, não estou confinada aqui à toa, me afastei das pessoas não só por escolha, mas também porque me senti obrigada. Diga-me, minha cara, quando você olha ao seu redor, o que vê?

— Aqui? — perguntou, incerta da resposta que deveria dar à velha.

— Sim, neste lugar. Olhe à sua volta e me responda.

A governanta passou os olhos de maneira tímida pelo cômodo, pois sabia que seria rude de sua parte falar o que via. Se fizesse um inventário detalhado do lugar, talvez a bruxa lhe reduzisse a uma mera rã, e não poderia sequer imaginar voltar a Bellajur a saltos. Assim, tratou de abafar a risada que teimava em escapar-lhe do canto da boca e se pôs a falar de modo tão automático quanto mentiroso. A verdade às vezes é tão necessária quanto uma meia furada.

— Vejo móveis, janelas, portas — se limitou a dizer.

— Errado! — exclamou a velha, saltando da poltrona. — Isso é o que vemos aparentemente, mas não tudo o que de fato está aqui.

Um cheiro enjoativo de naftalina e alecrim exalava de seu corpo à medida que ela se aproximava. E então, como se alguém sensato tivesse lhe abaixado o volume, sua voz aguda e repleta de falsetes transformou-se num sussurro débil.

— Há várias pessoas aqui neste momento. Só ali — apontou para o sofá velho e maltrapilho, cuja indecência fora disfarçada por uma colcha de *patchwork* —, há três pessoas sentadas.

De repente, a velha Vollmer, apesar do apelido nada lisonjeiro, lhe pareceu incrivelmente velha, embora não acreditasse que tivesse mais de 80 anos. Era uma velhice diferente, não aquela que é resultado do tempo que passa, dos raios solares, da gravidade ou do metabolismo; mas a que resulta do peso de carregar o próprio sofrimento e o dos outros. Talvez a loucura e o isolamento (ou quem sabe fosse o isolamento e depois a loucura, não sabia dizer) cobrassem um alto preço no final das contas. Ou talvez a velha já estivesse farta daquela brincadeira de bruxa de João e Maria. É sempre trabalhoso sustentar um personagem, ainda que o ator seja doido de pedra.

— Posso lhe assegurar que não há ninguém ali.

— Há, sim, e nem tente me convencer do contrário. A sua cegueira não determina a minha, mocinha. E nem pense que eu tenho medo deles. Não mesmo. Se você quer saber, eu tenho medo é dos vivos. Mas o que eu quero dizer é que eles me dizem coisas, me pedem para revelar coisas para as pessoas. É meu inferno pessoal, pode-se dizer. A parcela da dívida que eu tenho que quitar neste mundo.

Esther Berkenbrock fez menção de se levantar, mas, antes mesmo de ficar em pé, foi empurrada de volta ao banquinho.

— Pode ficar aí mais um pouco, mocinha. Eles querem que eu diga algo importante para você.

De repente, a governanta notou que o tom de voz da velha Vollmer mudara abruptamente junto com os seus trejeitos. Seu corpo se endireitou como se colocado à força nessa posição; os olhos perderam a expressão e a boca contraiu-se. Parecia o boneco de um ventríloquo invisível.

— As bonecas, Esther — disse ela num tom grave —, dê a ela bonecas. Treze delas. É a única maneira de protegê-las. Os outros já se perderam na escuridão.

— Como assim? Para quem devo dar bonecas? E por que bonecas? Ora, a senhora ficou maluca de vez!

— Não há maluquice alguma aqui, mocinha, nem nada de tão estranho assim. — A voz da velha havia voltado ao normal, junto com sua expressão azeda. — A família para a qual você trabalha cria bonecas, ou seja, pega panos e porcelana e dá vida a elas. E, a partir do momento em que começaram, criaram laços com esses seres. Bonecas são como um tesouro sagrado, elas possuem um enorme poder espiritual. Desde o início dos tempos são usadas em feitiços e para toda sorte de invocações, além de funcionarem como talismãs. Você duvida? Tudo bem se sim, mas, no ponto onde estamos, não há nada mais que possa ser feito. Eu os ouviria se fosse você.

— Obrigada pelo café e pelas informações, sra. Vollmer, mas preciso voltar a Bellajur.

— Você pode correr, mocinha. O momento chegará em que você acreditará naquilo que não quer acreditar.

Esther Berkenbrock correu porta afora; o coração acelerado denunciava que nem tudo o que ouvira da velha havia soado como loucura. Embora o lado racional, geralmente predominante numa mulher prática e eficiente como ela, estivesse decidido a encarar tudo como um devaneio esquizofrênico de uma pobre alma solitária, algo mais primitivo e inominável a fazia correr sem querer olhar para trás. No entanto, sem conseguir se controlar, virou-se assim que bateu o portão atrás de si. Fora um movimento rápido, um reflexo causado pela sensação de que algo se encontrava fora do lugar. Nesse instante, tão fugaz quanto o fechar e abrir das pálpebras, teve a impressão de que Tobias Seymour a encarava da janela.

— 19 —

— A senhorita me chamou? — ela pergunta assim que entra no escritório.

— Sim. Por favor, sra. Berkenbrock, feche a porta.

— Algo aconteceu?

— Só o fato de eu não gostar que as pessoas mintam para mim.

Eu a encaro com firmeza. Olhos nos olhos. Mas, por alguma razão, ela não retribui.

— Não entendi.

— Ontem à noite fui mais uma vez acordada pelo som de sussurros e vozes vindos do corredor. E, antes que a senhora diga que eu estava sonhando, posso lhe afirmar que não era o caso.

— Isso é um absurdo!

— Absurdo foi encontrar o que encontrei. A senhora não consegue adivinhar?

— Não faço a menor ideia.

— A porta da ala sul aberta — digo como se dissesse *xeque-mate* a um oponente presunçoso.

— Mas não pode ser!

Do alto de sua arrogância, ela me parece verdadeiramente preocupada.

— Deixe-me terminar, por favor — interrompo. — Infelizmente não consegui descobrir de quem eram as vozes. De repente, elas se calaram.

— Isso é realmente muito estranho! Tenho certeza de que não ouvi nada ontem à noite!

— Enfim concordamos em algo. Isso é tudo muito estranho. Quanto à porta aberta, acho que não preciso dizer que resolvi entrar para conhecer o lugar; afinal, desde que cheguei a essa casa, a porta está sempre trancada.

— Ainda não compreendo como isso aconteceu! Tenho certeza de que hoje de manhã a porta encontrava-se trancada.

— Quando saí de lá, apenas fechei-a, até porque não havia chave alguma no trinco. Se ela estava trancada pela manhã, deve ter sido porque alguém a trancou depois que voltei ao meu quarto. E se não fui eu nem a senhora, só resta mais uma pessoa nesta casa.

— Vou conversar com Ângela — diz ela simplesmente.

— Sra. Berkenbrock, só mais uma coisa.

— Sim.

— Por que a senhora não me contou que as bonecas existiam?

— O quê? — Ela fica pálida de repente, e percebo um leve tremor em seus lábios.

— Não adianta mentir, eu as vi. Por que não me contou que elas continuavam na casa?

— Nunca afirmei que elas não existiam!

— Então por que a senhora me disse que aquela parte da casa era perigosa? Por que quis me manter afastada de lá?

— Porque ela é realmente perigosa. Eu estava apenas querendo poupá-la. Não há nada lá para ser visto ou remexido. E, se puder deixar tudo como está, eu agradeço.

— Ela é antiga, mas não creio que seja perigosa.

— Perigo é remexer no que já está consolidado.

— O que a senhora quer dizer? — Pensei se ela talvez não esteja com medo, mas de quê?

— Nada. Apenas deixe tudo como está. É o melhor para todos nós.

— Ela remexe as mãos num tique nervoso.

— Não vá me dizer que a senhora também acredita nessa história de bonecas falantes? — Rio.

— A senhorita não vai achar graça alguma se começar a fuçar ali ou se tentar tirar aquelas bonecas do lugar em que estão.

— Tudo bem, não vou discutir. Mas a partir de hoje mantenha a porta aberta, não há necessidade de trancar o lugar como se houvesse algum monstro lá dentro.

— A senhorita não está me entendendo! Por favor, deixe-as em paz! — ela suplica. Penso então que há vida por trás dessa armadura.

— Faça o que eu lhe peço, sra. Berkenbrock. Essa casa é minha agora.

— Está bem, eu farei.

— Agora pode ir. E, quando o sr. Heimer chegar, diga que venha até aqui, por gentileza.

A governanta assente, e sai porta afora batendo os pés com força no chão. Parece com raiva do piso encerado, mas é a mim que ela odeia.

Sinto-me cansada, enganada, cercada de pessoas em que não posso confiar. É certo que alguém quer me assustar, mas aquelas vozes infantis me parecem um truque tão bobo, tão forçado. Penso em Ângela. É uma garota jovem, impetuosa, talvez tenha medo de perder o emprego, talvez deseje que eu suma daqui e deixe tudo como está. E se não for ela, só pode ser a sra. Berkenbrock. Afinal, somos só nós três aqui. Ou não?

Duas leves batidas na porta interrompem os meus pensamentos.

— Entre!

— O sr. Heimer, dona Caroline — anuncia Ângela, abrindo passagem para o advogado e seu terno cor de pêssego. Ele sorri animado, os dentes de porcelana parecem que vão pular de sua boca.

— Bom dia! — Sorrio quando vejo sua gravata-borboleta xadrez. Tenho a impressão de que roubou uma fita de cabelo de uma menina de três anos.

— Bom dia, Caroline! Tenho boas notícias! — começa a falar enquanto senta-se na cadeira à minha frente. — Tudo correu perfeitamente bem durante minha rápida viagem! Trouxe o restante de suas roupas e fechei o apartamento, deixando tudo, é claro, em ordem. Também conversei pessoalmente com o seu antigo chefe, alegando que você se encontra com graves problemas de saúde e por isso não poderá mais trabalhar. Enrolei-o de tal maneira que ainda consegui arrancar-lhe o pagamento integral deste mês. Não que você precise dele, mas, em todo caso, já está em sua conta.

— Eu não sabia que o senhor teria de mentir.

— Acredite, é mais fácil dessa maneira. Na verdade, não chegou a ser uma mentira, visto que você realmente possui uma doença, que felizmente está controlada.

— Já não tenho tanta certeza.

— Mas por que você diz isso? — Ele me lança um olhar preocupado.

— Porque ando me sentindo muito fraca, com fortes dores no peito. Acho que tudo o que me aconteceu nos últimos dias realmente afetou o meu coração.

— E a medicação? Creio que você a está tomando regularmente, não é?

— Sim, lógico. Já se tornou um processo tão automático que seria impossível esquecê-lo.

— Mas então não há de ser nada! Quem sabe não é apenas um mal-estar passageiro devido à mudança brusca em sua vida. Tudo melhorará! — diz ele com entusiasmo. Acho que, se a carreira de advogado não der certo, ele certamente poderá dar palestras motivacionais.

— É muito bom ouvir isso. Obrigada por tentar me animar. Às vezes o senhor me é tão familiar! Tem certeza de que nós nunca nos encontramos em outra ocasião?

— Tenho certeza que não. Não seria algo de que eu esqueceria assim tão facilmente — diz, passando do modo paternal para o galanteador.

Não posso negar, ele me intriga. Às vezes tenho a impressão de que ele não é muito chegado às mulheres; o modo como se veste, a afetação exacerbada, o modo como seus olhos passearam por John no jantar, tudo isso parece sinalizar uma direção. No entanto, nos momentos em que vacila, me ocorre se o que vi não é apenas um truque. Há homens que recorrem a essas artimanhas para se aproximar de uma mulher. Não seria a mim que ele desejava de fato impressionar?

— Bem, Caroline, acho que devo mencionar que, enquanto saía do seu apartamento, tive o desprazer de esbarrar num sujeitinho arrogante que exigia saber do seu paradeiro. Creio que se chamava Daniel.

— Daniel?!?

— Botei-o para correr, se você não se importa.

— Não, claro que não — minto. Apesar de todo o mal que Daniel me causara, não posso negar que essa notícia me faz recuperar um pouco da autoestima. Sei que ele não vale nada, mas por que o advogado se acha no direito de se intrometer na minha vida pessoal?

— E como foram os primeiros dias em Bellajur? — ele pergunta, mudando de assunto.

— Esquisitos. Na verdade, passei os dias descobrindo coisas estranhas sobre Lago Negro.

— Por quê? O que aconteceu?

— Primeiro, contaram-me sobre uma garota que se afogou no lago.

— Cristine! — exclama. — Conheço a história.

— Depois fiquei sabendo que a viúva do advogado tinha um caso com o Maximilian, o namorado da minha tia.

— O quê? Quem lhe contou tamanho absurdo? — A pergunta sai aguda, dando-me a impressão de que ele reprimira um grito.

— A sra. Pawlak.

— Isso deve ser apenas invenção de uma mulher que não tem nada de útil para fazer — diz, visivelmente transtornado. Não sabia que ele estava preocupado com a honra da viúva.

— Foi o que eu pensei. Entretanto, ela afirmou que viu os dois juntos da janela da sua casa. E eu estive lá, sei que é possível ver o que ela diz ter visto.

— Estou horrorizado! Horrorizado.

— Eu também fiquei. Por fim, comecei realmente a acreditar na teoria de que a viúva foi mesmo responsável pela morte do marido.

— Essa é uma acusação muito grave! Você não pode esquecer que a morte dele foi considerada natural. — Ele se remexe na cadeira.

— É justamente isso que mais me intriga. Por que ninguém investigou?

— Dizem que ele tinha um histórico de doenças cardíacas, pressão alta, essas coisas. Vida de advogado — lamenta-se. — Mas vejo que você tem o faro de um investigador! — Ele volta a sorrir.

— Creio que o meu faro de investigador tenha me levado a descobrir algo bastante inusitado.

— E o que seria?

— O quarto das bonecas!

— Não acredito! Aposto que estão na parte sul da casa, aquela que a sra. Berkenbrock teima em dizer que está caindo aos pedaços.

— Exatamente! E lhe digo: pelo que percebi, ela está em perfeito estado.

Então narro ao advogado os eventos que me levaram a descobrir as bonecas.

— Isso é incrível! Incrível! Vozes? — ele pergunta como se questionasse a si mesmo.

— Sim, tudo muito incrível e estranho também. Mas vou descobrir, pode apostar.

— Gostaria de vê-las! Seria possível? — suplica de modo infantil.

— Claro que sim. De agora em diante a porta ficará sempre aberta!

— É muito bom ouvir isso. Antes preciso que você assine mais alguns papéis. São os últimos, eu prometo. — Ele retira da maleta uma pilha de documentos.

— Sem problemas — digo. Mas a verdade é que estou farta dessa burocracia, não vejo a hora de me livrar dessa papelada e seguir em frente com a minha nova vida, embora não possa negar que gosto da companhia do sr. Heimer. Apesar de seus trajes e seu aspecto um tanto bizarros, parece-me a única pessoa sã em meio a esse circo de horrores. Quanto mais tempo eu puder mantê-lo ao meu lado, melhor, mesmo que isso signifique passar mais meia hora assinando papéis.

Alguns minutos depois, estamos nos dirigindo à parte sul da casa. No momento em que chegamos ao quarto, percebo que alguém cobrira as bonecas novamente.

— Onde elas estão? — pergunta afoito.

— Atrás desse pano branco. Quando saí do quarto lembro-me que fiz questão de deixá-las à mostra, mas a sra. Berkenbrock deve ter colocado o pano de volta.

— Deixe-me tirá-lo — diz o advogado com excitação. Ele faz uma mesura com a cabeça, me lembra um mágico prestes a fazer um truque. E então puxa o pano.

— Não são lindas?

— Encantadoras! — Ele retira um par de óculos de lentes arredondadas do bolso do paletó e se aproxima. — Especialmente as treze com nomes de identificação! A sra. Helen era uma mulher muito original.

— Se era! — Sorrio. — Sinto-me realmente orgulhosa dessa coleção.

— Você acha que algum dia ela realmente as ouviu falar? — Ele parece hipnotizado, seus olhos estão vidrados nas Bellajur.

— Acho que ela acreditava que ouvia. Não podemos negar que elas parecem reais.

— Sim, acho que você tem razão. Só gostaria de saber como Helen descobriu que aquela garota se encontrava no fundo do lago.

Ele se afasta abruptamente e coloca os óculos de volta no bolso.

— Já pensei sobre isso várias vezes. Se tudo aconteceu da maneira que a sra. Pawlak me contou, então temos um grande mistério nas mãos.

— Mas pense por um momento. E se tudo fosse real? E se essas bonecas fossem capazes de se expressar ou receber mensagens do além? Ou até mesmo de ser possuídas por espíritos? — Ele se vira para me encarar.

— Ora, isso é muito ridículo! Pensei que o senhor não acreditasse nessa loucura.

— E não acredito. Mas pense se tudo fosse verdade!

— Então tudo o que eu penso e acredito estaria errado! Teria que remodelar toda a minha filosofia de vida, e isso é bastante assustador.

— E os tais sussurros noturnos? — Sua pergunta está carregada de malícia. Ele sorri. Lembro-me de Jim Carrey no papel de Charada no filme do Batman. Um pergunta, uma resposta, uma pergunta, uma resposta. E aposto que em todas elas há uma charada.

— O senhor não está querendo me convencer que eles partiram daqui, está?

— Não foram eles que a trouxeram aqui?

— Sim, mas... Ora, isso é um absurdo!

— Desculpe-me, Caroline. Não quis assustá-la. — Ele se recompõe e volta aos modos afetados de antes.

— Não me assustou. Só não creio que isso seja possível.

— Seria evidentemente loucura demais — diz ele, dando-se por vencido. — Esta sala, por sua vez, é extremamente bonita e possui uma vista encantadora!

— Também acho, pena que tenha ficado fechada. Mas a partir de hoje isso mudará! Essa casa ganhará vida! Essa ala será diariamente limpa e arejada. Pretendo abrir todos os quartos desse corredor. Pretendo reformá-los com o resto da casa. Pensei, inclusive, em transformar Bellajur em um hotel, mas ainda não tenho certeza. Ou quem sabe um *spa*.

— É uma excelente ideia! Definitivamente não há hotéis decentes em Lago Negro!

— Percebi isso quando cheguei. E lhe garanto que todos terão curiosidade em conhecer essa coleção de bonecas. Além disso, existe espaço suficiente para a criação de animais. Seria quase como um sítio. É uma propriedade muito bonita para se deixar acabar dessa maneira.

— Fico muito feliz em saber que você tem planos para essa casa. E essas bonecas... É uma belíssima coleção, belíssima coleção... — repete. — Estou impressionado!

— Eu também — digo, dirigindo-me à porta. — Vamos?

— Sim, claro. E quais são os seus planos para os próximos dias?

— Na verdade, ainda não fiz nenhum, mas penso em visitar a tal viúva do advogado.

— Mas por quê? — Ele se detém diante da porta e me encara.

— Pensei em sondá-la um pouco. É o meu novo passatempo, fuçar a vida das pessoas.

— Tome cuidado — aconselha. Ele parece realmente preocupado.

— Cuidado com quê?

— Se esta mulher estiver envolvida em um assassinato, é tudo o que eu posso lhe sugerir — conclui.

— 20 —

Almoçamos juntos. No entanto, apesar da nossa última conversa, não tocamos mais no assunto das bonecas nem nos estranhos acontecimentos que parecem fazer parte da rotina de Lago Negro. A conversa flui normalmente apenas sobre assuntos corriqueiros e alegres. Fico sabendo um pouco mais sobre a vida do meu advogado: não é casado, não tem filhos, mora sozinho num apartamento em Bonville; não nascera lá, mas decidira estudar Direito na universidade daquela cidade, onde, depois de formado, abriu um pequeno escritório. Nunca viera a Lago Negro, a primeira vez foi para conversar com o dr. Herringer, seu falecido sócio. Não eram amigos, mas haviam sido apresentados alguns anos antes por conhecidos em comum. O dr. Herringer desejava se associar a alguém mais jovem e fez a proposta.

Ele narra a sua história de modo conciso e alegre. Entretanto, eu me pergunto se sua vida fora assim tão simples e comum. O que havia por detrás desse terno cafona? Quais lembranças e dores se encontravam soterradas debaixo do seu sorriso educado? Eram perguntas das quais eu provavelmente jamais saberia a resposta. Por isso permaneço calada, refém daquele silêncio polido que tudo escuta e nada revela, até porque não me parece que haja algo sobre a minha vida que ele ainda não saiba.

Quando o advogado sai, me dirijo novamente até o escritório, sem saber ao certo o que fazer. Paro em frente à enorme estante de livros, onde permaneço por vários minutos encarando as lombadas coloridas. Penso em John. Devo enviar-lhe uma mensagem? Ou devo esperar? Passo os olhos lentamente pela extensa coleção, percebendo com certa tristeza que *Rebecca* não faz parte dela. Retiro da estante o empoeirado *O cão dos Baskerville*, de Arthur Conan Doyle, a aventura de Sherlock Holmes através dos pântanos ingleses. Se há algo similar entre mim e o herdeiro da mansão dos Baskerville é o fato de alguém querer que acreditemos em seres de outro mundo.

Num impulso, decido procurar Vivian Herringer. Eu poderia inventar uma desculpa qualquer que justificasse a minha visita; poderia usar o fato de ser a nova proprietária de Bellajur como pretexto e dizer que precisava de algum documento específico que só poderia estar ali. Pode parecer pura balela, mas estou convencida de que devo conversar com essa mulher. Veja, eu não tenho medo, nem mesmo vergonha, apenas uma tremenda curiosidade e uma vontade de desatar os nós desse emaranhado que não consigo compreender. É uma espécie de combustível para a engrenagem que nunca para dentro da minha cabeça.

Por volta das três e meia da tarde, aproximo-me da casa dos Herringer e me pego inundada por um turbilhão de sentimentos: excitação, ansiedade e tantos outros capazes de dar um chute no traseiro do meu cérebro e elevar meus níveis de dopamina. Apesar de me sentir fraca, não parece má ideia ter me arrastado até aqui. E o trecho que percorri com meus passos de tartaruga não pode ser considerado longo — no máximo bucólico, mas longo, não.

Toco o interfone. Nada. Espero. Toco novamente. Nada. Então me ocorre que talvez ela não esteja em casa. Claro, eu não avisei que vinha. Ponto para os bons modos! Procuro apoio no portão, largo meu corpo cansado no alumínio frio e por um instante quase me estatelo no chão. Está aberto. Tenho a sensação de que devo voltar para Bellajur, esquecer essa história e achar algo mais útil para fazer. Mas a minha audácia não me ouve; ela é surda quando quer e tagarela quando eu não quero.

A casa da viúva me lembra uma enorme gaiola de vidro, um viveiro onde se pode assistir às pessoas se debaterem contra os seus limites. Para os pássaros, no entanto, imagino que ela funcione como uma espécie de armadilha de vidro, uma parede invisível e mortal para onde voam de encontro. Imagino quantos deles haviam morrido ao tentar atravessar essas paredes transparentes e quanto tempo levou para os moradores se acostumarem com as batidas secas das aves contra o vidro, as penas desgarradas e os pequenos corpos mortos no chão.

A porta da casa está aberta. Aberta, não: escancarada, como se tivesse levado um chute certeiro. Dá a impressão de que alguém fugira dali, mas o inverso também poderia ser verdadeiro, e talvez alguém tivesse entrado às pressas. Olho para os lados, não parece haver ninguém no jardim. Mesmo assim, sou tomada por um mal súbito e me pego olhando por cima dos ombros, o corpo trêmulo e as mãos inquietas. Tudo está estático, tal qual uma imagem congelada; até as folhas parecem estarrecidas com o silêncio. E, embora meus pés continuem a caminhar para dentro, sei que não deveria estar aqui. Mas me deixo levar simplesmente pelo fato de já estar ali e ser muito imprudente para fazer o que é certo. Então um pensamento me ocorre: o de que me tornara uma versão mais jovem e atrevida de Flora Pawlak.

Fecho a porta atrás de mim, estou num túmulo branco e gelado de granito. Não há vida nem aconchego aqui; as cores, junto com a alegria, foram tragadas para o piso de porcelanato leitoso. Toda a estrutura me parece uma aula de geometria: quadrada ou retangular, e agora entendo por que tirava notas baixas nessa matéria. Chamo por Vivian Herringer enquanto perco meu olhar numa réplica da *Vênus de Milo*. A falta dos braços da estátua ressoa como um pressentimento de algo tenebroso, quase tão real e arrebatador quanto o sentimento que se abateu sobre mim uma semana antes de meus pais morrerem.

Era madrugada e eu andava pela casa inquieta, o coração acelerado numa expectativa de algo que eu não sabia sequer nominar. Era como uma onda, uma tormenta que se aproxima lentamente e vem serpenteando pelas beiradas, corroendo o caminho pelo qual passa, sempre avançando, sempre em frente de modo resoluto e incessante, até o dia em que estoura as janelas e as portas com uma violência mortífera e paralisante, e muda tudo num ínfimo segundo. Pode parecer que ela chegou do nada, que um dia simplesmente aconteceu um *bum* e pronto, tudo mudou. Nada mais enganador. Ela é a inteligência daquilo que já é e do que jamais poderá ser mudado; é a natureza em seu curso destrutivo, tal qual Shiva, que precisa aniquilar para mais uma vez criar.

E então os horrores do passado me alcançam, lançando-me a um presente confuso e embaçado. Por alguns segundos, penso ver uma boneca de pano gigante suspensa no teto pelo pescoço, os braços e as pernas moles como se tivesse perdido todo o seu enchimento. Talvez mais uma brincadeira macabra com bonecas. Mas, se é uma brincadeira, meu coração não acha graça e se joga contra minhas costelas como se quisesse fugir dali. O corpo da boneca ainda balança, batendo vez ou outra no guarda-corpo da escada. E então percebo que não se trata de uma boneca.

É Vivian Herringer. Grito, meu corpo todo treme. Meus poros exalam pavor. Corro. É a única coisa que consigo fazer. Preciso sair daqui. Quando já estou longe da propriedade, paro para respirar, meu peito dói, queima num fogo invisível, mas igualmente mortal. Pego o celular. Ele cai. Inspiro enquanto me abaixo para pegá-lo. As árvores sussurram, as folhas parecem me condenar.

Ligo para a polícia e digo apenas que vi a porta da casa escancarada enquanto passava por ali e talvez tivesse ouvido um grito. Quem sabe se tratasse de um assalto.

— Estou preocupada — finalizo. Afinal, é a casa de Vivian Herringer. O policial que me atende diz apenas que mandarão uma viatura para averiguar. Ele pergunta o meu nome, mas eu desligo antes de me enrolar ainda mais na mentira. Sou uma covarde.

Volto para Bellajur a passos largos e firmes, sem titubear nem olhar para trás. Eu custo a acreditar no que meus olhos viram. Brincar de detetive é uma coisa, deparar-me com uma mulher enforcada é algo completamente diferente. Durante o trajeto, lembro-me da conversa com Flora Pawlak. Ela estivera certa o tempo todo, afirmando que Vivian Herringer matara o marido. Só podia ser isso. É a única explicação que faz sentido. Vivian matara o marido e se suicidara por remorso. Apesar do horror, minha mente ainda consegue especular. Rio um riso nervoso, histérico. Preciso voltar para casa e esquecer o que acontecera. Quem sabe um longo banho possa tirar da minha pele o cheiro da morte.

Esbarro com a sra. Berkenbrock assim que abro a porta. O seu rosto branco de cera me causa novamente uma onda súbita de terror. Eu grito.

— A senhorita está bem? — pergunta ela, segurando com força a minha mão.

— Não, não estou! — eu grito mais uma vez, fazendo um movimento brusco com o braço. — Preciso de um banho. — Corro escada acima enquanto ouço o tamborilar dos grossos pingos de chuva no telhado.

— 21 —

1976

Outubro invadira a rotina de Bellajur de modo brusco e rude, como um visitante indesejado que entra sem ser convidado. Falante e carente de atenção, viera acompanhado de uma chuva insistente, alta, repleta de arrotos aguados e mofo bolorento que se insinuava por detrás das paredes, infestando roupas e calçados. Todos os dias, quando o crepúsculo se insinuava, a iluminação da casa passava a oscilar, indecisa, refém de um monótono acender e apagar que raramente apagava de fato.

Esther Berkenbrock quase não se lembrava da conversa que tivera com a velha Vollmer, e agora considerava pura maluquice ter se embrenhado na mata daquele jeito atrás de seus conselhos. Nem para Bernardo tivera coragem de contar. Mas costumava ser condescendente consigo mesma, dizendo que o choque costuma fazer o ser humano se desprender de suas faculdades mentais. Ademais, a preocupação já começava a se dissipar. Graças ao bom Deus! Era verdade que Helen ainda andava para cima e para baixo com Augusta, mas, até onde sabia, não era proibido ter uma boneca de estimação e, pelo menos, saíra daquele surto de depressão melancólico, isso era o que de fato importava. O marido também reagira e voltara aos afazeres com determinação e, claro, um tanto de resignação; além de chofer, transitava entre os afazeres domésticos, nunca se mostrando melindrado ao enfrentar um vazamento, pintar uma porta ou trocar uma fechadura. Na ausência de Otávio, Bernardo ganhava o *status* de homem da casa, aquele ser incumbido de proteger as senhoras e moças indefesas que ali residiam e trabalhavam, ainda que fosse de conhecimento comum que o homem da casa calçava saltos altos e atendia pelo nome de Esther Berkenbrock. Mas o jogo do *status quo* é fácil de jogar, e, assim, todos se posicionavam no tabuleiro conforme o esperado. Até mesmo Otávio, o peão tresloucado, que reaparecia sempre aos finais de semana numa mistura etílica de bobo da corte e coringa, lhe causava uma espécie de familiaridade confortável. "Melhor um gritão do que um chorão", era o que costumava pensar.

O trovão reverberou no céu logo nas primeiras horas da manhã, e, ainda que o despertador anunciasse a chegada do dia, a escuridão ainda se agarrava ao céu numa tentativa pueril de superar a claridade. Esther Berkenbrock pulou da cama de modo ágil e determinado, tomou um banho quente, vestiu seu terninho preto e repuxou os cabelos cuidadosamente para trás. O asseio pessoal era algo a ser levado muito a sério, uma qualidade que podia, inclusive, determinar o caráter de uma pessoa. Desleixados não eram dignos de confiança, não mesmo! Esse era o teste final a que submetia todas as mocinhas que batiam à sua porta à procura de emprego. Podiam ter as credenciais impecáveis, mas, se parecessem sujas ou largadas, mandava-as de volta para casa antes mesmo de abrirem a boca. Na vida, é preciso ordem e método! Além de muita limpeza.

Bernardo já havia se levantado, deixando na cama a impressão dos contornos de seu corpo comprido e musculoso; era segunda-feira e, como sempre, tinha que levar Otávio de volta à capital.

A governanta avançou pela cozinha, os estalos do salto alto sobre o assoalho criaram uma atmosfera severa no local, embora nem o chão nem as paredes temessem mais seus passos autoritários. Magda endireitou o corpo tão rápido quanto um guepardo e deslizou prontamente a bandeja impecável em direção à sua superior. Os dentes perfeitos, num sorriso de tecla de piano de quem sabe que o capricho sempre é recompensado, deslizaram da boca da recém-contratada cozinheira de Bellajur.

Naqueles dias, era comum levar o café da manhã na cama para Helen; não que ela mostrasse alguma dificuldade em sair da cama, muito pelo contrário: havia dias em que ela caminhava até o lago e outros em que frequentava a igreja com uma devoção bastante cristã. Mas Esther Berkenbrock desejava facilitar as coisas ao máximo para a sua patroa, afinal sabia em seu íntimo que as cordas desafinadas daquele violão chamado Bellajur poderiam arrebentar ao mínimo toque brusco. Assim, rumou ao quarto de Helen, bateu à porta e entrou com cuidado — os passos, desta vez, leves e rítmicos como os de uma dançarina.

Encontrou-a dormindo, o contorno do corpo sob o cobertor desenhava montes e vales; e, a julgar pelo semblante sereno, parecia refém de um sono pacífico. Uma brisa gelada lhe percorreu o corpo enquanto acomodava a bandeja em cima do criado-mudo e, mesmo sabendo que esse tipo de deslocamento de ar não era incomum na casa, revistou todas as janelas com uma inquietação nervosa. Era óbvio que estavam todas fechadas, por que deixá-las abertas com um tempo daqueles? Olhou mais uma vez para Helen, um tufo dos cabelos de Augusta cobria parte do seu pescoço. Não podia negar, dormir com uma boneca assim lhe causava arrepios. Saiu do quarto às pressas, sacudindo o corpo como se quisesse enxotar a impressão insistente de que algo maligno se encontrava à espreita. Quis correr até a escada, gritar e descer o mais rápido que podia. "Ora, que absurdo!", censurou-se. "Não há nada aqui, nada além de concreto e tijolos. É só uma casa, pelo amor de Deus!" Afastou os pensamentos enquanto avançava pelo corredor em direção à escada e, antes mesmo de pisar no primeiro degrau, endireitou o corpo numa tentativa de recobrar a postura. Um trovão rolou céu afora, uma bola de boliche a fazer um *strike* divino. Toda a estrutura pareceu tremer. E então ouviu — ou pensou ter ouvido. Teria sido um sussurro? Ou uma queixa? Olhou para trás, Helen devia ter acordado. Mas o corredor estava vazio, mergulhara num silêncio gélido quando a escuridão finalmente a alcançou.

* * *

Dois dias se passaram até que a consciência prevalecesse. Fora uma batalha, uma luta desesperada por supremacia, seus neurônios *versus* a escuridão. E podia jurar, mesmo acordada, que a sua oponente havia vencido. Acordara numa cama estranha, com um emaranhado de fios a sair da mão frágil até uma máquina complicada que, vez ou outra, emitia um som agudo à guisa de alarme. A pele frágil repleta de pequenos hematomas e a perna imobilizada de marionete indicavam que algo grave havia acontecido. Ajustou a visão embaçada, percebendo em seu entorno uma mobília sóbria e gelada.

— Onde estou? — sussurrou para um homem deitado no sofá; estava de costas, de modo que demorou a reconhecer quem era.

O homem deu um pulo, como se picado por uma abelha, virou-se rapidamente e disse com a voz firme:

— Você está no hospital, querida. — Bernardo levantou-se e gentilmente segurou a mão da mulher.

— O que aconteceu?

A máquina complicada sobre a sua cabeça soou um alarme enjoativo, lembrando-lhe daquelas melodias infantis que quando ouvidas teimam em não cair no esquecimento.

— Não vamos falar disso agora, Esther. Trate de descansar. — Os olhos de Bernardo encaravam a máquina com preocupação visível.

— Por favor, eu quero saber — suplicou, enquanto ajeitava o corpo na cama. Ela sabia que bastava utilizar um pouco do seu tom autoritário com o marido para conseguir o que queria.

Bernardo inspirou, puxou uma cadeira tão pálida quanto o resto da mobília e falou:

— Você caiu da escada. Não sabemos como aconteceu, o médico acha que você perdeu o equilíbrio graças a esses saltos altos que costuma usar. Magda escutou da cozinha e correu para ver o que tinha acontecido. Ela foi muito solícita e rápida, devo dizer, chamou a ambulância em segundos, ao contrário de muitas meninas que perderiam tempo valioso gritando pelos cantos.

— Você fala como se fôssemos anciões.

— E não somos? — Ele esboçou um sorriso triste. — Você nos deu um baita susto, querida. Por um momento, achei que não acordaria mais.

— Foi assim tão sério? Não me lembro do que aconteceu.

Mas era mentira. Esther lembrava-se perfeitamente do que havia acontecido. Os eventos haviam voltado com forma vívida assim que abrira os olhos.

— Você ficou dois dias desacordada — disse ele, baixando os olhos para o piso de azulejo. E estremeceu.

— Não se preocupe, querido, estou bem viva. Foi só um acidente, juro que de agora em diante serei mais cuidadosa.

— Primeiro você vai me prometer que descansará! — Ele agarrou a mão da mulher com força. Esther sorriu com obediência. — E com essa perna aí vai ser só o que você vai conseguir fazer.

— Claro — ela concordou, fechando os olhos.

— 22 —

O celular apita de modo insistente e chato. Eu posso ouvi-lo, ainda que não tenha forças para me mexer. O reflexo da luz do telefone ilumina o teto. Está escuro, mas não faço ideia de que horas são. O tempo parece ter voado, ou talvez tenha parado, sei lá. Estou em choque (pelo menos acho que estou). Toda vez que fecho os olhos, volto àquela cena horripilante: a viúva balançando como um pêndulo, o peso do seu corpo a bater de modo rítmico no guarda-corpo da escada. Não quero alimentar qualquer pensamento mórbido ou desnecessário, mas é inútil tentar evitar. Minha mente parece ter vida própria e, toda vez que tento escapar de algo desagradável, ela me lança de volta com violência e uma pitada de prazer masoquista.

Sento-me na cama. Ainda escuto o tilintar dos talheres e das panelas na cozinha, mas tenho medo do silêncio que está à espreita, esperando o momento de me engolir. Não quero ficar sozinha. Não hoje, por favor, não hoje. O celular apita mais uma vez. Agarro-me a ele como um bote salva-vidas; talvez eu esteja mesmo à deriva, talvez logo eu me deixe afundar. É John. *Onde você está?*, ele pergunta pela terceira vez. Ora, onde eu estaria nesta cidade? Que pergunta boba. *Em Bellajur, venha até aqui, por favor*, digito. Não é um convite, é uma súplica. Ele visualiza, não responde. E, por um momento, penso que se cansou de mim.

Uma eternidade se passa até que o celular apite outra vez: *Estou aqui embaixo, encharcado!* Seguido de um *emoji* de sorriso amarelo. Meu coração ameaça sair pela boca, mas, antes que ele consiga, eu salto da cama e desço a escada com pressa. Tenho medo de que ele vá embora. A sra. Berkenbrock me espia pela fresta da porta.

— Boa noite — digo de modo frio. Ela entende o recado e volta para a escuridão.

Abro a porta com um sorriso forçado no rosto. Tento parecer calma, relaxada, uma mulher que não se deixa abater. No entanto, assim que o vejo, desabo a chorar feito uma criança.

— Meu Deus, Caroline! — Ele avança em minha direção e me abraça. Eu me agarro à sua jaqueta de couro, deixando-me perder no cheiro de baunilha e água da chuva. Tenho vergonha de encará-lo, então afundo o meu rosto em seu ombro. Sinto-me fútil, boba, uma garota vazia sem nada a oferecer.

— O que aconteceu? — pergunta ele, afagando os meus cabelos. Não consigo responder, não ainda. Então, de modo gentil, mas firme, ele me afasta e segura o meu rosto com as mãos. Aperto as pálpebras com força, as lágrimas ainda escapam dos cantos dos olhos. — Vem, vamos ali.

Ele me puxa em direção à sala de caça, me acomoda no sofá e volta para trancar a porta. Definitivamente, não é o lugar ideal para acalmar os nervos de uma pessoa.

— Por favor, estou preocupado, Caroline — diz ele, sentando-se ao meu lado. — O que aconteceu que te deixou desse jeito?

Abro a boca para falar, mas tudo o que sai são palavras desconexas e vacilantes.

— Tudo bem, tome o seu tempo. Respire. Quando estiver pronta, ok?

Eu balanço a cabeça para cima e para baixo, estou comovida por esse gesto de delicadeza. Inspiro e expiro, enquanto encaro a cabeça de um urso marrom pendurada na parede. Dá a impressão de que o urso meteu a cabeça na parede e morreu tentando tirá-la.

— Estou pronta — digo por fim. E então começo a narrar os eventos da tarde. Eu não quero mentir, mas me pego suavizando as coisas mais do que deveria.

John permanece em silêncio por alguns minutos; não parece assustado, apenas surpreso.

— Agora entendo — ele diz, caminhando até a janela.

— Entende o quê?

Eu me viro para encará-lo, mas ele não retribui o olhar. Parece perdido em algum lugar entre os abetos e os eucaliptos que se curvam com o vento forte. Sinto frio nas canelas, então puxo as pernas para cima.

— Por que vi luzes de polícia da janela. Sabe, Caroline, do meu quarto dá para ver uma parte da casa da viúva. Antes de vir para cá percebi uma movimentação lá, embora nada disso tenha sequer passado pela minha cabeça. Na verdade, nem cheguei a pensar coisa alguma. Vai ver a minha mãe tem razão...

— Do quê?

— Não tenho mesmo muita imaginação.

Ele repele um pedaço de franja que cai sobre os olhos e avança em minha direção; sinto uma súbita mudança no clima, sei que ele vem para me beijar. Mas ele para de repente, se inclina e sussurra:

— Não há nada que possamos fazer por ela, Caroline. Você não podia imaginar que ela tiraria a própria vida. E daí que você fugiu? Pelo menos ligou para a polícia. Não se sinta culpada, você nada tem a ver com a história da viúva.

Eu respiro aliviada, há uma ânsia dentro de mim, sob a minha pele, que ainda não fora satisfeita. Eu o desejo com todas as minhas forças. Hoje tudo será diferente, eu não vou pensar, me recuso a pensar! Quero esquecer os meus medos, as dúvidas, as desconfianças. E, ainda que o meu lado racional grite e exija que eu seja discreta, ponderada e até mesmo desconfiada, eu não ofereço qualquer resistência. Então ele puxa o meu rosto contra o seu e nos beijamos.

Não há ternura ou delicadeza nessa união, apenas um desejo intenso, ardente, impulsionado pela necessidade. Fazemos amor ali mesmo, no sofá, no chão e em todos os cantos da sala, repetidas vezes até o dia clarear. Eu não me incomodo com a plateia de cabeças mortas a nos vigiar, nem com a sra. Berkenbrock ou Ângela. Eu seria feliz agora, pelo menos por um momento, por algumas horas. Eu rosnava para a vida, mostrando todos os meus dentes, toda a minha revolta. Eu seria feliz, ah, seria, sim! E seria nos meus próprios termos!

— 23 —

Sinto um aperto no peito assim que abro os olhos. À luz da claridade, vejo o meu corpo nu sobre o tapete persa, os contornos magros e delicados encaixados com perfeição nos quadris de John. Ele dorme profundamente, embalado por um sono um tanto infantil, embora os músculos rígidos e másculos contrastem com a inocência em seu rosto. Os homens são assim, afinal, meras peças mal encaixadas de criança e adulto, misturas confusas que encantam e surpreendem, mas que também imobilizam, sufocam e matam. Eu procuro a minha roupa pela sala, enquanto tento acordá-lo com leves batidas no ombro. Ele se remexe, expira pesadamente e abre os olhos. Por um momento nos encaramos em silêncio, os raios de sol a evidenciar a poeira escondida sob os móveis, as cabeças bizarras dos animais empalhados, tal qual uma plateia muda. Ele sorri de repente e me puxa para dentro de um abraço caloroso. Eu quero ser delicada, quero que continuemos a nos encontrar, quero poder estar com ele, mas também quero que ele vá embora.

Eu deveria ser uma jovem cheia de vida, de fogo, de garra, mas sinto como se um dementador tivesse sugado todas as minhas forças. Mas não sou nada como Harry Potter, não tenho poder algum para mudar o fato de que a minha vida não será longa, e isso não é algo que eu deseje confessar, muito menos para John: eu detestaria que ele sentisse pena de mim.

De algum modo, ele percebe a minha angústia, então se veste apressadamente, me dá um longo beijo ao qual correspondo e vai embora com toda a calma e sutileza. Quando escuto a porta bater, corro para o quarto e me jogo na cama. Estou cansada, tão cansada que poderia dormir por uma semana inteira. E de fato por um instante os deuses são bons comigo e me permitem relaxar e esquecer de tudo, até que alguém (posso até adivinhar quem) bate à minha porta. Coloco o travesseiro no rosto e rolo o corpo para o lado, mas a pessoa não desiste e continua a bater. Ok, agora estou irritada! Então me levanto e abro a porta de um jeito bruto que faz com que a sra. Berkenbrock se desequilibre e quase despenque em cima de mim.

— O que a senhora deseja? — resmungo.

— Aconteceu uma tragédia ontem, eu preciso lhe contar. — Ela franze os lábios como se já não tivesse certeza de coisa alguma.

— Sim? — retruco, antecipando o que ela dirá.

— Vivian Herringer, a viúva do antigo advogado de Helen...

— O que tem ela? — interrompo de modo hostil. Eu gostaria de estapear a governanta, de chutar o seu traseiro fresco para bem longe daqui. Como ela ousa entrar em meu quarto para fofocar quando tudo o que eu quero é dormir? Mas, claro, ela não sabe que eu já sei do que se trata. Ela não tem como saber, ou tem?

— Ela morreu ontem. Quer dizer, tirou a própria vida — diz ela com a voz trêmula. — É o que dizem, pelo menos...

A imagem do seu rosto me lembra uma folha amarelada, triangular, cheia de pequenas veias, como as folhas que caíam das árvores no jardim da casa dos meus pais. Eu gostava de ouvir o estalar seco que elas faziam quando eu as juntava do chão só para quebrá-las ao meio.

— Que tragédia — sussurro, sem forças para fingir choque ou indignação.

— Sim, uma tragédia — ela repete com a expressão congelada. — Eu a conhecia, sabe...

— Imagino que sim — digo, sentindo no meu íntimo culpa por tê-lo dito. Eu deveria disfarçar melhor a minha falta de surpresa, dizer que sinto muito por tudo isso, quem sabe até abraçá-la, mas simplesmente não consigo. Agora, além de tudo, ela deve pensar que sou uma vaca fria e sem coração. Quase sem coração, devo dizer. De repente sinto vontade de rir.

— É tão estranho quando alguém que conhecemos tira a própria vida... — Ela vira o rosto em direção à porta como se quisesse sair, mas então se volta novamente para mim. — Só mais uma coisa... — diz ela sem pressa, parece em dúvida do que dirá. — Eu gostaria de ir ao enterro de Vivian e depois, se possível, para a casa da minha sobrinha. Preciso sair um pouco daqui, se não houver problema.

— Não sabia que a senhora tinha família — digo de modo sarcástico; não sei por que quero machucá-la, talvez seja apenas cômodo ter um saco de pancadas à disposição.

— Há muitas coisas que a senhorita não sabe sobre mim; esta é apenas uma delas.

— Não, não há problema. A senhora pode ir.

Eu volto para a cama e me escondo embaixo do cobertor, quero desaparecer, pelo menos por mais algumas horas. Ela sai do quarto sem se despedir. O clique metálico do trinco da porta é o último som que escuto antes de fechar os olhos.

As árvores chocalham de modo aleatório, batendo as copas umas contra as outras como se tivessem acabado de tomar um choque. Do alto, pode-se jurar que alguma criatura gigante, de longas pernas e braços fortes, avança pelo paredão verde, esbarrando nelas enquanto caminha. Todos os sentidos me abandonam, restando-me apenas uma vaga sensação de terror que comicha sob a pele, um prenúncio de algo tão terrível que a razão, amedrontada demais para pensar, simplesmente bloqueia. Eu posso ver o lago, as águas lamacentas movidas pelo sopro do vento, as tímidas ondulações que escondem a escuridão submergida. E, ainda que eu deseje me jogar em seus braços gelados, algo me prende acima das nuvens, algo ou alguém quer que eu veja quem é a criatura que se arrasta por entre as árvores amareladas. Eu não quero olhar, porque sei quem é, sei quem anda à espreita à procura de dor e morte. Mas eu não quero ver, por favor, Deus, não me faça olhar.

O calor no quarto é abafado e angustiante, e me faz voltar à realidade de modo abrupto, quase raivoso. Não há nenhuma janela aberta, e o sol, com suas garras asfixiantes, lança o seu fogo sobre a cama. Corro para o banheiro, um pouco tonta e nauseada, e tomo um longo banho. Não sei que horas são, nem sei se desejo saber, mas estou morta de fome, então me arrasto até a cozinha em busca de algo para comer. Ok, é uma e quinze, e com certeza o almoço não estará mais na mesa.

A sra. Berkenbrock não está na cozinha, apenas Ângela, que lava a louça e cantarola uma música indefinida. Ela está de costas para a porta, de modo que não me vê entrar. Quando arrasto a cadeira para me sentar, ela salta e vira tão rápido que me faz pensar em um gato siamês.

— A senhorita me assustou — diz ela com uma das mãos no peito e a outra a segurar uma esponja encharcada.

— Por favor, não me chame de senhorita. É enervante — murmuro. Meu Deus, como estou cansada.

— Desculpe, Caroline — ela se corrige. — Você está bem?

— Por que você pergunta? — Levanto os olhos para encará-la. Sim, a beleza maquiavélica está ali, estampada em seu rosto. Ela não me engana, embora ache que sim.

— É... desculpe, mas você está pálida.

— Devo estar — digo apenas. — Tem algo para eu comer?

— Sim, claro. Vou preparar um prato.

Eu agradeço, mas permaneço em silêncio. Por alguma razão, ficar em silêncio é tudo o que eu desejo no momento. Ela não percebe, claro! Ou percebe e faz de propósito, sei lá.

— Você soube do que aconteceu a Vivian Herringer? — pergunta, enquanto coloca um prato com sobras do almoço no micro-ondas.

Balanço a cabeça em sinal afirmativo.

— Que coisa horrível, não é mesmo?

Balanço a cabeça novamente.

— Parece que vão enterrá-la logo mais no cemitério de Lago Negro. — Ela estremece, faz uma careta, então tira o prato do micro-ondas e o coloca na minha frente. — A sra. Berkenbrock está lá e... — Ela olha em direção à porta, deixando as palavras no ar.

— Obrigada — murmuro.

— Você quer algo para beber?

— Um copo de água apenas. Gelada, de preferência.

— Ah, antes que eu me esqueça. O sr. Heimer telefonou.

Levanto os olhos para encará-la mais uma vez. Tenho a impressão de que ela está tentando abafar uma risada.

— O que ele queria?

— Disse que vai passar aqui para levá-la ao enterro.

— O quê? Por que diabos ele faria isso? — grito.

Ela recua e deixa cair um pouco de água no chão.

— Bem, ele não me explicou.

De repente a comida me deixa enjoada. Tudo ao meu redor me deixa enjoada. Uma sensação de medo sufoca o meu peito, e embora eu tente comer, nada parece descer pela garganta. Talvez seja o trauma, uma reação normal por ter visto o que eu vi. Seria normal, não seria? Então uma ideia me ocorre. Uma ideia boba, talvez, mas que por um momento me restaura a esperança de que tudo passará. Todo esse mal--estar passará. Quem sabe se eu for ao enterro também consiga enterrar todo esse sentimento de horror? Não era minha mãe que dizia que para superar um medo devemos enfrentá-lo? Solto uma longa gargalhada. Ângela sorri e franze a testa, talvez espere que eu revele o motivo da graça. Termino o meu almoço, levanto-me.

— Vou me arrumar, com licença.

Ela me olha como se encarasse um extraterrestre que acaba de pousar na cozinha.

O carro esmigalha as pedrinhas da entrada de Bellajur, posso ouvir do meu quarto, um som alto o bastante para me fazer sair do transe, mas não tão alto a ponto de fazer com que eu me apresse. Vozes sobem até a minha janela. Olho para baixo. De cima, tenho a impressão de que o sr. Heimer toca o ombro de Ângela de um modo inadequado; um movimento tão fugaz que me deixa em dúvida sobre o que de fato vi.

— Não se preocupe, não vou demorar! — grito pela janela. Ele olha para cima, mostrando todos os dentes de porcelana num sorriso forçado de vendedor de carros.

— Boa tarde, Caroline! — grita ele de volta, alegre como se fosse ao circo. Não posso negar que ele se parece com um palhaço.

Meia hora depois, estamos a caminho do enterro de Vivian Herringer.

— Como você tem passado? — pergunta ele, olhando-me de soslaio.

— Não muito bem. — Às vezes tenho a sensação de que o sr. Heimer vive em um mundo paralelo, onde nada, por mais terrível que seja, o atinge.

— Você está pálida, minha cara.

— Não ando bem de saúde. Agora, estou curiosa... — digo, mudando de assunto.

— Sobre o quê? — Ele sorri, as pontas do bigode preto quase tocam os cílios.

— Por que o senhor veio até aqui para me levar a um enterro de uma mulher que eu não conhecia?

— Ora, ora — ele começa. — Pensei que fosse óbvio.

Eu gelo, por um instante tenho a impressão de que ele sabe de tudo.

— Minha cara, você atualmente é a pessoa mais rica e influente desta cidadezinha. — Ele faz uma careta de nojo. — É natural e esperado que apareça em todos os eventos daqui, incluindo um velório, por mais desagradável que seja. Afinal, Vivian Herringer era esposa do antigo advogado da sra. Helen.

— Não creio que deva ser o senhor a pessoa a decidir sobre o que eu devo ou não fazer.

— Claro que não, claro que não! Não quis me intrometer. No entanto, mesmo a contragosto, assim é melhor, acredite. E talvez eu apenas queira desfrutar da sua companhia. — Ele dá leves batidinhas na minha perna. — Mas me diga, o que você tem sentido? Refiro-me fisicamente. — Ele pigarreia e volta a colocar as duas mãos no volante. De repente, me parece pouco à vontade.

— Ah, sim. Bem, tenho me sentido meio fraca e sonolenta, mas ando um pouco estressada — minto.

Tenho vontade de gritar que estou estressada, traumatizada e apavorada. E nem mesmo a noite de sexo com John conseguiu aliviar toda a tensão que sinto sobre o corpo. Mas é claro que não digo nada disso, me limito a sorrir e apreciar a paisagem.

— Talvez você deva consultar um médico.

— Está tudo bem, não se preocupe. Onde fica o cemitério?

— Fica do outro lado do pátio da igreja, escondido sob as árvores. É realmente um lugar muito bonito — diz ele, enquanto estaciona o carro.

— É mesmo?

— Você vai ver.

Cruzamos o pátio em direção ao cemitério. Um cheiro forte de eucalipto se mistura às lápides e ao paralelepípedo quente. Eu reconheço o aroma e tampouco poderia esquecer o perfume da morte, uma fragrância que, desde a morte dos meus pais, jamais deixou as minhas narinas. De vez em quando eu ainda a respiro nas esquinas, nos corredores e até nos lugares festivos, onde a falsa alegria apenas esconde o medo de que tudo um dia simplesmente se acabe. Meu corpo reconhece esses sinais e a cada passo protesta para que eu não prossiga. Um sussurro ecoa em minha mente: "Não continue! Fuja! Quantas vezes você precisará se alimentar de morte?".

Um grupo de pessoas cerca o caixão fechado de Vivian Herringer. Junto-me a ele. O sr. Heimer silenciosamente se põe ao meu lado.

O padre Gadotti discursa sobre Deus, Jesus e todos os santos dos quais se lembra. Depois de esgotar sua lista, começa a enumerar todos os feitos da pobre mulher. A sra. Pawlak, ao lado do marido, veste um ridículo vestido de renda preto e chora compulsivamente como se enterrasse a sua melhor amiga. Talvez ela pense que, na falta de uma família para chorar, alguém deva fazer esse papel. John também está aqui; apesar de ser a única coisa viva em meio a tanta morte, seu rosto está carregado de sombras. Nos encaramos por todo o tempo. Ele faz um gesto com a cabeça como se me perguntasse o que estou fazendo aqui na companhia do advogado. Eu respondo com uma tímida careta, afinal, nem mesmo eu sei o que estou fazendo aqui com ele.

Uma figura de preto me encara de longe. Demoro para reconhecê-la. Claro, é a sra. Berkenbrock. Só não entendo por que ela está escondida atrás de uma árvore.

O padre lança um punhado de areia sobre o caixão, sinalizando que é o fim de Vivian Herringer. Minutos depois, não há mais ninguém ali, exceto eu e John e um punhado de ossos como testemunha. Até o advogado trata de sair de cena quando percebe que John se aproxima para conversar comigo.

— Espero você no carro — diz ele ignorando John. Ficamos os dois ali em silêncio enquanto o observamos desaparecer em meio às árvores.

— Caroline — ele sussurra e me abraça. Nos beijamos. — O que você está fazendo aqui?

— Não sei ao certo. O sr. Heimer ligou dizendo que viria me buscar, disse que é bom que eu participe da vida (e da morte) de Lago Negro. Sei lá, achei que eu podia me livrar dessa angústia se viesse até aqui.

— Eu não confio nesse homem, Caroline. Sempre com sorrisinhos e mesuras antiquadas.

— Acho que a recíproca é verdadeira, já que ele sequer fez qualquer mesura para você desta vez.

— Mais uma razão para estranhar.

John olha em direção a uma colina um pouco afastada do restante do cemitério. Há um amontoado de lápides antigas ali, protegidas por pinheiros bambos e pontiagudos.

— Pare com isso, John. Ele é meu advogado e amigo. Acho que você está com ciúmes.

Ele me encara de um jeito sério que não combina com sua personalidade.

— Pode ser. Olha só, andei sondando um colega meu da polícia, sei lá, fiquei curioso, queria ter certeza de que você não corria perigo.

Eu me afasto, seu rosto está repleto de sombras. Por um momento não o reconheço.

— Como assim, perigo?

Não posso dizer que não havia pesando nisso, mas a simples menção da palavra por outra pessoa me fez sentir tão indefesa quanto uma barata em plena luz do dia.

— Achei essa história estranha, só isso. Faz sentido ela ter cometido suicídio? Ok, claro que sim, nunca sabemos o que se passa dentro da cabeça dos outros, mas quando você me contou o que tinha visto e, principalmente, sentido, me deu a impressão de que outra pessoa estava lá o tempo todo, observando. Talvez fosse o caso de um assassinato.

A palavra *assassinato* paira no ar por alguns segundos antes de se dissipar, como quando dizemos algo tão desconcertante que demora a ser superado.

— E o que seu colega disse?

— Felizmente, a polícia concluiu que foi um caso de suicídio. Asfixia mecânica, é o que diz oficialmente o laudo do legista. Caso encerrado. Claro que aqui em Lago Negro ninguém investigaria mais a fundo: não temos pessoal, nem meios, muito menos dinheiro. Mas ele foi bem enfático ao dizer que não resta a menor dúvida. E minha mãe diz que não tenho imaginação. — Ele sorri, volta a me abraçar e então sussurra: — Fico preocupado com você sozinha naquela casa.

— Não estou sozinha naquela casa, e está tudo bem — minto. A verdade é que nada está bem. Estou cansada, doente, amedrontada.

— Você quer que eu te deixe em Bellajur? Tenho que levar os meus pais, estão me esperando. Minha mãe está insuportável com tudo isso, jura que recebeu um uísque de presente pelo correio e que ele estava envenenado. Agora diz que a estão tentando matar. Mataram Vivian e agora querem dar cabo da vida dela.

— Ué, que história esquisita. E você viu o tal presente?

— Não. Ela diz que jogou fora assim que deu o primeiro gole. Disse que só alguém estúpido enviaria uma garrafa adulterada para uma "apreciadora de bebidas de qualidade" como ela. — Ele faz um movimento com as mãos evidenciando as aspas. Ele sabe, assim como todo mundo, que Flora Pawlak é uma alcoólatra, além de uma bruxa narcisista. Qualquer outro adjetivo é uma tentativa educada de mascarar a realidade.

— Não, pode deixar, vou com o sr. Heimer, cuide da sua mãe. Depois nos falamos.

Ele fecha a cara, me beija na testa e parte. Eu permaneço ali, refém de uma sensação incômoda de que deveria fazer algo. Tantas informações em tão pouco tempo, preciso de um momento para refletir. Afinal, estou num cemitério, não estou? O que mais haveria para fazer aqui além de visitar os mortos e pensar? Estremeço. *São os vivos que você deve temer...* Minha avó tinha razão, são os vivos que nos assustam, são eles que querem nos ferir, e é por causa deles que nos fechamos atrás de muralhas, que nos enclausuramos em caras prisões de vidro, que olhamos por cima dos ombros quando andamos na rua sozinhos. Não há nada mais aterrorizante do que o mal que um vivo pode causar a outro. Os mortos, ao contrário, são culpados apenas pela saudade, por carregar em si o peso da finitude, por nos lembrar todos os dias que tudo tem um fim.

Eu caminho por entre as ruelas, esbarrando aqui e ali em alguma lápide, algum nome estranho, alguma história soterrada. Do que teria morrido Mari Popper? Ou Edmund Strauss? Que tragédia teria se abatido sobre Agnes Poethig, uma menina que morrera aos 6 anos?

Em meio a esse labirinto de histórias interrompidas, um anjo de granito chama a minha atenção; ele parece proteger todos os mortos embaixo de suas asas, mas seu rosto está voltado apenas para a pessoa enterrada ali, é por ela que ele vela. Apesar do semblante triste, há uma quantidade perturbadora de rosas vermelhas em cima da lápide; uma pincelada desconcertante de *rouge* por cima da paisagem sóbria. Quando me aproximo, tenho a impressão de quem quer que tenha colocado essas flores aqui o fez para chamar a minha atenção. Afinal, devo ser a única pessoa em Lago Negro que não sabe onde Helen Seymour foi enterrada.

Há um pequeno envelope branco preso em uma das pétalas. Retiro-o com cuidado, imaginando se o advogado ainda me espera no carro ou se desistiu, talvez pense que fui embora com John. Agora pouco importa, abrir este envelope me parece uma tarefa mais urgente.

> *Não coloque rosas neste túmulo*
> *apesar de ela tanto as amar;*
> *Por que atormentá-la com rosas*
> *Que não pode ver ou cheirar?*

Eu conheço esse poema, embora não lembre bem onde o lera. Teria sido num livro de Mary Higgins Clark? Como era mesmo o nome do livro, aquele com a faca e o sangue na capa? Ainda que o título me escape, me lembro bem da capa, pois fora um dos últimos livros que emprestei para Daniel, um livro que ele jamais me devolverá.

Uma brisa quente sacode uma folha no chão; ela rodopia no ar e cai em cima de uma rachadura da calçada. O céu arremessa grossos pingos de chuva sobre a minha cabeça enquanto o vento sopra areia em meus olhos. Volto a caminhar por entre as ruelas, desviando as canelas das quinas dos túmulos; há um cheiro de podridão e abandono no ar, algo tão sutil e incômodo que parece ter sido desenterrado pela própria tempestade. O cair da chuva se mistura a um som indistinto, tal qual cascalhos e folhas sendo pisoteadas fortemente por pés humanos. Eu olho para os lados à procura de alguém vivo, mas o borrão branco da chuva me impede de enxergar quem está fazendo esse barulho. Sinto os dedos do medo subindo e descendo pela espinha, ora me abraçando pela cintura, ora apertando o meu pescoço. Eles me empurram para a frente, querem que eu corra... "De medo. Medo de um vivo..." Dou um passo em falso e caio de joelhos em cima de um túmulo velho, salpicado de flores secas. Um par de pernas surge inesperadamente em minha frente, olho para cima, a chuva encharca o meu rosto. Não reconheço quem está na minha frente, meus olhos estão molhados.

— Caroline!

A voz, no entanto, é inconfundível.

— Ah, padre Gadotti! Que bom que é o senhor. — Respiro aliviada.

— Você está encharcada! Por acaso se perdeu? — Ele olha para os lados, depois coloca o guarda-chuva sobre a minha cabeça.

— A... acho que sim...

— Deixe-me ajudá-la — diz, puxando-me para cima.

— Obrigada. Devo ter torcido o pé. — Grito, a dor me atravessa em ondas. — Não consigo colocar o pé no chão.

— Por favor, deixe-me ajudá-la. Faço questão de lhe oferecer um chá e uma toalha para se secar. E depois você pode ligar de lá para alguém vir lhe buscar. Venha! Minha casa fica logo ali. — Aponta para uma trilha no meio das árvores.

— Não sei... Obrigada de qualquer forma, mas o meu advogado está me esperando no pátio da igreja e já me demorei mais do que deveria.

— Mas não há nenhum carro lá. Tenho certeza, pois acabei de cruzar o pátio quando saía da igreja.

— O sr. Heimer deve ter se cansado de me esperar. Não sei no que estava pensando quando resolvi ficar mais um pouco aqui.

— Com certeza foi apenas curiosidade.

— Deve ter sido.

— Vamos logo, segure-se no meu ombro, tenho a impressão de que a chuva vai piorar.

Caminhamos mais um pouco por entre o labirinto de túmulos até chegarmos a uma pequena estrada de barro. Avançamos pela trilha, abrigados pelas copas das árvores que, assim como um telhado de folhas, diminuem a intensidade da chuva que cai sobre as nossas cabeças.

— Ali está! — Aponta o padre. — A minha modesta casinha.

— Que casa peculiar — digo, reparando na chaminé de pedras cinza.

— E tem uma história ainda mais peculiar! Por favor, sente-se nessa cadeira. — Ele me acomoda numa cadeira de balanço na varanda e, em seguida, começa a bater na porta com uma das mãos e a balançar o guarda-chuva com a outra. A água respinga para todos os lados, lembrando-me um cão molhado que se sacode para se secar.

— Helga! Helga! — ele grita.

— Quem é Helga?

— Minha prima que chegou ontem da Alemanha. Uma vez por ano ela vem me visitar.

— O senhor tem uma prima alemã? Pensei que Gadotti fosse um sobrenome italiano.

— E é. Mas minha mãe era de origem alemã. Ai está! Minha prima Helga!

Ele sorri e aponta para a mulher corpulenta que abre a porta.

— Quem *ser* essa?

— Esta é Caroline, que mora em Bellajur.

A mulher arregala os olhos como se o padre tivesse dito algo preocupante.

— Bellajur? — repete. — *O casa* que *ficar* perto *da* lago Negro?

— Sim, sim — ele concorda impaciente. — Helga, nos ajude aqui. Caroline machucou o pé, precisamos levá-la para dentro.

— *Ja, ja, ja*. — Ela suspira, então me puxa para cima como se levantasse uma boneca.

A casa em seu interior parece ainda mais curiosa, como se as paredes brancas em alto-relevo fossem feitas de sorvete de flocos de chocolate. Os móveis são antigos e escuros, mas os tapetes que escondem o assoalho velho e gasto são coloridos e alegres. Helga me larga em uma poltrona verde-musgo que emite um chiado curioso. Lembra-me um pum, mas nenhum dos dois parece ter escutado.

— Helga, querida, agora nos traga algumas toalhas, por favor!

A mulher revira os olhos e sai sem nenhuma pressa.

— Qual a história desta casa, padre?

Ele sorri.

— Ah, você prestou atenção no que eu disse.

— Gosto de histórias. E sou uma boa ouvinte também.

— Então você vai gostar desta — diz ele com animação.

Helga volta e me entrega duas toalhas. Eu tento me secar, mas estou tão molhada que duvido que seja possível. As toalhas cheiram a naftalina, como a casa e o padre, mas gosto daqui. Meu pé lateja.

— Ela pertenceu a uma bruxa.

— O quê? — pergunto, encarando a toalha em minhas mãos.

— A casa, não as toalhas — ele responde sorrindo.

Passo os olhos pelo cômodo.

— Jura? — Sorrio de volta e penso: "Bonecas, enforcados, bruxas. O que mais?".

— Velha Vollmer, era como o pessoal da cidade chamava a mulher que morava aqui sozinha.

— E ela era realmente uma bruxa? Não me diga que foi queimada pela Igreja?

Ele solta uma gargalhada longa e aguda como um miado, parece gostar de piadas eclesiásticas.

— Não, minha cara. Ela morreu de morte natural, enfartou nessa poltrona em que você está sentada. — Ele aponta em minha direção, e por um momento sinto como se tivesse violado a intimidade de alguém. Mortes são momentos bastante íntimos, sim, senhor.

— Era uma criatura peculiar, a viúva Vollmer! Helga, Helga! — ele grita de repente em direção ao corredor. — Faça um chá, por gentileza!

— *Ja, ja* — responde a mulher em algum lugar da casa.

— Bom... — ele continua, esboçando um sorriso dúbio *à la* coringa. — Ela gostava de se parecer com uma bruxa, fazia poções, chás, previsões, esse tipo de coisa, e posso dizer que mexia com o imaginário popular, era quase impossível deixar de fazer com que as pessoas viessem até aqui. Alguns membros da Igreja me cobravam uma atitude mais drástica, embora eu não soubesse ao certo o que queriam que eu fizesse. Sei que como padre eu deveria ter condenado essas sandices, ter me empenhado mais, quem sabe, mas a mulher tinha personalidade, pode acreditar, e não fazia mal a uma mosca sequer. Então, não me parecia correto condená-la. Sou padre, afinal de contas, não juiz.

— E o hoje o senhor mora aqui. Isso sim é um dado interessante.

— Verdade. Mas devo confessar — ele enfatiza a última palavra como se nela residisse algum tipo de poder místico. Padres, afinal, também poderiam ser considerados bruxos, embora, em vez de um caldeirão, possuam o púlpito como meio de proferir os seus feitiços. Como um homem das palavras, ele deve saber o poder de transformar e arruinar que elas têm, e aposto que já se utilizou delas das duas maneiras para comprovar o que eu digo —: eu que insisti para que a Igreja tomasse posse desta casa — ele revela, as faces levemente coradas.

— Por quê?

— Gertrude Vollmer era uma viúva sem família nem amigos; uma lunática para alguns, uma bruxa para outros. E, assim sendo, quem não a achava doida de pedra, a temia. Ela não era de Lago Negro, veio para cá muito jovem para se casar com Edgar Vollmer, um açougueiro quarentão que não possuía nenhum charme nem bons modos, mas suas carnes eram de extrema qualidade, isso posso garantir! Deus sempre compensa os menos talentosos de alguma maneira. De todo modo, sua história pregressa permanece um mistério ainda hoje, e acho que a essa altura ela não é importante. O que importa é que quando ela faleceu, presumidamente de enfarte, já que foi encontrada em estado de decomposição pelo entregador de leite. Mas não se preocupe, trocamos o estofado desta poltrona, a casa permaneceu fechada e eventualmente passou a servir de ponto de encontro para jovens cheios de hormônios, por assim dizer. — Ele esboça um sorriso um tanto pudico para um padre, e me pego pensando que tipo de cena ele está visualizando em sua cabeça. — Acredito que a Igreja tenha um papel importante nessas questões, sabe, Caroline? Ela não pode ser encarada somente como um veículo com o qual as pessoas se ligam a Deus. Não mesmo! Sou muito firme em relação a isso. Há uma responsabilidade que vai além de suas paredes, ela precisa abraçar a sua comunidade e seus problemas também. Helga! Helga! — ele volta a gritar, dessa vez com mais ênfase.

— *Was ist los*? — responde Helga com irritação.

— O chá ainda não está pronto?

— Só mais *um pouquinha. Nein, nein, nein*!

— Desculpe. Onde eu estava?

— Na parte em que a igreja deveria se responsabilizar pela comunidade — digo com falso interesse.

Preciso arranjar uma desculpa para cair fora daqui. Já está escuro e estou com frio. Por que diabos falei que sou uma boa ouvinte?

— Sim, claro. Veja, por isso intervim para que a Igreja tomasse as devidas providências para se apossar do lugar e reformá-lo. Eu tinha certeza de que seria um ótimo lar para um padre. Morar demasiadamente perto da igreja pode eventualmente se tornar um problema, Caroline! Padres também precisam de descanso, e é comum...

— O chá *estar* pronto! — Helga aparece na sala com uma bandeja nas mãos, interrompendo o monólogo do padre.

— Obrigada — agradeço, ávida por tomar algo para me aquecer. A mulher não responde, apenas encara o padre com um semblante ressentido, vira as costas e desaparece novamente.

— E você, querida? Como têm sido seus dias em Bellajur?

— Estranhos.

— Por quê? Está acontecendo algo?

— Er... não... — minto. — Apenas algumas perguntas para as quais não encontro respostas.

— Mas existem muitas perguntas sem resposta neste mundo, minha querida! Faz parte da vida! Não podemos levar a nossa presunção humana tão longe e achar que devemos ter uma explicação para tudo.

— O senhor tem razão.

— Agora permita-me fazer-lhe uma pergunta também.

— Claro.

— O que você fazia perambulando no cemitério embaixo dessa chuva? — Ele olha para mim, depois vira o rosto em direção à janela encharcada.

— Não sei se tenho a resposta para isso. — A curiosidade matou o gato e ele me pegou no pulo. — Para ser sincera, sempre gostei de passear em cemitérios; são lugares quietos, tão quietos que é possível ouvir a própria mente.

— Concordo — ele estufa o peito —, são excelentes lugares para pensar na vida.

— O senhor provavelmente já deve ter ouvido que tenho a saúde frágil, não é? E também deve ter ouvido sobre os meus pais... Todos em Lago Negro já devem saber... Acho que sou mais propensa a pensar na morte do que uma pessoa saudável ou que não tenha passado pelo que eu passei. Claro, todos nós vamos morrer algum dia, mas, no meu caso, é quase certo que será o meu coração que fará o serviço. Andar em cemitérios talvez seja uma maneira de tentar entender aquilo que ninguém entende.

— É possível. — Seu rosto se enche de uma serenidade reconfortante, aquela sabedoria tão comum às pessoas mais velhas. — Todos nós vamos morrer, é lógico, mas imaginamos que isso só vai acontecer num futuro muito, muito distante. Nos esquecemos que somos mortais e que a morte pouco se importa com a idade, por isso nos espantamos tanto quando uma pessoa jovem morre. Ao mesmo tempo, é um assunto por vezes proibido, evitado e até censurado, como se assim pudéssemos evitar esse desfecho em nossas vidas. Na sua vida, porém, a morte sempre foi um fato constante, certo, mais certo do que para as outras pessoas. Acho que isso, somado à trágica morte dos seus pais, fez você ter uma certa familiaridade com ela.

— Acho que sim. O senhor não acha estranho que alguém tenha deixado rosas vermelhas no túmulo de Helen Seymour?

— Não sei se entendi. — Ele parece surpreso, como se realmente não soubesse do que eu falava.

— Agora há pouco no cemitério, esbarrei no túmulo de Helen Seymour. Fiquei surpresa com tantas rosas vermelhas. Pareceu-me algo estranho, diferente.

Ele arregala os olhos.

— Sua tia era uma mulher boa, mas teve alguns episódios marcantes durante a vida, digamos assim, episódios que arregimentaram alguns fãs; pessoas loucas, talvez, ou apenas desocupadas, mas não estranho tanto assim que alguém tenha colocado rosas em seu túmulo. Há pessoas que gostam de visitá-la, pensam que há algo de místico em torno da sua vida e da sua morte também.

— Seu rosto não me pareceu nada místico, quer dizer, achei-a sisuda, amargurada. Tenho certeza de que naquela foto ela não tinha mais de 40 anos.

— Que foto? — pergunta o padre em dúvida.

— A do cemitério.

Ele assente.

— Mas tenho certeza de que você já deve ter visto outras, não?

— Não, aquela foi a única que vi. Não é estranho? Acho que a sra. Berkenbrock se livrou de todas antes de eu chegar. Não sei bem por quê.

— Tenho certeza de que ela teve uma boa razão para isso.

— Ela insiste em dizer que Helen destruiu todas antes de morrer. Mas eu duvido.

— A sra. Seymour era uma mulher doente que nem sempre agia de forma racional. — Ele se levanta e caminha em direção a uma pequena cômoda de madeira. — Acho que tenho algo aqui que você vai gostar.

— Do que Helen morreu, padre?

O padre está agachado de costas para mim, de modo que não consigo ver o seu rosto e a maneira como recebe a minha pergunta.

— Ah, foi algo bastante inesperado, com certeza. Um dia ela estava bem e de repente começou a adoecer. Sei disso porque ela gostava de ir à igreja, sabe? Começou por necessidade, num momento de sofrimento, mas depois ela simplesmente pegou gosto. Era uma verdadeira cristã, apesar de doente. Pobre Helen! Às vezes, quando a doença batia à sua porta e a atacava, ela se escondia em Bellajur e quase não a víamos. Em outros momentos, no entanto, era bastante participativa dos assuntos da igreja. Ah, agora sim!

Um clique seguido de um ranger foi tudo o que consegui ouvir até perceber que o padre remexia um alguns papéis.

— Que bagunça! — exclama ele num tom de decepção.

— Como assim, Helen estava bem num dia e no outro não? — insisto.

— Ah, foi algo muito estranho; repentino, na verdade. Ela começou a passar mal durante um culto, reclamava de uma forte dor de estômago. Tive que interromper a homilia, inclusive, pois achei que a mulher desmaiaria a qualquer momento. Maximilian, o jovem que a acompanhava, como você já deve saber, a levou para casa imediatamente. Depois daquele dia, ela não se levantou mais, definhou na cama até a morte. O dr. Pawlak tentou de todas as maneiras convencê-la a ir para um hospital, mas ela se recusou. Disse que queria morrer em Bellajur. E assim aconteceu.

— Então ninguém sabe ao certo do que ela morreu?

O padre olha por cima dos ombros.

— Não que eu saiba. O dr. Pawlak possuía uma série de teorias, muitas pouco plausíveis, se você quer a minha opinião, mas, depois de um tempo, parou de falar sobre isso. Teorias são apenas teorias e, depois de um tempo, se não puder averiguá-las, tornam-se inúteis. Achei! Sabia que estavam aqui! — Ele dá um salto num movimento rápido de felino e avança em minha direção. Apesar da idade, parece estar em excelente forma.

— Veja! — diz ele, entregando-me um punhado de fotos. — São fotos dos eventos da igreja: quermesses, lanches, bazares, enfim, tudo o que fazemos em prol da igreja. Estas são recentes, tenho mais de trinta anos de fotografias guardadas.

— Não me diga! — Ótimo, agora ele vai me mostrar todas as fotos, relembrar do passado com saudosismo e ainda fofocar sobre as beatas e os pecadores. Se a minha curiosidade tem limite, acabei de chegar nele!

— Nós sempre tiramos fotos desses eventos, eu insisto nisso todos os anos, mesmo nos dias atuais em que as pessoas andam para lá e para cá feito bobas tirando fotos de si mesmas e do que comem. — Ele solta uma gargalhada grave carregada de pigarro. — Inclusive, chamo sempre o mesmo fotógrafo, o Jaime. Sabe, Caroline, o Jaime não é assim um fotógrafo brilhante, daqueles que fazem fotos elaboradas, cheias de jogo de luzes ou artísticas; ele é assim o feijão com arroz da fotografia, mas sabe captar os momentos como ninguém, sem frescura, sem camuflagem ou filtro, como se diz atualmente. E, embora os meus arquivos estejam uma bagunça e eu seja o único culpado dessa algazarra, está tudo aqui nesse velho armário de mogno, o tesouro do velho pirata. Um dia vou mandar catalogar tudo e deixar disponível para os paroquianos. Não devemos perder a nossa história! Não mesmo!

Eu esboço um sorriso de Mona Lisa e me remexo na poltrona, desejando que ele perceba o meu desconforto, fome, frio e dor no pé. Mas ele permanece impassível, protegido por uma muralha de orgulho de si e da sua coleção. De repente tenho a sensação de que o padre é a bruxa de João e Maria e eu sou sua refém, a menina tola que fora seduzida por uma xícara de chá e algumas toalhas. Logo ele me colocará no forno.

— Veja, querida! — diz ele, voltando a se sentar no sofá.

O entusiasmo do homem parece promissor, então analiso a primeira foto: ela é recente e retrata um grupo de senhoras em volta de uma mesa redonda finamente posta que sorriem de modo contido (e falso) para o fotógrafo. Reconheço Flora Pawlak e sua vasta cabeleira loiro-acinzentada, mas o restante não me é familiar. Sim, Vivian Herringer também está ali.

— Olhe atrás da mesa, para as pessoas em pé — sugere, parecendo ansioso.

Então percebo o que ele tão arduamente tenta me dizer. O mesmo semblante triste, os cabelos negros repuxados num coque antigo. A mulher da foto está parada um pouco mais atrás da mesa, sozinha, como um fantasma que ninguém vê ou repara.

— Helen Seymour — digo com os olhos vidrados na fotografia.

— Sim, esta foi tirada no Lanche das Senhoras, um dos últimos eventos em que ela apareceu. Lembro bem porque na ocasião ocorreu um pequeno incidente.

— Um incidente? — repito sem tirar os olhos da mulher da foto. Algo nela me causa desconforto, uma tristeza que abraça todo o corpo. Então me dou conta de que é como olhar para os olhos do meu pai.

— O Lanche das Senhoras acontece somente duas vezes por ano e, como o próprio nome já diz, trata-se de um lanche, um café da tarde, exclusivo para as senhoras da nossa paróquia. Homens não são convidados, nem crianças ou adolescentes. É uma forma de a igreja agradecer a essas senhoras que dedicam o seu tempo em prol da igreja. Bom, naquele dia,

Helen apareceu com o novo namorado a tiracolo, o tal do Maximilian. Não sei ao certo por que ela fez isso, mas você pode imaginar a confusão que se seguiu. Ele era um rapaz estranho, não sei explicar ao certo, mas ele causava uma espécie de mal-estar nas senhoras ou talvez fosse apenas inveja, já que ele era bastante jovem. — Ele ergueu as sobrancelhas, e por um instante tive a impressão de que ruborizava mais uma vez.

— O que aconteceu?

— Algumas senhoras pediram que ele se retirasse, mas Helen fez um escândalo e acabou trocando ofensas com uma ou duas das mulheres dessa foto. Eu intervim, claro, tentei conversar com o rapaz, mas ele sequer me respondeu, permaneceu ali em silêncio junto dela com um sorrisinho presunçoso no rosto. Não preciso dizer que isso não ajudou Helen em nada e só piorou a opinião das pessoas a respeito dela.

— Que era qual exatamente?

— A de que ela não era uma pessoa sã.

— E Maximilian? Por que não aparece nessa foto com ela?

— Bom, ela tinha acabado de chegar, e posso até ter imaginado o que vou lhe falar, mas naquele momento tive a nítida impressão de que, quando ele viu o fotógrafo, tratou de sair do seu campo de visão.

— É curioso.

— Sim. Embora não tenha adiantado de nada. — Ele sorri, satisfeito.

— Como assim?

— Veja por si mesma.

A próxima foto parece duplicada, mas olhando com mais atenção pode-se perceber uma discreta alteração no quadro, como se o fotógrafo tivesse programado a câmera para clicar mais de uma vez. Um pouco mais à direita é possível ver com nitidez um homem mais jovem encostado num pilar; ele não olha para a câmera, mas para a mulher logo à sua frente.

— Você está bem, Caroline?

Eu não respondo. Por um momento sinto como se todo o ar tivesse sido tragado dos meus pulmões. Estou prestes a sufocar, o ar simplesmente não consegue entrar pelas narinas. Imagino que essa deve ser a sensação de se afogar: a água roubando o último fôlego enquanto o corpo vai de encontro à escuridão, que puxa para baixo tal qual um ralo gigante.

— Caroline! Você está pálida! Está tudo bem? — ele repete.

— Preciso ir, por favor, não estou me sentindo bem. O senhor pode me chamar um táxi?

Eu tento me levantar, mas minhas pernas subitamente se transformam em dois blocos de concreto; meu corpo tomba na poltrona, puxado por uma força invisível que me impossibilita de levantar. Tenho a impressão de que minha alma (se é que existe uma) me deixou, pois vejo a cena se desenrolar do lado de fora do meu corpo. Posso me ver sentada, trêmula e acuada. Uma mulher estúpida que não consegue lidar com a verdade.

— Você quer que eu chame uma ambulância? — ele pergunta, tirando o celular do bolso. — Você está tremendo!

— Não, por favor. Quero ir para casa — murmuro. Mas penso se realmente haveria uma casa para ir.

— Eu levo você, tenho um carro.

O padre se levanta rapidamente e desaparece na escuridão do corredor. Eu não quero ficar sozinha, meus pensamentos são como fantasmas que me assombram, me cutucam e debocham de mim.

— Helga, Helga! — escuto-o gritar. — Me ajude aqui, ela não está bem.

Os dois se materializam à minha frente, e antes que ele consiga fazer qualquer movimento Helga, com seus braços de halterofilista, me levanta da poltrona e me coloca em seu colo. A cena é patética, tão patética que preciso abafar uma risada. O padre, de modo nervoso e desajeitado, se contenta em correr na frente, abrir o carro e pular no assento.

— Pronto! — diz ela me jogando dentro do carro como se acomodasse um saco de batatas no porta-malas. — Agora você *levar* ela para casa. A mocinha aí *pegar* muita água *no* cabeça.

Ele faz um sinal com a cabeça e pisa no acelerador. O velho Gol vermelho responde com algumas tossidas e parte pela estreita estrada de barro. Eu me ajeito no banco traseiro, o cabelo colado na testa, o corpo trêmulo e a mente confusa. Teria visto o que vi? O carro faz uma curva repentina de noventa graus, lançando a minha cabeça contra o vidro. As árvores somem de nossas vistas dando lugar a algumas construções, e por um momento me pego agradecendo a Deus por tudo que é cinza, embora eu mesma não acredite Nele.

— Me desculpe — o padre murmura, parece assustado, tão assustado que escolhe o silêncio como companhia. E eu, que o tomara por um velho tolo e narcisista, me espanto com a sua sensibilidade.

Já é de noite quando ele me deixa em frente a uma Bellajur esquecida, mergulhada na escuridão. Eu salto do carro, me despeço de forma pouco amistosa e, graças ao pé ferido, vou cambaleando o mais rápido que posso porta adentro. Uma rajada de vento quente atravessa o meu corpo, forte e infame como uma bofetada, anunciando que a chuva voltará a cair. Não olho para trás, por isso não sei se o padre olha para mim ou de que forma. Com certeza, deve achar que enlouqueci. Eu mesma tenho dúvidas. Então pego a foto que escondi embaixo da roupa e olho mais uma vez, bem de perto. Não há dúvida. Minhas pernas voltam a tremer, eu corro para o quarto. O vento sacode a casa.

— 24 —

1976

Ela pensou por um momento que imaginava tudo. Claro, seria mais prudente ter imaginado, muito mais aconselhável ter imaginado, seria como um adulto maduro faria: culpar a imaginação, aquela entidade abstrata que às vezes é aplaudida e outras severamente repreendida. E, afinal, era verdade que ultimamente a sua mente trabalhava mais que o normal, fazendo-a abandonar a sanidade sempre que podia; vozes saídas dos cantos do quarto, sonhos repetitivos, pensamentos mórbidos, uma constante enxurrada contra a qual se via impelida a lutar quase todos os dias.

Não havia paz dentro de sua cabeça, ela era como uma daquelas atrações com espelhos de parque de diversões, que desfocam e distorcem a verdadeira forma das pessoas; ora achatam, ora repuxam, revelando uma realidade paralela, mas não uma mentira. Quem poderia dizer que a sanidade é uma verdade absoluta?

Um dos pesadelos que sempre voltava para assombrá-la era o de uma criatura lamacenta, coberta de algas e plantas que, durante a noite, saía do lago e caminhava em direção à casa com passos tão pesados que chegavam a provocar um pequeno terremoto por onde passava. Aquilo poderia até parecer algo infantil saído de um gibi qualquer, como aqueles que seu irmão gostava de ler na adolescência; tinha a noção da estupidez de temer um monstro aquático de olhos avermelhados que emerge das profundezas de um lago sujo à noite, mas é que havia momentos em que jurava que o chão embaixo de sua cama tremia de acordo com os passos do monstro. Era nessas horas, quando acordava com o coração acelerado e a testa encharcada, que Helen rezava para que tudo não passasse de imaginação.

Esther Berkenbrock também não agia de forma usual naqueles dias: parecia mais ansiosa, mais acelerada, com um tique nervoso de esfregar as mãos e levá-las ao nariz, como se nelas houvesse algum cheiro repugnante. Mais inexplicável foi quando a governanta pediu permissão a Otávio para transformar o quarto da falecida sra. Seymour numa sala de descanso. Seria bom para Helen ter outro lugar para passar o tempo além de seu quarto, seria saudável que ela tivesse um *hobby*, seria isso, seria aquilo, embora ninguém a tivesse consultado sobre isso ou aquilo. Helen observou com curiosidade os móveis da sogra serem carregados para o porão da casa e substituídos por uma mobília tão austera quanto antiquada; observou quando o marceneiro, um homem fino como um graveto e teimoso como uma árvore velha, passou dias montando (e xingando o maluco que inventara uma aberração daquelas) um enorme armário repleto de nichos e portinhas de vidro.

— Isso aqui é para você. Talvez para todos nós — disse Esther enquanto limpava o armário recém-instalado.

— Ainda não entendo o que está acontecendo — Helen se limitou a dizer. Encostada no vão da porta, ela preferia observar a governanta num de seus surtos desenfreados de limpeza. Era uma visão curiosa, aquele móvel repleto de buracos retangulares que se estendia de uma ponta à outra da parede; não parecia ser uma estante de livros, mas também não se parecia com nada do que já tivesse visto.

— Para que serve, Esther? Por que ninguém me diz nada? — Ela caminhou até encostar os dedos na madeira escura. — Sei que não ando bem, sei o que você e Otávio pensam de mim.

— E o que pensamos de você? — Esther não a encarou; esfregar as prateleiras parecia uma tarefa mais importante.

— Que sou uma louca depressiva.

— Ora, que bobagem. Você passou por um trauma e, dentro do possível, tem se saído muito bem. — Ela sorriu e largou o pano com apreensão, não era do seu feitio deixar qualquer tarefa inacabada. — Logo mais o sr. Otávio chegará com o que falta, e tenho certeza de que você vai adorar a surpresa. Sei que ele não é o homem mais adorável do mundo, mas está realmente querendo o melhor para você.

— Você também passou por um trauma, cair da escada e quase morrer pode ser algo bem traumático.

— Estou bem agora, pode apostar. Fui criada em sítio, estou acostumada com a dureza da vida. — Ela colocou as mãos na cintura e deu alguns passos para trás, parecia um artista satisfeito com sua obra. — Venha, Helen, vamos tomar um café.

Esther deu leves tapinhas em suas costas enquanto deixavam a sala para trás, numa demonstração um tanto vaga de carinho. Ainda assim, seu gesto não conseguiu dissipar a sensação de que aquele cômodo havia sido projetado e construído com intenções bem menos altruístas do que a governanta gostaria de evidenciar. Se o corpo é sábio, o seu agora era alvo de inúmeros bombardeios, arrepios e formigamentos repentinos, que indicavam uma natureza muito mais sombria e egoísta por detrás daquela mobília rústica e mórbida.

Otávio chegou algumas horas depois com aquela cara de babaca refinado, o bigode lustroso repuxado para os lados fazia sombra a um sorrisinho de Don Juan de quem se dá muito mais valor do que de fato tem. E, mesmo que ostentasse a empáfia usual, tentou ser carinhoso e solidário o tanto quanto a sua canalhice lhe permitia.

Bernardo vinha logo atrás, arrastando uma enorme caixa de papelão que levantava uma fina camada de poeira por onde passava. Esther suspirou ao ver o marido, mas sequer lhe deu um beijo ou ao menos o insípido tapinha nas costas. Com seus modos de diretora de colégio interno, apenas ordenou que ele subisse com a caixa para "aquela sala", o restante ela mesmo faria.

Helen assistia àquele teatro com curiosidade. Não fazia muito tempo que habitava Bellajur, mas às vezes sentia que seus ossos talvez fossem do mesmo material que toda aquela estrutura. Havia uma conexão com a casa, um elo intenso, um nó de sofrimento e dependência, como se abraçasse todas as manhãs as almas que flutuavam invisíveis pelos corredores. Ali, em meio à sua miséria existencial, todas as tábuas, janelas, portas e até a ínfima poeira de tinta descascada lhe pertenciam. E, então, tudo mudou. Não a sua fascinação pela casa, isso não mudaria jamais, mas o vazio, o nada, o abismo sem fim, este se dissipou algumas horas depois, tragado pela porcelana branca do rosto daquelas bonecas. Nunca sentira tanto entusiasmo, nem quando cavalgava ou, quando sentada na velha senzala, imaginava como seria o beijo daquele menino bonito. Eram tão lindas, tão perfeitas, quase como se tivessem sido concebidas por anjos. Helen não chegou a contar quantas havia, talvez cinquenta ou até uma centena, não se importava com números, com quantidade, apenas com aqueles rostos perfeitos que a fitavam, cada qual dentro do seu próprio casulo. Havia vida nelas, tinha certeza disso, talvez até as almas que flutuavam perdidas pela casa agora habitassem aqueles corpinhos de porcelana, fac-símiles perfeitos de meninas.

— O que você achou?

— Não sei o que dizer. São lindas, Esther. Lindas. São todas minhas?

— Claro que são. Mas também são de Bellajur e não devem ser tiradas daqui. Você entende?

— Não. Por quê?

— É algo tão difícil quanto desnecessário de explicar... Quero apenas que você confie em mim.

— Elas são mágicas?

Por um momento, algo brilhou nos olhos de Helen; foi rápido, tão rápido quanto o piscar de uma lâmpada, embora não tão rápido que a impedisse de ver a loucura cintilar por debaixo da íris esverdeada da amiga. Mas o que causava mais medo? A força maligna de Bellajur ou a demência de Helen? Achava que poderia lidar com a última, já a primeira não tinha tanta certeza, afinal havia sido atirada escada abaixo em plena luz do dia, não havia? E se a velha Vollmer estivesse certa, essas bonecas deveriam resolver a questão.

— São mágicas, sim, se você acreditar. Eu deveria ter pedido treze bonecas, mas por alguma razão cinquenta pareceu fazer mais sentido. Seria como um exército de bonecas.

— Eu poderia escolher treze preferidas e colocá-las no centro. Quem sabe poderia dar nome a elas, como Augusta. Ela será a principal, minha preferida, minha filhinha Augusta.

— Claro — estremeceu —, desde que você não retire nenhuma daqui.

— Não vou. — Helen soltou uma gargalhada frouxa.

— Você deve me prometer! Prometa que não vai tirar nenhuma dessas bonecas daqui! — A última palavra saiu da boca com todo o ar dos pulmões, fazendo Helen recuar. Ela balançou a cabeça indicando que prometia, embora não fizesse ideia do que a governanta queria dizer. O que importava eram as bonecas, tudo em volta havia misteriosamente silenciado. Esther que ficasse com os segredos, ela queria apenas as bonecas.

O tempo provou que Helen sabia cumprir uma promessa, e nunca uma boneca saiu daquele quarto. Até Augusta, que antes dormia em sua cama, passou a ocupar o lugar de maior destaque no armário das bonecas. Todos os dias, trancava-se com elas em seu mundo particular, um lugar ao qual Esther não desejava visitar. A casa então mergulhou numa paz sombria, enquanto Helen experimentava uma crescente inquietação. Essa agitação, que às vezes vinha acompanhada de gritos e devaneios, começou a fazer parte da rotina de Bellajur. Se a casa agora era uma entidade inofensiva, o mesmo não acontecia a Helen, que passava o tempo todo trancada naquela sala.

Num desses dias, um dia comum, sem graça, que começa sem nenhuma pretensão, Esther pôs-se a escutar atrás da porta. Não sabia dizer o que a levara a isso, tinha horror a mexericos e não fazia questão de saber o que seus patrões faziam a portas fechadas. Mas ali, naquele momento, não pudera dizer *não* à sua curiosidade; era uma intrusa e sentia-se como uma.

Helen conversava com as bonecas. Era isso. Sim, claro, o que haveria para ela fazer naquele quarto todos os dias senão conversar com aqueles brinquedos? Pobre mulher! Confinada nesse castelo, vendo a loucura escalar a parede em sua direção. Sentiu-se culpada, ferida na alma como se fosse a responsável por aquele espetáculo de devaneio. E qual teria sido a saída, então? Aquela casa estava condenada muito antes de as bonecas entrarem pela porta; não eram elas as salvadoras dos vivos que ainda habitavam o lugar? Exceto Helen... Mas ela já estava louca muito antes. Assim como a casa, perdeu a lucidez quando foi trazida à força para dentro deste mausoléu maldito.

Um ruído a tirou rapidamente de seus pensamentos; ela escancarou a porta de modo automático e por um instante não se reconheceu, nem ao menos a voz que saía de sua boca e gritava *Quem está aí?* lhe soava familiar. Tudo ao redor parecia igual, ainda que sutilmente diferente. Havia um perfume de lírio no ar, um aroma pungente que feria o coração, como o cheiro dos pinheiros no cemitério onde seus avós haviam sido enterrados. Helen encontrava-se sentada no sofá com Augusta nas mãos, seus olhos fixos em algum ponto da janela pareciam ter perdido a vida.

O *Quem está aí?* ainda quicava pelos cantos do quarto, fazendo Esther se sentir tola, não só tola como maluca. Afinal não havia ninguém ali além das duas mulheres; ela sabia disso, sabia que era impossível haver outra pessoa ali, mas não pôde deixar de duvidar de si mesma quando ouviu Helen sussurrar:

— Então você também ouviu Augusta?

— 25 —

Eu acordo no escuro, cercada por sombras, com apenas um feixe fino e desanimado de luz vindo do jardim a iluminar o meu quarto. Pego o celular, são oito e meia, mas tenho a impressão de que é mais tarde, porque a noite está mais escura do que o normal, como se a própria noite tivesse sido engolida pelas sombras. Olho pela janela, para a luz que vem do jardim, mas é apenas uma daquelas luzes externas que são programadas para ligar automaticamente. Meu coração ainda queima, a foto está jogada em cima da cama, um lembrete de que sei algo que nem ao menos sei o que significa; quem sabe uma coincidência ou um tipo de brincadeira da vida, embora eu não acredite nesse tipo de coincidência nem ao menos tenha senso de humor. A inexatidão da minha existência passa diante dos meus olhos, a impressão de que ela não cabe em lugar algum, que talvez tenha sido um erro divino que ninguém sabe como consertar. Estou sozinha há muito tempo, desde antes da morte dos meus pais, sozinha no mais puro sentido da palavra, não há companhia que me faça pertencer ou par que se encaixe, só uma eterna solidão dolorida e familiar.

Há um carro parado lá embaixo, demoro a reconhecer que é do sr. Heimer. Ótimo! É com ele que preciso falar, sei que ele vai saber o que fazer, tenho que ser prática. Mas é estranho que a sra. Berkenbrock ainda não tenha vindo me chamar.

Então vou ao banheiro, lavo o rosto, visto um sorriso forçado e desço. Toda a casa está escura, tento o interruptor, mas nada acontece. É como se não tivesse energia, mas por que diabos a luz do jardim está acesa? Pego o celular e ilumino o caminho.

— Sr. Heimer! Sra. Berkenbrock! — grito. Ninguém responde.

Desço a escada, entro nos cômodos, a escuridão engana, mas não parece haver ninguém aqui. Entro por fim na cozinha, está vazia. Sento-me à mesa, pensando o que fazer. O silêncio cresce à minha volta, preciso chamar alguém. Algo está errado. Então me lembro do porão, o subsolo da casa que foi transformado em quarto para os empregados. A sra. Berkenbrock me deixara descer somente uma vez para eu ter o conhecimento de que ele existia. Da maneira como guardava o lugar feito um cão, tive a impressão de que ela escondia um cadáver no armário.

A porta que leva ao subsolo fica na própria cozinha. Ela não está trancada, mas tenho que abri-la com força. Lanço a luz do celular pelo meu entorno antes de descer, as sombras dançam ao meu redor e me assustam. Ao final da escada há um corredor estreito e comprido, há várias portas que me lembram um asilo. É austero e frio, um lembrete dos Seymour para os empregados de que eles não podiam usufruir de luxo ou aconchego. Cada um com a fatia do bolo que lhe cabe, e neste caso uma bem mirrada e velha para eles. Uma das portas está escancarada, ouço um barulho, o som de passos acima de mim. Meu coração acelera, chega a doer. É algo nesta casa, uma malignidade que nem sempre se deixa ver, mas está aqui.

Caminho até o quarto, paro na porta e ilumino. Ângela está deitada.

— Ângela, Ângela. Acorde! Onde está a sra. Berkenbrock?

Ela não me responde. Avanço pelo quarto escuro, sento-me na cama, ela range. Toco em seu corpo frio, primeiro de modo delicado, mas então sou tomada por uma sensação de desespero e começo a sacudi-la freneticamente, embora, por mais que eu tente, ela não se mexa, nem ao menos suspire; seu corpo está mole como se a carne tivesse sido substituída por pano. Outra boneca... Ilumino o seu rosto, seus olhos estão abertos, sua boca está murcha; há uma marca roxa em seu pescoço. Grito. Preciso ligar para alguém. John. Minha mão treme, não consigo, não quero. O medo me paralisa, sinto o ímpeto de ficar parada, fincada com os pés no chão. Ela está morta, meu Deus, morta. Preciso sair daqui; preciso sair desta casa, tenho que me mexer.

Volto para a escada, subo devagar. Quando chego na cozinha, desligo a luz do celular e me escoro na parede, as lágrimas rolam pelo meu rosto. Vou tateando as paredes em silêncio, se conseguir chegar até a saída, corro pela estrada. Mas então algo acontece; algo que me desconcerta, me tira da realidade e me joga num sonho. Por um momento, não sei mais o que é real. As vozes, as vozes das crianças sussurram, me chamam, me oferecem abrigo e redenção. Elas estão na minha cabeça e em toda parte, consomem o oxigênio feito fogo; dizem que se eu ficar com elas estarei a salvo.

Sigo para a ala sul, a porta está aberta. O medo simplesmente me abandona e me pego iluminando o caminho com a lanterna mais uma vez. Subo a escada como se tivesse subido ali milhares de vezes, a minha vida toda. Ando pelo corredor com confiança, elas continuam a me chamar. Estou feliz. No entanto, assim que entro no quarto, as vozes cessam. Eu paro em frente ao enorme pano branco, puxo-o para baixo. Estão todas lá, posso ver, pois ilumino cada uma sem pressa. Como são bonitas, são anjos protetores! Sim, é o que as Bellajur são.

A luz se acende, não me assusto, estou anestesiada. O clarão ilumina o quarto revelando formas e contornos. Eu me viro. Ele está ali parado no vão na porta, seus dedos ainda estão no interruptor. Ele sorri.

— 26 —

1985

Pedaços de animais haviam se tornado a sua predileção. Os outros passatempos, vícios banais que todo filhinho de papai sem escrúpulos e incrédulo se orgulha em ter, agora haviam sido reduzidos a meros negócios obsoletos. E, afinal, ele nunca fora igual aos outros mauricinhos, aos babacas de *smoking* com quem tinha que se sentar ocasionalmente. Ele era diferente, sabia disso desde criança e, por isso, tinha certeza de que não estava sujeito às mesmas leis que os demais. Era algo muito além dos privilégios de sua classe social, era algo próximo a uma certeza de que o mundo deveria se curvar aos seus caprichos. Para ele, a vida sempre fora um tipo de ocupação sem graça, coisa de burguês, de assalariado que, assim como os ratos, nunca se cansa de correr dentro de uma roda. Ah, mas ele não! Ele tinha berço, riqueza, poder, tinha em si esse DNA especial que o fazia capaz de qualquer coisa, embora as coisas mundanas o acabassem entediando em algum momento.

Experimentara todos os vícios possíveis, do álcool ao ópio, com passagens por maconha, LSD, cocaína e toda sorte de drogas possíveis provenientes dos quatro cantos do planeta. Sexo também esteve no topo de sua lista de prioridades, e ali não havia restrições, não mesmo! Valia tudo, com mulheres jovens, ninfetas, velhas, prostitutas, casadas, solteiras, e até com homens chegara a se relacionar, embora não se considerasse uma bicha, para isso era necessário preencher alguns requisitos que ele me mesmo definira.

Foi quando Harald, filho de um empresário do fumo e o último homem com quem trocara carícias, o convidou para uma viagem. No começo, seu impulso foi refutar, não queria que Harald achasse que os dois eram amantes, afinal uma coisa era dar uns amassos, outra era manter um relacionamento; um relacionamento o faria de fato uma bicha, e esse limite ele ainda não estava disposto a transpor. Mas Harald não era o tipo de homem que aceitava ser rejeitado com facilidade e, no final, tratou de fazer uso de alguns golpes baixos, tão baixos que chegaram a chutar a canela do ego inflado de Otávio:

— Você não se considera exótico, querido? Não quer ter histórias únicas para contar ou para relembrar caso não possa vir a contá-las? — E, quanto mais ele se mantinha firme em sua negativa, mais Harald baixava o nível. — Ah, não vai me dizer que está ficando bunda-mole igual ao seu velho? Aposto que aquela sua mulherzinha sem sal está fazendo a sua cabeça! Toda pudica, toda insossa, mas sabe te manipular como toda mulher, não é? Você vai acabar preso àquele mausoléu horroroso igual a seus pais.

Então Harald o havia vencido e ele agora se sentia um completo idiota, pois sabia que se deixara manipular. Mas o medo de se parecer com o pai ou de deixar que Helen influenciasse uma vírgula sequer de sua vida provocara nele uma espécie de rebeldia incontrolável, um sentimento inverso à paralisia que o medo costuma provocar, ainda que fosse o medo o responsável por sua conduta. Estava entre a cruz e a espada e, por temer demais a cruz, preferiu a boa e velha espada. Assim, se convencera de que uma aventura com Harald poderia vir a ser algo excitante, até porque não seria a vigésima vez que iria a Nova York ou a trigésima vez que embarcaria para Paris, não mesmo; o destino seria tão insólito quanto a pessoa que havia planejado a viagem — Harald podia ser pedante às vezes, mas tinha que admitir que ir para a África tinha um certo charme colonial.

Duas semanas depois, eles embarcaram para a África do Sul, depois de uma viagem exaustiva até Joanesburgo, ainda que estivessem sujeitos a uma exaustão confortável de primeira classe. Harald havia preparado cada detalhe, do hotel luxuoso às festas com os ricaços locais, os brancos descendentes dos brancos que vieram saquear os diamantes e o ouro do lugar — não muito diferente do lugar de onde tinham vindo, é verdade, pensando assim poderiam até compartilhar uma espécie de camaradagem comum aos descendentes de colonizadores: a de poder traçar a sua linhagem até um grupo de ladrões de terra.

Otávio achava graça na pose dos esnobes cujo dinheiro comprara o *pedigree*. Para ele, não importava por quantas gerações eles haviam passado até se naturalizar, no final do dia seriam sempre vira-latas se fingindo de nobres. Não que isso importasse realmente (ele mesmo não tinha *pedigree*), de onde vinha, essas coisas não tinham lá muito peso, o que importava mesmo era o dinheiro na conta: quanto maior a quantia, maior a deferência com que as pessoas se dirigiam ao sujeito. Se bem que o falecido pai gostava de se imaginar como um lorde inglês com seus tiques afetados e seu ar de importância; era patético, na verdade, mas o velho era assim mesmo: um sujeitinho patético. Tem coisas que nem todo o dinheiro do mundo pode apagar, e ser patético é uma delas.

No final, viajar com Harald provara-se um tormento em todos os sentidos, e por pouco Otávio não voltara para casa mais cedo; os excessos, tanto de substâncias ilícitas quanto de tédio, lhe corroíam o corpo e a alma, e chegou até a desejar voltar para a paz recatada de Bellajur.

Não sabia ao certo o que esperava quando aceitou a ideia estapafúrdia de ir para a África do Sul; na verdade, sabia, sim: esperava por aventuras, algum tipo de excitação diferenciada, e não uma sequência de festas cafonas, passeios de gosto duvidoso e um calor úmido que o fazia transpirar mais que as cataratas do Iguaçu. Mas assim era Harald, o filho da puta que sempre o convencia de um jeito ou de outro. Naquele dia, jurou que iria embora, já estava arrumando as malas quando Harald apareceu com um sujeito a tiracolo, um negro esquálido cujos olhos saltavam das órbitas, quase uma versão negra de Charles Manson e, embora não tivesse demonstrado, não deixou de achar isso tremendamente irônico. Ele tinha um ar de elegância, vestia um terno claro e sapatos muito pretos, e ao se apresentar retirou o chapéu-panamá e fez uma mesura. John Nkosi era o seu nome, e ele jurou que poderia apresentá-los a um tipo de passatempo muito apreciado pelos brancos endinheirados e igualmente entediados. Por uma boa quantia, poderia ser não só o guia, como também o professor.

Então Otávio, Harald e John Nkosi partiram para a selva; houve uma preparação, claro, algumas medidas, mas a verdadeira aventura consistia em não haver garantias nem muitas medidas. Caçar na selva foi a sua primeira — e única — paixão. Começou de maneira tímida como toda paixão, e, como todo apaixonado que ainda não possui familiaridade com o corpo de sua amante, Otávio se viu inseguro (ele não admitira) e temeroso em relação às armas; ainda que já houvesse atirado ocasionalmente no passado, não era nada comparado com caçar em plena selva africana; aquilo era algo totalmente novo, perigoso, incerto. Poderiam ser devorados por leões, leopardos, pisoteados por elefantes, mas a adrenalina de perseguir e ser perseguido o viciara, e quando não estava caçando ansiava por uma nova viagem, por mais dias na selva, pela umidade (sim, a umidade!), pelo marrom-esverdeado, pelo sol africano, o sol que parecia beijar o deserto antes de se esparramar sobre eles, e por vezes até se pegava sentindo falta do zunido dos mosquitos e das risadas das hienas.

Matar dera um novo significado para a sua vida, o tirara daquele estado de torpor tão comum ao vazio existencial. Algumas vezes fantasiou em acabar com a vida de algumas pessoas (seu pai era uma delas), e ainda na adolescência chegara a arquitetar o crime perfeito; na sua imaginação funcionava bem, mas era inteligente demais para saber que crimes perfeitos funcionavam apenas em livros, na vida real não estava disposto a correr o risco de ser pego. Agora achara uma maneira de despejar toda a sua angústia, seu descontentamento, a raiva há muito represada dentro de si e ainda ser ovacionado por seus feitos. Eram apenas animais estúpidos, criaturas bestiais que não fariam falta no mundo. Era perfeito.

Seu primeiro troféu foi uma girafa negra, um animal sublime, enorme, raro. Não era um animal feroz como o leão, nem ágil como o leopardo, mas achou que era um bom começo. Custou-lhe uma fortuna mandar preparar a cabeça para levar consigo, mas valeu cada centavo! Já tinha até ideia de onde a exibiria como troféu: seria na sua sala de caça! Havia espaço de sobra em Bellajur para isso e, afinal, Helen não possuía a sua? Uma sala repleta de cabeças de animais caçados exclusivamente por ele, seria algo muito mais interessante e digno de nota do que uma salinha fresca cheia de bonecas de porcelana. Ah, aquele era realmente o estilo de vida que queria para si! Agora sim seria único e não haveria limite para a sua audácia.

Dois anos depois, Otávio já conseguira transformar o seu refúgio em Bellajur numa espécie de zoológico macabro, onde cabeças de animais salpicavam a parede feito estrelas marrons num céu esbranquiçado. Helen e Esther Berkenbrock odiavam, claro, mas permaneciam em silêncio. Lutar contra uma obsessão de Otávio era como lutar contra uma barata — podia-se matar meia dúzia delas, mas centenas de novas e mais estapafúrdias ideias retornavam com força total. E ele, assim como uma avalanche descontrolada, continuou a caçar na África e em outros países também, e só não matou mais porque a morte teve a decência de interrompê-lo — a morte pode ser a mais implacável das caçadoras, e ele certamente sentiu seus dentes pontiagudos cravados na jugular. Mas naquele momento estava feliz do seu jeito, embora já não conversasse com Helen ou mostrasse qualquer interesse em sua mulher. Para Otávio, ela não passava de uma mulher louca cujo passatempo consistia em conversar com bonecas. "Doida, doida, doida!", ele gritava quando passava em frente ao quarto das bonecas e a ouvia murmurar, embora no restante do tempo os dois compartilhassem uma paz indiferente, um sentimento tão nulo quanto o número zero, que só era quebrada quando Helen lhe dizia que havia conversado com sua mãe. Nessas horas, quando ela tinha a audácia de invocar os mortos (os seus mortos, os mortos que ressuscitavam com todos os seus traumas), ele sentia ódio, um ódio tão mortal que jurava que um dia cortaria a sua cabeça e a penduraria na sala junto com os seus troféus. Mas esses momentos ainda eram exceção; no restante do tempo ele achava que ela era inofensiva. Até aquele dia.

Não lhe pareceu má ideia convidar alguns investidores da capital para jantar em Bellajur, afinal se o lugar valia para alguma coisa era para momentos como aquele, em que era imprescindível uma boa lábia e um certo toque conservador. A Macieira Inc. há muito precisava de dinheiro, a economia era uma montanha-russa difícil de enfrentar, e ultimamente sentia como se estivesse num *looping* eterno, se bem que desconfiasse que suas andanças pelo mundo não o tinham ajudado em nada; gastara além da conta e deixara a empresa nas mãos de sanguessugas. Mas ele estava confiante de que daria a volta por cima e ainda aproveitaria a oportunidade para exibir seus animais e a si próprio como a personificação do macho-alfa.

Aconteceu muito rápido, tão rápido que não pôde ser evitado, nem sequer havia desconfiado do desfecho que a noite poderia ter. Helen andava agitada, é verdade, um pouco ríspida até, vivia trancada naquela sala com as bonecas, embora vez ou outra ainda fosse até a igreja se confessar. Ele desconfiava que ela sentia uma paixonite pelo padreco, mas para ele não fazia diferença àquela altura. Ela que se lascasse junto com o reverendíssimo.

O jantar havia sido um sucesso, Esther mesmo enferrujada se mostrara uma governanta de primeira, não havia dúvidas sobre a capacidade daquela mulher. Depois da sobremesa, todos se dirigiram para a sala de caça, o momento no qual Otávio esperara por toda a noite, seu coração acelerava com a perspectiva de uma plateia e não poupou elogios. No final, quase esquecendo o motivo do jantar, apresentou os novos projetos de brinquedos da Macieira Inc. Corria tudo bem, pelo menos até o momento em que Helen despontou porta adentro, vestida apenas numa camisola branca. Por um instante, pensou que estivesse vendo um fantasma, que enfim um dos fantasmas de Bellajur havia se mostrado, uma pena que tivesse escolhido aquele dia. Mas não era uma alma penada, e bem gostaria que tivesse sido, afinal não se poderia exigir dele domínio sobre o mundo dos mortos. Já sobre a sua mulher, era de esperar que tivesse o mínimo de controle.

Otávio ficou ali parado, mudo e idiota, enquanto sentia o sangue evaporar de suas veias. Helen gritava, gritava tanto que era quase impossível entendê-la, se é que isso é possível. Algo na voz não soava como sua, e aquilo lhe causou um pânico que nunca havia experimentado, nem quando achou que seria morto por um leopardo no delta do Okavango. A menina que Esther havia contratado como cozinheira espiava pela porta com cara de enxerida. Otávio não tinha dúvida de que amanhã todos saberiam que Helen estava louca e que ele era um tremendo imbecil. Ele não só quis matar a menina como quis estrangular Helen ali mesmo e pendurá-la na parede, mas precisou bancar o marido atencioso e preocupado, sua dignidade era tudo o que lhe restara. Esther entrou na sala afobada, pegou Helen pelo braço e desapareceu tão rapidamente que por um minuto ele achou que tivesse sonhado tudo.

Os investidores sumiram tão logo Helen foi retirada da sala, e tudo o que ele conseguiu dizer, ainda que temesse gaguejar, foi um pedido de desculpas apalermado. Ele permaneceu na sala sozinho, sentindo-se abandonado e incapaz, desejando uma garrafa de gim, talvez um pouco de pó, qualquer coisa para aplacar a náusea, o nojo daquela vida. Quando Esther desceu, Otávio não deixou que ela dissesse nada, apenas pediu para que chamasse Bernardo. Ela o fez, sem questionar.

Os dois saíram por volta das onze horas, a noite estava fria e chuvosa, uma neblina tímida se formava junto ao asfalto. Bernardo não queria ir, estava dormindo no momento em que tudo acontecera, ainda se sentia zonzo, mas Otávio era o chefe e não se diz *não* para o chefe, e o que o chefe queria era ir para a capital, para a casa de Harald. Se Esther soubesse que o patrão andava de caso com outro homem, tinha certeza de que ela faria as malas e sairia daquela casa. Mas ele não contaria, isso ele não lhe diria nunca; um bom motorista é como um padre ou um psicólogo, não revela os segredos do patrão para ninguém, nem mesmo à própria mulher.

Esse pensamento foi o último da vida de Bernardo. Depois da curva, a morte vestida de cervo os esperava.

— 27 —

Perto do fim

O barulho da trovoada a fez levantar do chão com apenas um pulo. Apesar da idade, ainda era uma mulher forte e jovial, cujas formas lembravam as de uma bailarina de pernas esguias e corpo harmonioso. No entanto, um corpo bem cuidado não pode ser considerado um simulacro da alma, e por vezes uma embalagem bonita pode esconder um conteúdo apodrecido. No seu caso, a máscara de senhora bem conservada ocultava uma face que exibia uma eterna careta de tristeza.

Não que isso lhe importasse àquela altura, a vida podia ter sido uma sucessão de fracassos, embora o fracasso seja muitas vezes uma questão de opinião. De algum modo, somos capazes de nos acostumar a tudo, e ela havia se acostumado àquela rotina com o passar dos anos. Havia Esther, as bonecas, a igreja e seu querido amigo, o padre Gadotti; e havia o seu lago, o lugar para o qual podia sempre correr à procura de abrigo.

A verdade também a ajudara a lidar com os dias que se arrastavam, e isso lhe bastava. A realidade de nunca ter sido doente como as pessoas acreditavam, muito menos esquizofrênica como o dr. Pawlak a qualificava; a realidade de que era apenas uma mulher dotada de uma incrível sensibilidade, uma característica que quase nunca a havia ajudado, mas que a fazia enxergar o mundo sem os filtros que embaçavam a visão da maioria. Esta era a verdade, e ela apaziguava o espírito.

A verdade também podia ser um fardo algumas vezes, como quando aquela menina se jogou no lago, no mesmo lago cujas águas escuras ela encarava naquele momento com um misto de resignação e afeto — afinal, durante todos esses anos ele fora a sua companhia silenciosa enquanto ela se sentava às suas margens para ler.

Ela se virou para encarar as nuvens cinza que encobriam o céu e se lembrou da angústia de ouvir os choros da menina através de Augusta. Fazia muito tempo? Ela nem se lembrava mais. O tempo nada mais é do que uma mosca presa nas teias deste lugar, ele sequer tem importância de fato, pois ele passa, de mansinho ou atropelando, ele passa. O tempo é um adversário impossível de vencer.

— Foram dias de angústia, não foram? — ela perguntou para o lago e pacientemente esperou pela resposta. As águas se remexeram em pequenas ondas, e ela sorriu. — Sim, foram dias de angústia, mas no fim você cuspiu a menina de volta. Teria sido mais rápido se tivessem me dado ouvidos, mas ninguém nunca me dá ouvidos. Assim é a vida.

Então a água se agitou formando uma imagem semelhante a um rosto, e ela se lembrou de Otávio, do seu finado marido que também nunca lhe dera ouvidos. Será que um narcisista tolo como ele daria ouvidos a alguém? Não sabia a resposta, mas a simples lembrança de Otávio causava-lhe uma sensação de angústia, como se no fundo soubesse que era a verdadeira responsável por sua morte repentina. Havia desencadeado os fatos que culminaram em seu acidente? Ou ele e somente ele deveria ser culpado pelo seu fim? Ela poderia dizer que isso não importava mais, ainda que a culpa por tudo aquilo e pela solidão de Esther sempre achasse um jeito de se agitar como a água, nunca deixando-a esquecer. Talvez essa fosse a razão de não ter destruído aquele quarto horroroso que ele tanto prezava, de alguma forma parecia que sua alma havia ficado presa ali e ela não desejava matá-lo uma segunda vez. Para algumas coisas na vida é melhor simplesmente fechar a porta.

Helen se espreguiçou e esperou que a chuva começasse a cair. Fazia tempo que esperava a chuva cair, e senti-la no rosto era o que mais desejava agora, mesmo com toda a dor. A dor física não era nada comparada à dor da alma, então a dor, essa dor pungente e angustiante que dilacerava o seu estômago, podia ir para o inferno. Ela não sentia mais medo. Desde que ele chegara na cidade com a sua juventude, sua beleza peculiar e seu cheiro doce, ela já sabia que o final estava próximo, e o aceitava de bom grado. Se ele queria a sua alma, ela queria o seu corpo; era uma troca justa.

Claro que o fato de ter começado a namorar um homem quarenta anos mais jovem a colocara novamente no centro das atenções de Lago Negro. Todos a criticavam, embora desconfiasse que algumas mulheres, especialmente as senhoras respeitosas da igreja, a invejassem. Quem não gostaria de ter em sua cama um homem como aquele?

Ela achava que devia isso a si mesma depois de anos de solidão, e para falar a verdade nunca havia se relacionado com um homem por escolha própria; Otávio havia sido escolhido pelo pai, agora ela pelo menos poderia se dar ao luxo de escolher, ainda que no fundo soubesse que ele a escolhera por motivos nada nobres.

Ele a havia abordado na saída da igreja, fingindo um interesse polido que pouco combinava com o seu jeito. Ela achou engraçado quando ele lhe contou várias mentiras galanteadoras para fisgá-la acreditando que ela, uma senhorinha do interior, cairia em todas. Mas não deixou de notar que ele fizera uma excelente pesquisa a seu respeito, sobre as bonecas e o passado da casa; a sua determinação em dar o golpe até deveria ser recompensada, embora não fosse ela a pessoa que daria um prêmio a ele por toda a dedicação.

Maximilian era inteligente, não podia negar, e parecia saber de tudo o que se passava, só não sabia que ela sabia das suas intenções muito antes de ele cruzar o seu caminho; ele não sabia também que as bonecas a haviam alertado para que ficasse longe dele. Mas as bonecas, aquele amontoado de porcelana e brocado que Esther havia juntado num quarto para aplacar a ira de Bellajur, não sabiam de tudo. Para começar, fossem o que fossem, não sabiam ou haviam se esquecido o que é ser uma pessoa de carne e osso; o que é ansiar pelo toque, pelo calor humano. Espíritos, monstros, extraterrestres, qualquer coisa que fossem, desconheciam o que ela sentia, do que ela precisava. E ela precisava de Maximilian, ainda que precisar dele fosse custar a sua vida.

Aquele pensamento veio acompanhado de mais um lampejo de dor; ela tombou o corpo para a frente e gritou ao mesmo tempo que um bem-te-vi cantarolou no galho de uma árvore. A mistura do grito com o canto do pássaro provocou um eco que reverberou pelo lago e quicou contra os troncos dos eucaliptos, e ela se pegou pensando com que substância ele a estava envenenando. Sim, ela sabia que ele estava determinado a acabar com a sua vida de maneira lenta e dolorosa e, por Deus, ela o deixaria. Ela determinaria o final da sua vida e seria aquele, só queria descobrir como ele estava fazendo.

Embora se tratasse de mera curiosidade, sua mente analítica não desistia de querer descobrir o método. Talvez fosse arsênico no chá ou na sopa, ainda que arsênico soasse um tanto esnobe até para Maximilian; em todo caso tinha que ser um veneno que agisse de maneira lenta. "Que se dane!", ela pensou, recobrando a pose, quando a dor ofereceu uma trégua. Ele não teria aquilo que viera buscar. Não mesmo.

A primeira medida que tomara quando começou a se envolver com aquele homem foi pedir ao seu advogado, o dr. Herringer, para procurar pelos resquícios de sua família, os cacos que, como migalhas de pão, haviam ficado pelo caminho. Fazia décadas que não ouvia mais quaisquer notícias deles, e no fundo nem queria ouvir. O passado era doloroso demais para ser invocado, e ela achava de fato que seu corpo e sua alma pertenciam somente a Bellajur. Até ele aparecer. Sua presença havia mudado tudo. E, antes que ele tivesse a chance de acabar com sua vida, ela faria as pazes com o passado ou ao menos com o que restara dele.

Então pedira ao advogado que encontrasse os seus familiares, era importante saber se existia alguém para quem deixar o seu dinheiro. Para Esther, sua única amiga há tantos anos, ela deixaria uma mesada vitalícia e a alforria, embora temesse que ela nunca deixasse Bellajur. Alguns hábitos são impossíveis de largar, por mais destrutivos que possam ser, e algo em seu íntimo lhe dizia que Esther Berkenbrock morreria naquela casa.

Há menos de uma semana soubera do paradeiro dos descendentes de seus irmãos: dois sobrinhos que moravam fora do país e uma sobrinha-neta que vivia não muito longe dali. Ela sentiu o coração parar quando ouvira a história da pobre menina; a doença, a morte dos pais e a vida medíocre que levava na capital. De alguma maneira achava que devia repará-la, remendá-la como uma boneca maltrapilha; o pensamento, ainda que parecesse um tanto cruel, provocou uma descarga de adrenalina pelo corpo. Seria bom consertar a vida de alguém, não seria? Seu irmão Carl com certeza concordaria com ela. Esperava que com isso a morte lhe trouxesse uma paz libertadora. Seriam novos tempos para Bellajur! E ainda por cima mostraria a Maximilian quem havia se aproveitado de quem.

Helen deixou uma risada alta escapar pela boca frouxa, e mais uma vez o bem-te-vi a acompanhou. Não tinha mais muito tempo, então se despediu das árvores e do lago e voltou para casa quando a chuva despencou do céu.

— 28 —

Assim que o vejo, me lembro de uma história infantil. É uma história boba na verdade, e por um instante não entendo por que me lembrei dela. Mas acho que os momentos definitivos têm uma habilidade de puxar da memória antigas sabedorias que, se lembradas no tempo correto, poderiam salvar vidas.

Eu tive uma fase durante a infância em que era fascinada por contos de fadas, tanto que minha mãe se viu obrigada a comprar um daqueles livros enormes e pesados de capa dura que parecem conter em si todos os segredos da humanidade. Aquele se chamava *Todos os contos do mundo*, mas, apesar do título pretensioso, eu duvido que ele trouxesse em suas páginas todos os contos do mundo, o que importava é que servia para me deixar distraída nos minutos antes da hora de dormir. Havia um conto em particular chamado "Os sapatinhos vermelhos", que eu sempre pedia para ela repetir antes mesmo que pudesse dizer "fim".

Era a história de uma camponesa, uma menina boba e mimada, cuja vida sem graça a fazia sonhar em ganhar sapatinhos vermelhos de princesa. Quando ela enfim ganha o seu objeto de desejo, fica tola de soberba e passa a usá-los todos os dias, exibindo-os como se fosse de fato uma princesa. Só que os sapatinhos tão lindos e inofensivos começam a se movimentar por conta própria, fazendo a menina perder a habilidade de controlar os próprios passos. No final, a camponesa não consegue mais tirá-los e, aterrorizada, percebe que eles jamais cessarão de se mexer a não ser que ela ampute os próprios pés.

A história dos sapatos vermelhos cai como um raio durante uma tempestade e desaparece da minha cabeça tão rápido quanto. Ele se aproxima, a vela acesa em uma das mãos treme como se fosse apagar. Eu continuo a me agarrar numa falsa sensação de alívio, embora saiba que algo está errado.

— Que bom que você está aqui — digo com a voz trêmula. Fecho os olhos e tento me controlar, não há nada para temer a não ser o corpo sem vida de Ângela. — Precisamos ajudá-la — é tudo o que eu consigo dizer.

Ele coloca a vela em cima da mesa, depois volta-se em direção às bonecas e desliza a mão pelas portinholas de vidro.

—Ah, as bonecas! Eu ainda não entendo por que ela era tão fascinada por elas. Sabe, Caroline, quando conheci Helen, achei que ela era apenas uma velha estúpida trancafiada num castelo, uma senhora carente que precisava de atenção. Eu me enganei, sim, me enganei. Acho que muitas pessoas antes de mim se enganaram sobre ela. Parecia tudo tão fácil, o trabalho mais fácil que eu já tivera que fazer. — Ele suspira, perdido em algum lugar de seus pensamentos. — Ela era bonita para uma mulher velha. Muito bonita.

— Não estou entendendo. Precisamos ajudar Ângela. Por favor, temos que chamar alguém! — grito. As lágrimas escorrem pelo meu rosto, quentes e salgadas, sinto o ímpeto de vomitar.

Ele se vira para mim e sorri. Está calmo como se nada mais o abalasse, como se tivesse chegado ao final de tudo e dali não pudesse mais retornar. Tenho a impressão de que dirá *xeque-mate*, mas ele apenas me fita em silêncio.

— Você se parece um pouco com ela, embora ela fosse uma mulher sagaz. Você, ao contrário, é tola e cega, tão cega que não pude acreditar.

— Por que você está dizendo tudo isso?

Ele não me responde e continua a falar como se não tivesse sido interrompido.

— Quando comecei essa história, estava ciente do alto risco que corria. Eu poderia ser desmascarado a qualquer momento, mas era a minha chance. Enfim eu poderia ser o personagem principal de todo esse teatro. Mas não subestimei você, na verdade eu subestimei Helen. Achava que a tinha em minhas mãos, que ela me amava e faria qualquer coisa por mim. Eu fiz tudo por ela, e tenho a impressão de que cheguei a amá-la de verdade, mesmo sabendo que teria que sacrificá-la no final.

Ele então se senta no sofá de veludo verde, acende o cigarro com a chama da vela.

— Você nem sequer desconfia quem eu seja?

— Ora, você é Cristian Heimer, meu advogado — digo, tentando parecer calma, mas a voz sai trêmula mais uma vez.

O advogado gargalha, a risada franca e alta me faz lembrar de alguém, embora ache a ideia muito absurda para sequer mencioná-la.

— Você não desconfiou nem um pouco? — Ele dá uma longa tragada, mas acaba por apagar o cigarro. — Hábitos antigos podem nos matar — ele resmunga.

— Não... — A negativa sai murcha como se estivesse prestes a morrer.

Ele gargalha mais uma vez e então se levanta. Tenho a impressão de que ele começará uma performance de *striptease*, pois apalpa a roupa, remexendo por baixo da camisa. De repente, ele arranca a barriga falsa, deixando-a cair no chão.

— A sua cegueira, Caroline, é algo aterrador. Mas não posso dizer que não te agradeço por fazer a minha vida mais fácil. Será bom voltar a ser quem eu era e principalmente não precisar mais falar com essa voz de advogado panaca.

De repente vejo tudo balançar para cima e para baixo como se eu estivesse num barco em alto-mar. Eu caio no chão, minhas pernas perdem a força para me sustentar. Meu celular salta das minhas mãos, escorregando para baixo do sofá onde ele agora sentava. Ele se apressa, agarra o aparelho e encara a tela.

— Ah, veja, parece que o namoradinho está preocupado com a falta de notícias. — Ele solta uma gargalhada alta. — Aliás, você não perdeu tempo, hein? E eu achava que você não passava de uma sonsa.

— Por favor, eu não estou entendendo...

— Prometo que você já vai entender. Pode ficar caída aí no chão, vai te poupar trabalho, já que não vai demorar muito para o seu coração começar a falhar. Só espero que você consiga ouvir toda a história, pois ela é boa, muito boa. Daria um filme, ou quem sabe eu a reescreva para o teatro. Tenho certeza de que será um sucesso.

Então ele remexe nos cabelos, puxando-os como se estivesse com raiva de si mesmo. O resultado é uma peruca em suas mãos, que revela um cabelo liso conhecido. Quantas vezes eu passara as minhas mãos naquele cabelo?

— Por quê? — murmuro.

As lágrimas embaçam a minha visão, mas eu percebo agora quem está à minha frente. Percebo tudo, mas não posso acreditar, muito menos entender. Meu cérebro é um órgão que acabara de perder a sua função, assim como as minhas pernas.

— Daniel — eu digo entre soluços.

— Daniel? — ele repete, elevando a voz. — Daniel? Eu vou lhe contar sobre Daniel. Daniel não existe, minha querida. Daniel é uma farsa bem elaborada. — Seus dedos avançam em direção aos olhos, tenho a impressão de que ele os tirará das órbitas.

— Não faça isso, por favor.

— Nunca ouviu falar de lentes de contato? — pergunta ele, enquanto as retira dos olhos.

O sorriso esbranquiçado também desaparece, assim que ele puxa a dentadura, arremessando-a contra o armário de bonecas. Em seguida é a vez do bigode, cujo movimento brusco para removê-lo arranca-lhe um suspiro de dor.

Então, como se fosse o Dia das Bruxas, ele começa a arranhar o rosto, retirando pedaços de si, pedaços que parecem grandes e espessas porções de pele melada.

— Látex, Caroline. Látex! — Ele balança a cabeça para os lados, impaciente. — Não é mentira que sou ator. E ser ator me possibilita conhecer e ter acesso a todos os truques de disfarce disponíveis. Não é difícil se disfarçar hoje em dia se você tiver conhecimento e os meios para fazer. E eu tenho tudo disponível.

Quando termina de arrancar o rosto do advogado, transformando Cristian Heimer em algo próximo a uma máscara de Michael Myers despedaçada, ele volta a se sentar no sofá.

— Vou contar tudo, pode relaxar aí no chão. Não vou deixar você morrer sem saber a verdade, não sou tão ruim assim. É o mínimo que eu posso fazer.

"Meu nome não é Daniel, como você já deve ter percebido. Eu já tive muitos nomes na verdade, uso cada um para uma finalidade diferente, mas aqui em Lago Negro as pessoas me conhecem como Maximilian. Meu nome é de fato Cristian Heimer, um advogado que nunca exerceu a profissão, cujo sonho era ser ator."

A luz da vela reflete em seu rosto, reforçando as marcas da maquiagem e o resto de látex pendurado. Ele parece um homem prestes a derreter.

— Não cheguei aqui por coincidência; sou organizado, planejo os meus passos e sei bem onde desejo chegar. Uma das minhas habilidades é confortar velhinhas solitárias no final da vida; faço pesquisas, procuro saber quem elas são e imaginar o que desejam. É simples. Os únicos pré-requisitos são: ser rica, solitária, carente, não ter filhos, não ter família; o resto é fácil, fácil. — Ele levanta uma das mãos, escolhendo para cada dedo um pré-requisito. — Você ficaria impressionada em saber quantas mulheres estão nessa posição de vulnerabilidade. Eu pesquisei sobre Helen e posso te dizer que não foi um sacrifício ficar com ela. Era receptiva, bonita e inteligente; era interessante também toda essa história de bonecas. Mas eu tinha um trabalho a fazer e precisava ser bem-feito.

"E assim, durante semanas e semanas de relacionamento, a persuadi a fazer um testamento. Ela estava sadia, então no início rejeitou os meus avanços, é sempre difícil falar de morte com quem goza de boa saúde, embora algumas pessoas velhas tenham pavor de deixar o seu dinheiro para a caridade. Você se surpreenderia com o que eu já vi por aí."

A chama tremula de repente, atraindo o seu olhar. Ele volta a falar sem desviar os olhos da vela que parece dançar ao som de uma música silenciosa.

— Como ela estava resistente, você não pode imaginar! No começo não queria nem ouvir falar, a única coisa que queria de mim era sexo. — Ele gargalha. — Ah, Helen era uma mulher e tanto! Bom, para encurtar a história, eu tratei de encurtar a vida dela. Talvez se ela ficasse doente, começasse a pensar no que faria com o dinheiro e a casa — ele se volta para mim com um sorriso estampado no rosto. De algum modo a minha figura caída no chão lhe causa satisfação. — Você conhece o cinamomo? — pergunta ele.

Mesmo aqui, desse jeito, consigo me lembrar do que John dissera naquele dia a caminho do lago. Ah, John, onde você está agora?

— Sim — eu respondo tentando aparentar firmeza. Preciso pensar em como sair daqui. — Suas folhas e seus frutos são venenosos.

— Ah, você é esperta, então. — Ele ri. — Sim, e foi o que fiz. Todas as noites fazia um chá de cinamomo para a sua tia, bem forte. Ela fazia uma careta, mas tomava sem reclamar. Eu dizia que era bom para a saúde, blá-blá-blá. Foi algo novo para mim e não sabia se daria certo, sou o tipo de sujeito que gosta de adrenalina, como você já deve ter percebido, mas aquilo me deixou nervoso. E como demorou! Céus, a mulher parecia o Jason depois do quinto *Sexta-feira 13*: impossível de aniquilar. — Ele começa a gargalhar, batendo as mãos nos joelhos dobrados.

Eu não estava longe dele, mas senti o seu hálito como se nossos rostos estivessem colados.

— Deu certo, e é o que importa. Bem, quase certo, devo admitir. Ela morreu, é claro, mas me enganou direitinho, fazendo-me acreditar que aquele imbecil do dr. Herringer estava aqui para fazer o testamento em meu favor. No final, a surpresa foi toda minha quando descobri que ela havia deixado tudo para você, a sobrinha-neta sobre quem ninguém sabia. Ah, aquela vaca! Sou obrigado a confessar, querida Caroline: eu nunca havia sido enganado por uma mulher. Você pode imaginar a minha surpresa quando o palerma do advogado me contou a verdade no dia do enterro, não pode? Tenho certeza de que ele fez de propósito, não conseguiu nem esperar a megera esfriar o corpo; estava ávido em me ver longe daqui, sabe? Acho que desconfiava que Vivian, sua linda e recatada esposa, fosse minha amante. E ele estava certo, claro. E foi aí, minha cara, que você entrou na parada, ou melhor, na minha parada.

— 29 —

Eu não uso correntes, embora esteja presa do mesmo modo, acorrentada ao chão como um prisioneiro que aguarda pela execução. O que me desespera mais, no entanto, não é estar frente a frente com o meu algoz (porque é claro que ele irá me matar, ainda que não tenha revelado como), mas sim não saber como eu havia me deixado enganar desse jeito. Dizem que o excesso de ego pode aniquilar, mas eu realmente não imaginava que o meu acabaria comigo tão cedo — achava que o serviço seria feito pelo meu coração; se bem que ele ainda pode me surpreender, pois o horror de toda essa revelação está funcionando como um desfibrilador, lançando choques nele a todo instante. Nem ao menos consigo mais sentir as minhas pernas. Se conseguisse, talvez tentasse fugir.

— Você deve estar imaginando como tudo aconteceu, não é, querida? Tenho a impressão de que deve estar pensando algo assim: "Como pude ser tão burra? Como ele me enganou? Como caí nessa?". Mas vou ser gentil com você, digamos que foi um caso de burrice sua com sorte minha que possibilitou esse desfecho. Sim, porque foi sorte eu ter me envolvido com Vivian Herringer. Eu não sabia se ela seria útil para mim de alguma maneira, mas quando a vi me lançando olhares bem debaixo das barbas da sua tia, ah, eu não pude evitar. Ela era uma mulherzinha carente e impressionável, cujo único desejo era ser amada. Aquele velho pelancudo não a satisfazia mais, aliás só de olhar para ele era possível imaginar quantas doses de Viagra ele precisava tomar para dar conta do recado. E, no final, foi isso mesmo que o matou. Uma overdose patrocinada pela mulher e *bum*, o sujeito caiu morto. E nem pense que foi difícil convencê-la, não. Bastou eu prometer que fugiríamos assim que eu resolvesse a questão do testamento e ela nem pestanejou. Ela o matou e me entregou todos os documentos importantes do marido. Tudo. E a partir daí eu voltei a ser Cristian Heimer, uma identidade que uso poucas vezes e sobre a qual não pesa nenhum delito. Sempre fui cuidadoso e possuo várias identidades para proteger a minha verdadeira, mas dessa vez eu precisava ser eu mesmo, o advogado que tomaria o lugar do dr. Herringer e executaria o testamento. E ninguém contestou, não. Ajudou o fato de não haver ninguém para contestar, apenas Esther Berkenbrock, mas ela caiu feito um patinho. E Helen lhe deixou uma mesada, então o que havia para contestar? Tudo isso graças a Vivian, que Deus a tenha! Ah, poderíamos ter sido uma boa dupla! Ela era uma assassina nata, embora depois ficasse choramingando cheia de remorso pelos cantos. Aposto que você acha que eu a matei, não é? Posso ver pela sua carinha aí.

Ele se levanta do sofá e se aproxima, põe uma das mãos na minha testa e sorri.

— Você está se sentindo bem? Não sei, parece tão pálida...

Então me desfere um golpe, um tapa forte e seco, que lança a minha cabeça contra o assoalho.

— Pronto! — ele diz satisfeito e volta a se sentar. — Agora podemos dizer que a sua face está novamente corada.

Estou zonza, o ambiente gira ao meu redor, mas eu permaneço muda, sem forças para revidar qualquer avanço desse homem.

— Bom, como eu ia dizendo, ela se matou, sim. Vivian. Eu apenas preparei a corda e a instiguei. Não é difícil, não. Basta encontrar alguém depressivo, arrasado o suficiente e com complexo de culpa. Ajudou também o fato de você ter me dito que Flora Pawlak havia nos visto discutindo. O que mais a amedrontou não foi a culpa, mas saber que poderia ser desmascarada a qualquer momento. Podemos dizer que você foi minha cúmplice nessa, até porque você a viu morta ali balançando e saiu correndo. Confesso que esperava mais de você. Aliás, você quase foi minha cúmplice num segundo assassinato: o de Flora Pawlak. Graças a você, ela entrou no meu radar, pena que não tenha aceitado o meu presente. Não sei o que eu esperava de uma mulher que bebe há tanto tempo quanto ela, mas eu tentei. Agora, no entanto, não faz mais diferença. Está tudo acabado.

— Seu monstro! — eu grito com o que me resta de forças.

— Sim, posso ser um monstro, mas não pense sequer por um segundo que você é um anjo. Não mesmo. Foi muito fácil me aproximar de você e convencê-la a fazer o que eu queria. E eu até tive medo de que você não aceitasse ou não acreditasse na história do testamento. Sim, tive medo. Mas o seu ego! Jesus, que ego inflado, não? Tudo bem, tudo bem, você levou um pé na bunda meu, eu tive que encenar aquela traição para te dar um estímulo, mas você aceitou essa casa e o dinheiro tão rápido e ainda vestiu uma soberba que eu não imaginava que você possuísse. Achei que você me daria mais trabalho. Afinal, como uma pessoa adoentada, você bem que poderia ser mais humilde. Ah, a propósito, isso foi o meu segundo golpe de sorte: a sua doença. Você não imagina há quanto tempo está tomando placebos, querida! — Ele então explode numa gargalhada mórbida, horrível, e eu sinto o coração enfraquecer no mesmo instante. — Começou quando nos relacionamos, eu troquei todos os seus remédios por cópias de farinha. E eu fiz as contas, já te falei que sou metódico? Sabia que eles acabariam antes de você chegar a Bellajur. Para evitar que você voltasse a tomar novos, eu pedi para Ângela trocar os verdadeiros que estavam em sua mala.

— Ângela? — eu sussurro. — Ela também estava com você?

— Ah, sim, querida, ela estava. Éramos amantes. Você ainda está surpresa?

— Não posso dizer que estou.

— Veja, eu precisava cobrir todas as frentes, a gente nunca sabe quando vai precisar das pessoas. E eu tinha que ter alguém trabalhando para mim dentro da casa. Sou ator, e não mágico. Mas ajudou o fato de ela ser uma coisinha linda, preciso admitir.

— Por que você a matou?

— Querida, eu sabia que a mataria desde o início. Eu não deixo cúmplices vivos. Não corro esse risco, jamais! Mas tive que matá-la mais cedo do que gostaria, você encurtou o desfecho dessa história.

— Eu?

— Ah, sim, você e sua curiosidade. Embora, para mim, você não passe de uma mexeriqueira. Acha que eu não sei o que você descobriu na casa do padreco?

— Vai me dizer que você também tem um caso com a prima dele? — Eu seguro a minha bochecha, tenho a impressão de que ela vai explodir.

— Você sabe ser engraçada quando quer, não? — Ele riu. — Mas, por Deus, já fiz muitas coisas por dinheiro, mas ali nem mesmo eu teria coragem. Não, não precisei ir tão longe. Simplesmente segui você. Eu vi você e o padreco indo para a casa dele juntos, então vim para cá, me escondi e esperei. Não sei explicar, mas não estava com um bom pressentimento em relação àquela visita. Quando você chegou, notei que segurava algo nas mãos. Então pedi a Ângela que tentasse ver do que se tratava. Você dormiu, claro; sempre que tem uma dificuldade, escolhe dormir, então mais uma vez foi fácil demais. Ela entrou no quarto, pegou a foto e me mostrou. Se você acordasse e a visse, ela poderia inventar uma história qualquer. Mas, como eu previ, você não acordou. Então eu soube que você havia descoberto que Daniel e Maximilian eram a mesma pessoa, não demoraria para começar a ligar as coisas. E, como eu já tinha o que precisava, não havia por que esperar mais.

— Do que você precisava? — perguntei, mesmo desconfiando qual seria a resposta. De repente me pareceu tudo óbvio demais. Céus! Como eu havia sido crédula, carente e boba, sempre mendigando atenção e amor, sempre tentando achar um substituto para o meu pai, sempre me sujeitando aos maiores absurdos para ser aceita.

— Ora, eu precisava que você me passasse o dinheiro que havia herdado. Veja, tinha que ser tudo legal, eu não podia me dar ao luxo de levantar suspeitas. Então, quando percebi que você havia se afeiçoado a mim (foi rápido, não foi? Eu sabia que seria, afinal havia feito um laboratório com você antes), joguei na mesa uma pilha de documentos para serem assinados. Metade era verdadeira, metade falsa, letras miúdas e muito jargão para que você ficasse entediada. No meio desses papéis, uma procuração me dando plenos poderes sobre tudo que você herdaria. Você nem sequer piscou quando a assinou. Isso foi fácil, mais uma vez, fácil demais. O segundo passo seria me apossar do dinheiro, mas isso não poderia ser feito de uma vez só, ninguém poderia desconfiar. Mas, de novo, ninguém desconfiou. Lembre-se: eu sou de fato Cristian Heimer, um advogado que nunca exerceu a profissão, mas sempre se utilizou dela sem escrúpulos, como se usa uma prostituta velha. Então, hoje, minha cara, embora eu não tenha planejado, será o desfecho de toda essa história. E os ventos estão mais uma vez soprando de maneira favorável. A megera da sra. Berkenbrock calhou de ter ido viajar e Ângela... bem, Ângela já está morta no porão. Então, restam apenas eu e você e essas bonecas odiosas.

Ele se levanta e caminha até o armário, abre a portinhola e puxa Augusta para si.

— Coisinha de mau gosto! Sempre odiei essas bonecas e vou confessar algo aqui, já que é o fim da sua vida de qualquer maneira, não via a hora de acabar com essa coleção.

— Por que você tentou me deixar louca com essa história de bonecas? Eu não entendi essa palhaçada de bonecas que falam. O que você queria? Me deixar louca só por prazer?

— Sabe, Caroline, você pode não acreditar, mas juro que não tive nada a ver com isso — ele revela, encarando Augusta com desgosto. — E, confesso, a princípio achei que você estava brincando comigo, utilizando-se de alguma artimanha para me enrolar; sei lá, você podia ter descoberto quem eu era e resolvido jogar o jogo. Mas não, não, não. — Ele balança a cabeça para os lados enquanto chacoalha a boneca pelos cabelos. — Nada disso! Percebi depois que você realmente acreditava que era real; e era bom demais para ser verdade. Quer dizer, poderia ser um plano B, caso as coisas não andassem como eu havia planejado, e até me arrisquei a fazer uma pequena brincadeira com você. Quem você acha que colocou aquelas rosas vermelhas com o poema no túmulo de Helen?

A boneca continua girando no ar, refém das gesticulações nervosas de Daniel-Cristian. Por fim, ele estende os braços como um crucifixo e faz uma reverência teatral com a cabeça. Visto daqui, me lembra um maestro com uma batuta em forma de boneca.

— Você, obviamente... — eu sussurro.

— Obviamente. Eu não pude resistir! Então, no dia em que Vivian se matou, eu fui até o cemitério e coloquei as rosas no túmulo de Helen. Tinha certeza de que você iria fuçar ali, e como você não passa de uma enxerida, eu sabia também que você leria o poema. Foi só uma brincadeira, claro, que você não entendeu; uma pequena dica de um amigo: um poema saído do último livro que você emprestou a Daniel; eu, no caso.

— Você é maluco! — grito.

— Não, não, você é maluca, assim como a sua tia — ele completa satisfeito.

— Eu realmente as ouvi! — digo me referindo às bonecas, embora já não tenha tanta certeza. Seriam apenas vozes na minha cabeça? A ideia é muito terrível para levar em consideração.

— Sim, sei que ouviu. — Ele ri. — Ora, admita: você está louca! Louca, louca, louca! Louquinha igual à tia. Deve ser mesmo uma sina de família. Aliás, aproveite e mande os meus cumprimentos à Helen quando você a vir. Talvez essa seja a oportunidade de você abraçar a morte como uma amiga, afinal é melhor morrer do que ficar louca, não é?

— Céus — murmuro.

— Sim, querida, e é para onde você está indo!

Ele pega a vela com uma das mãos e encosta a chama nos cabelos ruivos de Augusta.

— É hora de queimar esta casa — sentencia.

O fogo consome os cabelos da boneca, deixando apenas um tufo enegrecido no topo da pequena cabeça de porcelana e um cheiro de náilon derretido. Em seguida, ele a arremessa no chão e se volta para as grossas cortinas que pendem nas janelas. As chamas se erguem feito um monstro alaranjado, cujo apetite voraz engole tudo com pressa.

Eu assisto ao espetáculo macabro com um misto de terror e descrença, sentindo o coração pulsar cada vez mais devagar, enfraquecido e cansado. Meu corpo tomba todo no chão e eu me pego encarando o teto de madeira e o amontoado de teias espalhadas pelas vigas. O fim se aproxima.

Um som alto e seco à semelhança de um trovão estoura em algum lugar próximo, fazendo-me virar a cabeça instintivamente em direção à porta — tenho a impressão de que uma tropa de cavalos avançará por cima de mim. No entanto, eu não me surpreendo quando vejo Esther Berkenbrock invadir o quarto com uma espingarda a tiracolo. Não há resquícios de força em meu corpo, ainda assim eu esboço um sorriso.

— Seu patife! Pare imediatamente ou eu atiro na sua cabeça! — ela grita.

Do chão dá a impressão de ser uma mulher de dois metros de altura.

— Eu sabia que havia algo de errado aqui. Sabe, eu e Ângela temos um acordo, é um acordo bobo, mas que nunca havia sido quebrado. Ela sabe que, quando estou fora de Bellajur, deve me ligar ou me enviar mensagens; ela sabe que seu emprego depende disso. E pela primeira vez ela não me atendeu nem sequer me respondeu. Eu já desconfiava que algo se passava com ela, além de uma enorme suspeita de que tinha algo a ver com você! Ah, mas eu voltei, não voltei? Voltei para acabar com essa farsa! — Ela inspira para descansar, mas permanece com o dedo preso ao gatilho. — Quando entrei e a vi morta em seu quarto, não pensei duas vezes e corri para pegar a espingarda. Ela ainda funciona muito bem, pode ter certeza, do mesmo modo que funcionava quando Otávio caçava com ela. Eu nunca imaginei que um dia a usaria, mas depois que ele morreu tratei de escondê-la em meu quarto, afinal estávamos sozinhas aqui. E veja só, aqui estou, pronta para descarregar chumbo em você!

— Você não tem coragem, sua velha caquética! — diz ele calmamente continuando a tarefa de colocar fogo nos móveis.

— Pare já! — ela adverte mais uma vez, mas vacila quando deixa o olhar escapar para Augusta. O terror de vê-la neste estado parece drenar toda a energia de seu corpo. Daniel-Cristian percebe e avança para cima dela, desferindo um tapa na espingarda, que voa como se fosse uma pena. A espingarda é robusta, é verdade, mas Esther Berkenbrock de fato é só uma mulher idosa, cuja velhice lhe tirara quaisquer chances de lutar contra um homem jovem. Ele a empurra para longe com a mesma facilidade com que se livrara da espingarda; ela cai desacordada.

Eu o observo andar por entre o fogo, na ânsia de queimar tudo o que poderia ser queimado. Há um cheiro no ar que mistura porcelana, tecido e plástico, as bonecas se contorcem em si mesmas, devoradas pelas chamas; é nauseante, embora meus pulmões não desejem mais puxar oxigênio.

Ele sai do quarto por alguns minutos e tenho a impressão de que enfim nos deixara. Estamos sozinhas aqui, eu e Esther Berkenbrock, além das bonecas e do que resta de Augusta: uma cabeça com um tufo negro, presa apenas num filete carbonizado; um olho saltado e a maquiagem derretida. Ela jaz no chão, assim como eu, esperando ser aniquilada. Minutos depois ele retorna, se agacha ao meu lado e afaga os meus cabelos.

— Pronto! Já ateei fogo no porão. Agora tenho certeza de que Ângela também queimará. Boa noite, querida! Foi muito bom conhecer você!

Eu estou pronta para dormir, sim, estou como nunca achei que estaria. Mas, antes que eu feche os olhos, percebo a cabeça de Augusta rolar pelo chão, como se uma mão invisível a empurrasse. Ele observa atônito, parece subitamente paralisado.

— Você não vai conseguir o que deseja, Maximilian! — diz Augusta numa voz de mulher. O olho saltado gira nas órbitas como se de repente tivesse ganhado vida.

— Helen! — ele grita horrorizado, levantando-se de modo desajeitado. — Como pode? — Sua cabeça gira para os lados, parece procurar o responsável por esse truque.

— Eu jamais te deixarei — ela sussurra, fazendo-o recuar e perder o equilíbrio. Ele despenca, batendo a cabeça na quina do sofá de veludo; o som é de um ovo que se parte ao cair no chão. Ele desmaia, é improvável que tenha morrido. O fogo continua a se alastrar. Eu volto a sorrir, mas minhas pálpebras, cansadas, são engolidas pela escuridão.

— EPÍLOGO —

As crianças gostavam de brincar naquelas ruínas; havia algo no aço retorcido, nas janelas quebradas e nas paredes enegrecidas que prestava um serviço a favor do mistério, além de causar uma sensação vívida de terror, embora o sentimento fosse tão inofensivo quanto um pesadelo em que se pode acordar no final. É claro que sempre se punham a imaginar se todas as histórias que contavam do lugar eram verdadeiras e até que ponto a realidade cruzava com a imaginação de algum adulto que se diverte em assustar crianças. Mas em toda história assustadora há um alerta, um lembrete de que lugares assim geralmente são inapropriados, repletos de perigos iminentes. No entanto, quando se é criança, os perigos são como sonhos que se esfacelam ao amanhecer e pertencem unicamente ao mundo tortuoso dos adultos.

Os irmãos Dermott ouviam muitas histórias sobre aquele lugar; eram histórias assustadoras contadas por outras crianças, em geral mais velhas, que vinham sempre acompanhadas de um desafio: "Se você for corajoso irá até lá", ou "duvido que você vá até lá". E, embora os pais nunca permitissem que eles visitassem o lugar, aqueles irmãos eram o tipo de criança que simplesmente faz aquilo que lhe dá na cabeça e nunca se permite ser tachada de covarde.

— Já estamos chegando? — perguntou Léo, o caçula. — Estou cansado!

— Relaxa, cara! Estamos chegando — disse William, o mais velho e corajoso dos dois. — Só mais um pouco.

Ao passarem pelo pórtico de entrada, os irmãos não deixaram de notar que metade do nome da propriedade havia sido estrangulada por heras, deixando apenas "Bella" de fora. Era irônico, já que a casa nada mais tinha de bela; tudo o que restara era o esqueleto de uma casa cuja pele e cujos órgãos haviam sido consumidos pelo fogo.

— Uau! Que casa legal! — gritou William superentusiasmado.

— Isso não é mais uma casa, Will, é o que sobrou de uma casa — Léo resmungou. — Você acha que as histórias que contam são reais?

— Algumas devem ser. Mas o povo gosta de aumentar, né?

— Dizem que a mulher que morava aqui era maluca — sussurrou o caçula, temendo que as paredes negras de fuligem o ouvissem.

— Sim, a mulher mais velha. Mas ela não morreu no incêndio. No incêndio morreram a mulher mais nova e a governanta — ele parou para contar nos dedos. — Ah, acharam um corpo no porão também.

— O tal do advogado não morreu também?

— Claro, sabia que eram quatro! Morreram todos no incêndio.

— Credo! — disse Léo, olhando por cima dos ombros. Não conseguia disfarçar a inquietação. — Será que foram as bonecas que atearam fogo na casa?

— Essa história de bonecas é lenda, cara! Uma invenção de algum adulto que queria botar medo nas crianças. Ninguém sabe por que a casa pegou fogo. Ela só pegou fogo e pronto. Vem, vamos até lá.

— Você tem certeza?

— Não acredito que você está com medo! — William gargalhou. — Seu cagão!

— Não estou com medo — Léo mentiu, estufando o peito.

— Está bem, vamos apenas dar uma olhada, ok?

Os irmãos seguiram pela estradinha que um dia levara à porta principal. A mata, esse ser guloso que não se cansa de devorar tudo, já engolira todo o jardim, e não satisfeita agora avançava em direção às paredes da casa. Era uma visão devastadora, o teto havia cedido e a maioria das portas e janelas sucumbira ao incêndio; a escada de madeira não existia mais, e o que restara era uma confusão de destroços e paredes sujas. Eles entraram por uma das aberturas laterais e permaneceram em silêncio fitando o que um dia fora Bellajur.

Então Léo avistou, não muito longe dali, algo que cintilava no chão, parecia com uma bola de gude e seria muita sorte sua achar uma para sua coleção. Ele se aproximou do objeto que reluzia no chão sem entender como se mexia vez ou outra sem sair do lugar.

— Ei, Will, achei a cabeça de uma boneca! — ele gritou ao irmão, lembrando-se da história macabra das bonecas que um dia viveram sob aquele teto. Era apenas uma lenda, não era? Mas, se era uma lenda, o que faz a cabeça de uma boneca justo ali?

Ele se agachou para tocá-la, de alguma maneira sentiu a necessidade de tentar consertá-la, de colocar aquele olho saltado de novo em sua órbita. Antes que o fizesse, porém, foi tomado por uma onda de terror que jamais voltaria a sentir em sua vida. A cabeça da boneca girou sozinha no chão, e por um breve momento ele jurou que aquele olho saltado havia piscado.

Esta obra foi composta em Janson Text LT Std 11 pt e
impressa em papel Pólen 80 g/m² pela gráfica Meta.